Agatha Christie

Assassinato na casa do pastor

Tradução de Henrique Guerra

www.lpm.com.br

L&PM POCKET

Coleção **L&PM** POCKET, vol. 868

Texto de acordo com a nova ortografia.
Título original: *The Murder at the Vicarage*

Primeira edição na Coleção **L&PM** POCKET: maio de 2010
Esta reimpressão: junho de 2017

Tradução: Henrique Guerra
Capa: designedbydavid.co.uk © HarperCollins/Agatha Christie Ltd 2008
Preparação: Elisângela Rosa dos Santos
Revisão: Iriz Medeiros

CIP-Brasil. Catalogação na Fonte
Sindicato Nacional dos Editores de Livros, RJ.

C479a

Christie, Agatha, 1890-1976
Assassinato na casa do pastor / Agatha Christie; tradução de Henrique Guerra. – Porto Alegre, RS: L&PM, 2017.
288p. – (Coleção L&PM POCKET; vol. 868)

Tradução de: *The Murder at the Vicarage*
ISBN 978-85-254-2015-2

1. Romance inglês. I. Guerra, Henrique II. Título. III. Série.

10-1453. CDD: 823
CDU: 821.111-3

Rua Comendador Coruja, 314, loja 9 – Floresta – 90220-180
Porto Alegre – RS – Brasil / Fone: 51.3225.5777 – Fax: 51.3221.5380

Pedidos & Depto. Comercial: vendas@lpm.com.br
Fale conosco: info@lpm.com.br
www.lpm.com.br

Impresso no Brasil
Inverno de 2017

Agatha Christie
(1890-1976)

Agatha Christie é a autora mais publicada de todos os tempos, superada apenas por Shakespeare e pela Bíblia. Em uma carreira que durou mais de cinquenta anos, escreveu 66 romances de mistério, 163 contos, dezenove peças, uma série de poemas, dois livros autobiográficos, além de seis romances sob o pseudônimo de Mary Westmacott. Dois dos personagens que criou, o engenhoso detetive belga Hercule Poirot e a irrepreensível e implacável Miss Jane Marple, tornaram-se mundialmente famosos. Os livros da autora venderam mais de dois bilhões de exemplares em inglês, e sua obra foi traduzida para mais de cinquenta línguas. Grande parte da sua produção literária foi adaptada com sucesso para o teatro, o cinema e a tevê. *A ratoeira*, de sua autoria, é a peça que mais tempo ficou em cartaz, desde sua estreia, em Londres, em 1952. A autora colecionou diversos prêmios ainda em vida, e sua obra conquistou uma imensa legião de fãs. Ela é a única escritora de mistério a alcançar também fama internacional como dramaturga e foi a primeira pessoa a ser homenageada com o Grandmaster Award, em 1954, concedido pela prestigiosa associação Mystery Writers of America. Em 1971, recebeu o título de Dama da Ordem do Império Britânico.

Agatha Mary Clarissa Miller nasceu em 15 de setembro de 1890 em Torquay, Inglaterra. Seu pai, Frederick, era um americano extrovertido que trabalhava como corretor da Bolsa, e sua mãe, Clara, era uma inglesa tímida. Agatha, a caçula de três irmãos, estudou basicamente em casa, com tutores. Também teve aulas de canto e piano, mas devido ao temperamento introvertido não seguiu carreira artística. O pai de Agatha morreu quando ela tinha onze anos, o que a aproximou da mãe, com quem fez várias viagens. A paixão por conhecer o mundo acompanharia a escritora até o final da vida.

Em 1912, Agatha conheceu Archibald Christie, seu primeiro esposo, um aviador. Eles se casaram na véspera do Natal de 1914 e tiveram uma única filha, Rosalind, em 1919. A carreira literária de Agatha – uma fã dos livros de suspense do escritor inglês Graham Greene – começou depois que sua irmã a desafiou a escrever um romance. Passaram-se alguns anos até que o primeiro livro da escritora fosse publicado. *O misterioso caso de Styles* (1920), escrito próximo ao fim da Primeira Guerra Mundial, teve uma boa acolhida da crítica. Nesse romance aconteceu a primeira aparição de Hercule Poirot, o detetive que estava destinado a se tornar o personagem mais popular da ficção policial desde Sherlock Holmes. Protagonista de 33 romances e mais de cinquenta contos da autora, o detetive belga foi o único personagem a ter o obituário publicado pelo *The New York Times.*

Em 1926, dois acontecimentos marcaram a vida de Agatha Christie: a sua mãe morreu, e Archie a deixou por outra mulher. É dessa época também um dos fatos mais nebulosos da biografia da autora: logo depois da separação, ela ficou desaparecida durante onze dias. Entre as hipóteses figuram um surto de amnésia, um choque nervoso e até uma grande jogada publicitária. Também em 1926, a autora escreveu sua obra-prima, *O assassinato de Roger Ackroyd.* Este foi seu primeiro livro a ser adaptado para o teatro – sob o nome *Álibi* – e a fazer um estrondoso sucesso nos teatros ingleses. Em 1927, Miss Marple estreou como personagem no conto "O Clube das Terças-Feiras".

Em uma de suas viagens ao Oriente Médio, Agatha conheceu o arqueólogo Max Mallowan, com quem se casou em 1930. A escritora passou a acompanhar o marido em expedições arqueológicas e nessas viagens colheu material para seus livros, muitas vezes ambientados em cenários exóticos. Após uma carreira de sucesso, Agatha Christie morreu em 12 de janeiro de 1976.

Para Rosalind

Sumário

Capítulo I

Nem sei por onde começar esta narrativa, mas decidi escolher um almoço numa certa quarta-feira em minha casa. A conversa, embora no geral irrelevante ao nosso assunto, conteve alguns incidentes sugestivos que influenciaram o desenrolar dos fatos.

Eu acabara de trinchar um acém cozido (por sinal, de uma dureza extraordinária) e ao sentar-me de novo comentei, num espírito bastante indecoroso para meu hábito, que a pessoa que matasse o coronel Protheroe estaria fazendo um benefício ao mundo.

Meu sobrinho Dennis respondeu no mesmo instante:

– Vamos lembrar disso quando encontrarem o velhote ensopado de sangue. Mary vai testemunhar, não é mesmo, Mary? E descrever como o senhor brandiu a faca de trinchar com jeito vingativo.

Mary, que enxerga o trabalho aqui em casa como um trampolim para empregos melhores e salários mais altos, limitou-se a articular em voz nítida e profissional:

– Verduras!

E empurrou com truculência a travessa rachada na frente de Dennis.

Minha mulher entrou na conversa com voz compassiva:

– Ele é mesmo *tão* impertinente?

Não respondi de imediato, pois Mary, dispondo as verduras na mesa com um estrondo, a seguir quase esfregou no meu nariz um prato com nhoques particularmente asquerosos e grudentos. Falei “Não, obrigado”; Mary largou o prato na mesa com um tinido e saiu do recinto.

– Sou um escândalo como dona de casa – disse minha esposa com um quê de genuína tristeza na voz.

Fiquei com vontade de concordar com ela. O nome de minha mulher é Griselda – nome assaz conveniente para a mulher de um pastor. Mas a conveniência termina aí. Ela não é nem um pouco recatada.

Sempre acreditei que clérigos não deveriam se casar. O motivo pelo qual insisti que Griselda se casasse comigo um dia depois de conhecê-la permanece um mistério para mim. O casamento, sempre defendi, é um assunto sério; embarcar nele exige prudência e detida reflexão. Sem dúvida, a adequação de gostos e preferências é o fator mais importante a ser considerado.

Griselda é quase vinte anos mais nova do que eu. Por onde passa, sua beleza chama a atenção. É incapaz de levar algo a sério e incompetente em tudo o que faz. Viver com ela é um desafio extremo. Ela considera a paróquia uma espécie de comédia encenada para o seu exclusivo divertimento. Fiz de tudo para moldá-la, mas fracassei. Cada vez me convenço mais da importância do celibato para o clero. Às vezes insinuo isso a Griselda, mas ela apenas ri.

– Meu amor – observei –, bem que você podia tentar ser mais cuidadosa...

– De vez em quando eu tento – argumentou Griselda. – Mas, no fim das contas, quando me esforço parece que as coisas pioram ainda mais. Está na cara que ser dona de casa *não* faz parte de minha natureza. É mais prático deixar tudo para Mary e me conformar com a casa bagunçada e a comida repugnante.

– Mas não tem pena de seu maridinho, meu bem? – questionei em tom de reprimenda. E, seguindo o exemplo do diabo, citei a escritura para meus próprios interesses:

– “A mulher virtuosa atende ao bom andamento da casa e não come o pão da preguiça...”

– Analise pelo lado positivo: você tem sorte de não ser estraçalhado na cova dos leões – apressou-se a interromper Griselda. – Ou de não ser queimado na fogueira. Comida intragável, camadas de pó e vespas mortas não justificam tanto estardalhaço. Conte mais sobre o coronel Protheroe. Pelo menos os primeiros cristãos tiveram a sorte de não ter curadores.

– Velhote empedernido – falou Dennis. – Não é de admirar que a primeira esposa tenha fugido dele.

– No lugar dela eu teria feito o mesmo – afirmou minha esposa.

– Griselda! – repreendi com severidade. – Melhor não falar assim.

– Querido – volveu minha esposa carinhosamente –, conte o que houve. Qual foi o problema? Por acaso foi o sr. Hawes que não parava de acenar, balançar a cabeça e fazer o sinal da cruz?

Hawes é o nosso novo cura. Está conosco há apenas três semanas. Ele segue os princípios da parte conservadora da Igreja Anglicana (o setor mais fiel à Igreja Católica Romana) e jejua às sextas-feiras. O coronel Protheroe é um ferrenho oponente de qualquer espécie de rito.

– Dessa vez não. Na verdade, tocou meio por cima nesse assunto. Mas a origem do problema foi aquela famigerada nota de uma libra da sra. Price Ridley.

A sra. Price Ridley é uma das devotas da congregação. Comparecendo à missa matinal em homenagem ao aniversário da morte do filho, ela depositou uma nota de uma libra na sacola de ofertas. Mais tarde, ao ler a divulgação da quantia arrecadada, ela ficou ofendida ao constatar que o maior item mencionado era uma nota de dez xelins.

Ela veio falar comigo para reclamar. Ponderei, com certa lógica, que ela deveria ter cometido um engano.

– Não somos mais tão jovens – declarei, tentando contornar a situação com delicadeza. – O passar dos anos é inexorável e pagamos um preço por ele.

Por incrível que pareça, meu comentário a enfureceu ainda mais. Ela disse que aquilo não cheirava bem e que estava surpresa porque eu não pensava o mesmo. Deu meia-volta e, ao que tudo indica, foi ao coronel Protheroe para se queixar. Protheroe é o tipo de homem que gosta de fazer estardalhaço em toda e qualquer ocasião imaginável. Ele fez um estardalhaço. É uma pena que tenha sido justo numa quarta-feira. Nas quartas de manhã dou aula de educação religiosa na escola, atividade que me deixa inquieto e com os nervos à flor da pele o dia todo.

– Ora, todo mundo precisa de um pouco de distração – falou minha esposa como quem avalia de modo imparcial. – Ele não tem ninguém ao redor dele o paparicando, nem o chamando de "querido pastor", nem bordando pantufas horríveis e muito menos dando como presente natalino um par de meias de crochê para usar à noite. A mulher e a filha estão com ele por aqui. Ele precisa se sentir importante em outro lugar.

– Ele não precisava ter me ofendido – falei meio exaltado. – Acho que ele não percebeu bem as implicações do que estava dizendo. Quer investigar toda a contabilidade da igreja... verificar se há desfalque... Foi essa a palavra que usou. Desfalque! Será que ele suspeita que eu embolsei o dinheiro da igreja?

– Ninguém ia suspeitar nada de você, querido – comentou Griselda. – Para falar a verdade, você é tão transparente, tão acima de qualquer suspeita, que isso acaba criando uma oportunidade maravilhosa. Bem que eu gostaria que você desviasse os fundos da Sociedade para a Propagação do Evangelho. Odeio missionários... Sempre odiei!

Eu a teria repreendido por esse sentimento, mas neste instante Mary entrou trazendo um pudim de arroz parcialmente cozido. Ensaiei um protesto, mas Griselda afirmou que os japoneses sempre comem arroz malcozido e por isso têm cérebros magníficos.

– E digo mais – continuou ela –, se você comer um pudim igual a este todos os dias até domingo, na missa dominical vai fazer o melhor sermão de sua vida.

– Deus me livre – retorqui estremecendo.

– Protheroe vem aqui amanhã à noite para juntos checarmos a contabilidade – prossegui. – Tenho que terminar os preparativos para minha palestra na Sociedade dos Homens da Igreja Anglicana. Estive procurando uma citação e fiquei tão absorto na leitura de *Realidade*, do cônego Shirley, que acabei me atrasando. Que planos tem para hoje à tarde, Griselda?

– Cumprir meu dever – garantiu Griselda. – Meu dever como a mulher do pastor. Chá e escândalo às quatro e meia.

– Quem vai vir?

Griselda enumerou nos dedos com o rosto rutilando de virtude.

– A sra. Price Ridley, a srta. Wetherby, a srta. Hartnell e a terrível daquela Miss Marple.

– Gosto de Miss Marple – defendi. – Pelo menos ela tem senso de humor.

– A pior víbora da aldeia – falou Griselda. – Sempre sabe de tudo o que acontece... e tira as piores conclusões possíveis.

Griselda, como disse antes, é bem mais nova do que eu. Na minha idade, sabemos que o pior quase sempre é a verdade.

– *Não* conte comigo para o chá, tia Griselda – frisou Dennis.

– Peste! – xingou Griselda.

– É que me convidaram para jogar tênis hoje lá nos Protheroe. Verdade.

– Peste! – repetiu Griselda.

Dennis bateu em prudente retirada; Griselda e eu passamos ao meu gabinete.

– Fico pensando no "cardápio" do chá – comentou Griselda, sentando-se à minha escrivaninha. – O dr. Stone e a srta. Cram, imagino, e quem sabe a sra. Lestrange. A propósito, ontem fiz uma visitinha à casa dela, mas ela não estava. Sim, tenho certeza que a sra. Lestrange vai dar pano para manga. Chegar aqui desse jeito, alugar uma casa e quase não botar o pé fora dela... Coisa mais misteriosa, não é? Sabe, isso me faz lembrar romances policiais... "Quem é a dona daquele rosto bonito e pálido? Que mistérios seu passado esconde? Ninguém tem ideia. Há algo sinistro em seu jeito." Tenho a impressão que o dr. Haydock a conhece.

– Anda lendo muitos romances policiais, Griselda – salientei com brandura.

– E você, então? – retrucou ela. – Esses dias eu estava procurando *A escada manchada* enquanto você escrevia o sermão no gabinete. Entro para perguntar se você tinha visto o livro e com que me deparo?

Tive a polidez de enrubescer.

– Peguei ao acaso. Uma frase solta captou minha atenção e...

– Conheço bem essas frases soltas – disse Griselda. E citou de modo impressionante: – "E então uma coisa curiosíssima aconteceu: Griselda ergueu-se, atravessou a sala e pespegou um beijo carinhoso no velho marido." – Realizou a ação correspondente às palavras.

– Isso é tão curioso assim? – indaguei.

– Claro que é – respondeu Griselda. – Por acaso já se deu conta, Len, que eu poderia ter me casado com um ministro de Estado, um baronete, um ricaço executivo, três tenentes do Exército e um playboy irresistível, mas em vez deles escolhi você? Isso não o deixa profundamente desconcertado?

– Na época me deixou – respondi. – Às vezes me perguntava por que cargas d'água você tinha me escolhido.

Griselda caiu na risada.

– Senti-me tão poderosa – murmurou ela. – Os outros me achavam simplesmente magnífica. Claro: para *eles* teria sido ótimo ficar *comigo*. Sou tudo o que você mais detesta e desaprova, mas mesmo assim não foi capaz de resistir aos meus encantos! Isso foi demais para a minha vaidade. É bem mais interessante ser um pecado secreto e delicioso do que ser a menina dos olhos de alguém. Deixo você assustadoramente constrangido e vivo lhe tirando do sério, mas você é louco por mim. É louco por mim, não é?

– Claro que gosto muito de você, querida.

– Ah, Len, você é louco por mim! Lembra daquele dia em que fiquei na capital e mandei um telegrama? Você não recebeu. A agente postal se esqueceu de mandar porque a irmã dela estava no hospital tendo gêmeos. Você ficou transtornado, fez um fiasco incrível! Telefonou até para a Scotland Yard!

Tem coisa que a gente odeia lembrar. De fato, naquela ocasião eu agira com rara imbecilidade. Então disse:

– Se não se importar, meu bem, quero terminar a palestra.

Griselda soltou um suspiro de intensa irritação, desgrenhou todo o meu cabelo, por fim alisou-o de novo e falou:

– Você não me merece. Não merece mesmo. Vou ter um caso com o artista. Vou sim... estou falando sério. Vai ser o maior escândalo na paróquia.

– Já está sendo – falei com suavidade.

Griselda riu, atirou-me um beijo e saiu para o jardim pela porta de vidro.

Capítulo 2

Griselda sabe ser irritante. Ao deixar a mesa do almoço, sentia-me bem disposto para preparar uma enérgica palestra para a Sociedade dos Homens da Igreja Anglicana. Agora eu me sentia inquieto e perturbado.

Bem na hora em que me acalmei e recomecei o trabalho, Lettice Protheroe flutuou gabinete adentro.

Não usei a palavra flutuou por acaso. Já li romances em que jovens são descritos como pessoas animadas, repletas de vida – *joie de vivre*, a fenomenal vitalidade da juventude... De minha parte, todos os jovens que conheço parecem almas penadas.

Lettice parecia ainda mais espectral nessa tarde: bonita, alta, loira e toda vaga. Flutuou porta de vidro adentro, com ar distraído tirou a boina amarela e murmurou vagamente numa espécie de surpresa longínqua:

– Ah, é o senhor.

Existe uma trilha que vem de Old Hall, atravessa o bosque e passa na frente do portão de nosso jardim. Por isso, quase sempre quem vem de lá atalha o jardim e entra pela porta de vidro do gabinete, em vez de contornar a estrada e entrar pela porta da frente. Não me surpreendi por Lettice entrar por ali, mas confesso que a reação dela me deixou um pouco magoado.

Afinal, se você vai à casa do pastor, deve estar preparado para encontrá-lo.

Ela entrou e desmoronou em uma de minhas imensas poltronas. Ficou enrolando o cabelo à toa, mirando o teto.

– O Dennis está em casa?

– Depois do almoço não o vi mais. Pelo que entendi, ele ia a sua casa jogar tênis.

– Ah! – disse Lettice. – Tomara que ele não tenha ido. Não vai encontrar ninguém lá.

– Ele disse que você o convidou.

– Acho que sim. Mas isso foi na sexta. E hoje é terça.

– Quarta – corrigi.

– Ah, que desagradável! – exclamou Lettice. – É a terceira vez que esqueço de almoçar com a turma.

Felizmente aquilo não pareceu preocupá-la muito.

– E cadê a Griselda?

– Deve estar no estúdio, lá no jardim... posando para Lawrence Redding.

– Lá em casa houve um estardalhaço por causa dele – contou Lettice. – Meu pai, sabe. É uma pessoa difícil.

– Qual foi o motivo desse estardalhaço? – perguntei.

– Ele queria me pintar. O meu pai descobriu. Por que cargas d'água não posso ser pintada de maiô? Se eu posso ir à praia com ele, por que não posso ser pintada com ele?

Lettice fez uma pausa e então prosseguiu.

– É mesmo um absurdo... O meu pai proibir um jovem de frequentar a casa. Lawrence e eu demos boas gargalhadas disso. Vou vir aqui e posar para ele em seu estúdio.

– Não, querida – alertei. – Não se o seu pai proíbe.

– Puxa vida! – suspirou Lettice. – Como as pessoas são tediosas. Sinto-me acabada. Definitivamente. Se eu tivesse dinheiro, fugiria, mas sem grana não dá. Se o meu pai fizesse a bondade de morrer, eu ficaria bem.

– Não deveria dizer essas coisas, Lettice.

– Ora, se ele fosse menos pão-duro, talvez eu não desejasse a morte dele. Não me admira minha mãe tê-lo abandonado. Sabe, por muito tempo achei que ela estava morta. Como era o moço que fugiu com ela? Bonito?

– Isso foi antes de seu pai vir morar aqui.

– Me pergunto que fim ela levou. Logo, logo Anne vai ter um caso com alguém. Anne me odeia... me trata bem, mas me odeia. Está ficando velha e não gosta disso. É nessa idade que as pessoas endoidecem, sabe.

Imaginei se Lettice ia passar a tarde toda em meu gabinete.

– Por acaso meus discos não ficaram aqui? – indagou ela.

– Não.

– Tédio. Sei que deixei em algum lugar. E também perdi o cachorro. E meu relógio de pulso está extraviado, mas não importa. Não funciona mesmo. Puxa vida, que sono... Nem sei o porquê, afinal só levantei às onze da manhã. Mas a vida acaba com a gente, não acha? Bem, tenho que ir. Vou ver o sítio arqueológico do dr. Stone às três horas.

Olhei o relógio e disse que faltavam vinte e cinco para as quatro.

– É mesmo? Que coisa mais chata. Será que estão me esperando ou foram sem mim? É melhor ir até lá conferir.

Levantou-se e saiu flutuando de novo, murmurando por cima do ombro:

– Avise ao Dennis para mim, sim?

Eu disse "Sim" mecanicamente, percebendo tarde demais que não tinha a mínima ideia de qual era o aviso. Mas cheguei à conclusão de que, para todos os efeitos, não importava. Meu pensamento recaiu no dr. Stone, o renomado arqueólogo que recentemente se instalara no Blue Boar, com o objetivo de supervisionar a escavação de um túmulo situado na propriedade do coronel Protheroe. Já haviam acontecido várias discussões entre ele e o coronel. Curioso ele convidar Lettice para ver os trabalhos.

Ocorreu-me que Lettice Protheroe era uma moça um tanto atrevida. Fiquei imaginando como será que ela se dava com a srta. Cram, a secretária do arqueólogo. A srta. Cram é uma jovem saudável e meio espalhafatosa, com 25 anos, rosto corado, incontrolável disposição e uma boca que sempre parece ter mais que 32 dentes.

Na aldeia, a opinião se divide entre os que pensam que ela é uma libertina e os que pensam que ela é uma jovem de virtude férrea com a meta de se tornar a sra. Stone na primeira oportunidade. Ela representa em todos os aspectos um contraste enorme com Lettice.

Eu bem que imaginava que a situação em Old Hall não era lá das melhores. O coronel Protheroe casara de novo há uns cinco anos. A segunda sra. Protheroe tinha uma beleza notável e singular. Sempre achei que as relações entre ela e a enteada não eram muito harmoniosas.

Fui interrompido de novo. Dessa vez pelo cura Hawes. Ele queria saber os detalhes da reunião com o Protheroe. Contei-lhe que o coronel lastimara as suas "tendências católicas", mas que o motivo real da visita de Protheroe fora um assunto bem diferente. Ao mesmo tempo, também fiz meu protesto e disse-lhe com todas as letras que ele precisava aceitar minhas diretrizes. No geral, ele acatou meus comentários.

Depois que Hawes saiu, senti um pouco de remorso por antipatizar um pouco com ele. Essas paixões e aversões irracionais que sentimos pelas pessoas com certeza nada têm de cristãs.

Com um suspiro, notei que os ponteiros do relógio da escrivaninha marcavam quinze minutos para as cinco, sinal de que na verdade eram quatro e meia. Fui até a sala de visitas.

Quatro de minhas paroquianas estavam ali reunidas tomando chá. Griselda, sentada atrás da mesinha de chá, tentava demonstrar naturalidade, mas parecia um peixe fora d'água.

Apertei as mãos de todas as visitantes e me sentei entre Miss Marple e a srta. Wetherby.

Miss Marple é uma velhinha de cabelos brancos com modos meigos e simpáticos. Já a srta. Wetherby mescla efusão com azedume. Miss Marple é de longe a mais perigosa das duas.

– A gente estava comentando – disse Griselda com a voz doce – sobre o dr. Stone e a srta. Cram.

Lembrei de um versinho vulgar criado por Dennis. "Com o tititi, a srta. Cram não tá nem aí."

Fiquei ansioso por declamar em voz alta só para ver o efeito, mas por sorte me contive. A srta. Wetherby disse sucintamente:

– Nenhuma moça direita faria isso – e fechou os lábios finos numa expressão de censura.

– Faria o quê? – perguntei.

– Ser a secretária de um homem solteiro – explicou a srta. Wetherby com entonação horrorizada.

– Ora, ora – falou Miss Marple. – Para *mim*, os casados são piores. Não lembram da coitadinha da Mollie Carter?

– Claro. Homens casados morando longe das esposas têm lá sua fama – asseverou a srta. Wetherby.

– E até mesmo morando perto – murmurou Miss Marple. – Lembro...

Interrompi essas reminiscências indecentes.

– Mas com certeza – argumentei – hoje em dia uma moça pode assumir qualquer cargo com a mesma eficácia que um rapaz.

– Viajando para o interior? E ficando no mesmo hotel? – indagou a sra. Price Ridley numa voz austera.

A srta. Wetherby sussurrou para Miss Marple:

– E os dois quartos no mesmo andar...

A srta. Hartnell, com seu rosto vincado pelas intempéries, mas sempre dinâmica e temida pelos pobres, observou com entusiasmo:

– O coitado vai cair como um patinho. É tão inocente quanto um bebê na barriga da mãe, qualquer um enxerga isso.

Como são curiosos os volteios de palavreado que empregamos. Nenhuma das senhoras presentes teria sequer sonhado em fazer alusão a um bebê até ele estar seguro no berço, visível a todos.

– Coisa mais nojenta – emendou a srta. Hartnell, com a habitual indelicadeza. – O homem deve ter o dobro da idade dela.

Três vozes femininas se ergueram ao mesmo tempo, fazendo observações desencontradas sobre a excursão do coral de meninos, o lamentável incidente na última reunião das mães e as correntes de ar encanado na igreja. Miss Marple mirou Griselda com uma expressão alegre no olhar.

– Não acham – sugeriu minha esposa – que a srta. Cram só quer ter um emprego interessante? E que ela só enxerga no dr. Stone um empregador?

Houve um silêncio. Obviamente nenhuma das quatro senhoras concordava. Miss Marple quebrou o silêncio dando pancadinhas no braço de Griselda.

– Minha querida – falou ela –, você é muito jovem. Os jovens têm cérebros inocentes.

Griselda retrucou indignada que o cérebro dela não era nada inocente.

– É claro – disse Miss Marple, sem dar importância ao protesto – que você espera o melhor de todo mundo.

– Acha mesmo que ela quer se casar com aquele careca insosso?

– Ao que consta ele é bem abastado – disse Miss Marple. – Apesar do gênio meio violento. Teve uma discussão feia com o coronel Protheroe dias atrás.

Todas se inclinaram à frente com interesse.

– O coronel Protheroe chamou o dr. Stone de ignorante.

– Que absurdo! Isso é típico do coronel Protheroe – comentou a sra. Price Ridley.

– Típico do coronel Protheroe, mas não sei se é mesmo um absurdo – falou Miss Marple. – Vocês não lembram daquela mulher que apareceu aqui dizendo que era assistente social e depois de coletar donativos ninguém mais ouviu falar nela? Ficou provado que o negócio dela não era assistência social. É nossa tendência natural confiar nas pessoas e julgá-las pelo valor que elas próprias se atribuem.

Eu nunca sonharia em descrever Miss Marple como alguém que confia nas pessoas.

– Não houve também uma confusão envolvendo o jovem artista, o sr. Redding? – indagou a srta. Wetherby.

Miss Marple assentiu com a cabeça.

– O coronel Protheroe o expulsou de casa. Parece que ele estava pintando Lettice de maiô.

– *Sempre* desconfiei de que existia algo entre eles – falou a sra. Price Ridley. – Aquele marmanjo não sai de lá. Pena que a menina não tem mãe. Madrasta nunca é a mesma coisa.

– A sra. Protheroe até que faz o que pode – afirmou a srta. Hartnell.

– Essas mocinhas... sempre tão dissimuladas – lastimou a sra. Price Ridley.

– Que romântico, não é? – amenizou a coração mole srta. Wetherby. – Ele é bonitão.

– Mas devasso – disse a srta. Hartnell. – Fadado a sê-lo. Artista! Paris! Modelos! Nuas em pelo!

– Pintar a moça de maiô! – condenou a sra. Price Ridley. – Não é lá muito decoroso.

– Ele está me pintando também – comunicou Griselda.

– Mas não de maiô, querida – falou Miss Marple.

– Poderia ser pior – disse Griselda misteriosa.

– Marota – falou a srta. Hartnell, aceitando a piada com liberalidade. As demais ficaram levemente chocadas. E eu também.

– Nossa querida Lettice lhe contou o problema? – indagou Miss Marple para mim.

– Me contou?

– Sim. Eu a vi atravessando o jardim e entrando no gabinete.

Miss Marple sempre enxerga tudo. Cuidar do jardim é uma boa camuflagem, e o hábito de observar pássaros com binóculos potentes sempre pode vir a calhar.

– Contou, sim – admiti.

– O sr. Hawes parecia preocupado – falou Miss Marple. – Espero que ele não esteja trabalhando demais.

– Ah! – exclamou a srta. Wetherby exaltada. – Estava quase me esquecendo. Sabia que tinha uma novidade. Vi o dr. Haydock saindo do chalé da sra. Lestrange.

Todas se entreolharam.

– Talvez ela esteja doente – sugeriu a sra. Price Ridley.

– Algo repentino então – falou a srta. Hartnell. – Porque a vi caminhando no jardim da casa dela hoje às três da tarde, e ela parecia muito bem de saúde, obrigada.

– Ela e o dr. Haydock devem se conhecer há muito tempo – falou a sra. Price Ridley. – Ele tem sido muito discreto quanto a isso.

– É curioso – ponderou a srta. Wetherby – que ele nunca tenha sequer *mencionado* isso.

– Para falar a verdade – atalhou Griselda numa voz baixa e misteriosa e parou. Todas se inclinaram à frente empolgadas.

– Fiquei *sabendo* sem querer – anunciou Griselda de modo impressionante. – O marido dela era missionário. História de arrepiar. Foi *devorado*, sabe. Literalmente. Então ela teve que se tornar a mulher principal do cacique. O dr. Haydock participava de uma expedição e a resgatou.

Por um instante o frisson foi enorme, então Miss Marple falou em tom de censura, mas com um sorriso nos lábios:

– Menina levada!

E deu pancadinhas reprovadoras no braço de Griselda.

– Que insensato, querida. Ficar inventando essas coisas. E se as pessoas acabam acreditando? Às vezes isso causa complicações.

O comentário teve o efeito de um balde de água fria na reunião. Duas convidadas se levantaram para ir embora.

– Fico imaginando se *existe* mesmo algo entre o jovem Lawrence Redding e Lettice Protheroe – falou a srta. Wetherby. – A impressão que a gente tem é de que existe. O que acha, Miss Marple?

Miss Marple respondeu pensativa:

– Eu não diria isso. Não *Lettice.* Diria outra pessoa *bem diferente.*

– Mas o coronel Protheroe deve ter pensado...

– Ele sempre me deu a impressão de ser um completo imbecil – vaticinou Miss Marple. – Do tipo que mete uma ideia errada na cabeça e não há quem o faça mudar. Ele me lembra Joe Bucknell, o ex-dono do Blue Boar. Fez uma confusão dos diabos porque achava que a filha dele estava namorando o jovem Bailey. E todo o tempo era a bisca da esposa dele.

Ao falar isso, encarou Griselda de modo acintoso. De repente senti um violento surto de raiva.

– Não acha, Miss Marple – atalhei –, que está com a língua maior do que o corpo? O amor não julga mal, sabe como é. Línguas soltas envolvidas em fofocas maldosas podem causar danos irreparáveis.

– Meu bom pastor – começou Miss Marple –, o senhor nem parece deste mundo. Quem, como eu, observa a natureza humana há muito tempo acaba não esperando muito da humanidade. Atrevo-me a dizer que mexericos inúteis são inoportunos e indelicados, mas em geral verdadeiros, não é mesmo?

E como uma guerreira parta que atira a última flecha antes de fugir a galope, Miss Marple despediu-se.

Capítulo 3

– Velhinha impossível – falou Griselda assim que a porta se fechou.

Ela fez uma careta na direção dos visitantes recém-partidos, então olhou para mim e riu.

– Len, suspeita mesmo que estou tendo um caso com Lawrence Redding?

– Claro que não, querida.

– Mas você pensou que Miss Marple estava insinuando isso. Foi lindo o jeito como você me defendeu. Como... um tigre enfurecido.

Uma inquietude momentânea tomou conta de mim. Um clérigo da Igreja Anglicana nunca deveria colocar-se na posição de ser descrito como um tigre enfurecido.

– Senti que não podia deixar passar sem protesto – expliquei. – Mas, Griselda, você devia ser mais cuidadosa com as palavras.

– Refere-se à história da tribo canibal? – perguntou ela. – Ou à sugestão de que Lawrence está me pintando nua? Se elas soubessem que ele está me pintando com uma capa grossa de gola de pele bem alta (o tipo de coisa apropriada para vestir numa visita ao Papa), sem um pedacinho sequer de carne pecadora aparecendo! Na verdade, é tudo de uma pureza fabulosa. Lawrence nem tenta fazer amor comigo... Aliás, nem sei por quê.

– Ele sabe muito bem que você é uma mulher casada...

– Não se faça de antiquado, Len. Sabe melhor do que ninguém que uma moça atraente com marido bem mais velho é um manjar dos deuses para garanhões. Deve ter outra razão... Afinal, eu tenho lá meus encantos.

– Tem certeza de que não deseja fazer amor com ele?

– Te... nho – respondeu Griselda, titubeando mais do que eu consideraria adequado.

– Se ele está apaixonado por Lettice Protheroe...

– Pelo jeito, Miss Marple acha que não.

– Miss Marple pode estar enganada.

– Ela nunca está. Esse tipo de velhinha malévola sempre acerta. – Fez uma pausa e então disse com um rápido olhar de esguelha em minha direção: – Acredita em mim, não é? Que não há nada entre mim e Lawrence.

– Minha querida Griselda – falei surpreso. – Claro que acredito.

Minha esposa aproximou-se e me beijou.

– Queria que você não fosse assim tão fácil de enganar, Len. Acredita em tudo o que eu digo.

– Não podia ser diferente. Mas, querida, eu lhe imploro, segure a língua e tome cuidado com o que fala. Lembre que essas senhoras não têm senso de humor e levam tudo ao pé da letra.

– O que elas precisam – falou Griselda – é de um pouco de imoralidade nas próprias vidas. Então não se ocupariam tanto procurando imoralidades na vida dos outros.

E com isso ela se retirou da sala. Mirei o relógio e me apressei para fazer umas visitas que já deveriam ter sido feitas.

A missa de quarta-feira à tardinha teve pouca afluência, como de costume. Quando saí pelo corredor da igreja, depois de trocar de roupa na sacristia, o templo estava vazio, à exceção de uma mulher que permanecia em pé, sem tirar os olhos de uma de nossas janelas. Temos alguns vitrais antigos e requintados. Para falar a verdade, vale a pena admirar a própria arquitetura da igreja. Ela se virou ao escutar meus passos, e reconheci a sra. Lestrange.

Hesitamos por um instante. Então eu disse:

– Espero que a senhora esteja gostando de nossa humilde igreja.

– Estava admirando os vitrais.

A voz dela era agradável e suave, mas clara e com pronúncia bem delineada. Acrescentou:

– Sinto muito não estar em casa ontem quando sua esposa passou lá.

Conversamos alguns minutos sobre a igreja. Ficou evidente que ela era uma senhora culta e conhecedora de aspectos da história e da arquitetura episcopais. Deixamos o templo e caminhamos pela estrada, já que um dos caminhos para minha casa passava pela casa dela. Chegando ao portão, ela convidou em tom agradável:

– Não quer entrar? E me dizer o que o senhor pensa da nova decoração?

Aceitei o convite. Little Gates antigamente pertencia a um coronel anglo-indiano, e não pude deixar de sentir alívio ao notar o sumiço das mesas de bronze e dos ídolos birmaneses. A mobília agora era bem simples, mas de gosto apurado. Transmitia uma sensação de calma e harmonia.

No entanto, cada vez mais eu ficava curioso para saber o que trouxera uma mulher como a sra. Lestrange a St. Mary Mead. Estranho que uma dama obviamente tão viajada viesse se esconder numa aldeiazinha do interior.

À luz clara da sala, tive oportunidade de observar a anfitriã com atenção pela primeira vez.

Porte altivo, cabelo dourado com matizes ruivos, sobrancelhas e cílios escuros – difícil de descobrir se por arte ou por natureza. Se, como pensei, ela estava maquiada, fora um trabalho primoroso. Havia algo de esfinge naquele rosto quando estava em paz, e nele brilhavam os olhos mais raros que já vi – de tons quase dourados.

Ela se vestia de modo impecável e demonstrava toda a desenvoltura de uma dama de boa estirpe. Contudo, algo nela soava incongruente e desconcertante. Percebia-se que sobre ela pairava um mistério. O que me fez lembrar a palavra usada por Griselda: *sinistro*. Tolice, é claro, mas... seria mesmo tolice? O pensamento me veio espontâneo: "Essa mulher é capaz de qualquer coisa".

Nossa conversa correu nas linhas mais esperadas – filmes, livros, igrejas antigas. Mas, não sei por que, fiquei com a forte impressão de que a sra. Lestrange queria me dizer algo mais – algo de natureza bem distinta.

Flagrei-a uma ou duas vezes me encarando com hesitação curiosa, como se estivesse indecisa. Manteve a conversa, percebi, exclusivamente sobre assuntos impessoais. Não fez menção a marido nem a parentes.

Porém, durante o tempo todo permanecia aquela singular e premente súplica no olhar. Como se dissesse: "Devo contar? Quero contar. Pode me ajudar?"

No final, a sensação se esvaiu – ou talvez tenha sido tudo imaginação. Tive a impressão de que estava sendo mandado embora. Levantei-me e tomei meu rumo. No instante em que deixava a sala, relanceei o olhar para trás e vi que ela estava me fitando com uma expressão perplexa e ambígua. Seguindo o impulso retrocedi:

– Se houver algo em que eu possa ajudar...

Ela respondeu vacilante:

– É muita bondade sua...

Entreolhamo-nos em silêncio. Por fim ela disse:

– Queria ter coragem. É difícil... Mas acho que ninguém pode me ajudar. Obrigada por se oferecer.

Aquilo soou decisivo, então fui saindo. A caminho da rua, dei asas à imaginação. Não estamos acostumados com mistérios em St. Mary Mead.

Tanto isso é verdade que, tão logo eu coloquei o pé na calçada, alguém pegou meu braço. A srta. Hartnell é campeã em agarrar a gente de um modo incômodo e opressivo.

– *Vi* o senhor! – exclamou com humor enfadonho. – E fiquei *tão* empolgada. Agora pode nos contar tudo.

– Tudo o quê?

– A dama misteriosa! É viúva ou tem marido em algum lugar?

– Não sei dizer. Ela não me contou.

– Estranho. Era quase certo que ela mencionaria algo casualmente. Dá a impressão que ela tem um motivo para não falar, não é mesmo?

– Não vejo as coisas assim.

– Ah! Mas como nossa querida Miss Marple diz, o senhor nem parece pertencer a este mundo, querido pastor. Diga-me, ela conhece o dr. Haydock há muito tempo?

– Não sei. Ela não falou nele.

– Verdade? Mas então sobre o que conversaram?

– Cinema, música, literatura – relatei de modo verídico.

A srta. Hartnell, cujos tópicos de conversa são puramente pessoais, desconfiou um tanto cética. Aproveitando um instante de hesitação momentânea da parte dela sobre a continuidade da conversa, despedi-me e afastei-me com rapidez.

Visitei uma residência distante do centro do povoado e voltei para minha casa pelo portão do jardim, passando, ao fazê-lo, pelo perigoso trecho defronte ao jardim de Miss Marple. Era humanamente impossível que as novidades sobre minha visita à sra. Lestrange tivessem alcançado os ouvidos dela, por isso eu tinha motivos para me sentir seguro.

Ao trancar o portão, tive a ideia de passar no bangalô do jardim que o jovem Lawrence Redding estava usando como estúdio e conferir com os próprios olhos o progresso do retrato de Griselda.

Anexo aqui um desenho útil levando em conta os eventos seguintes, incluindo apenas os detalhes necessários.

Planta A

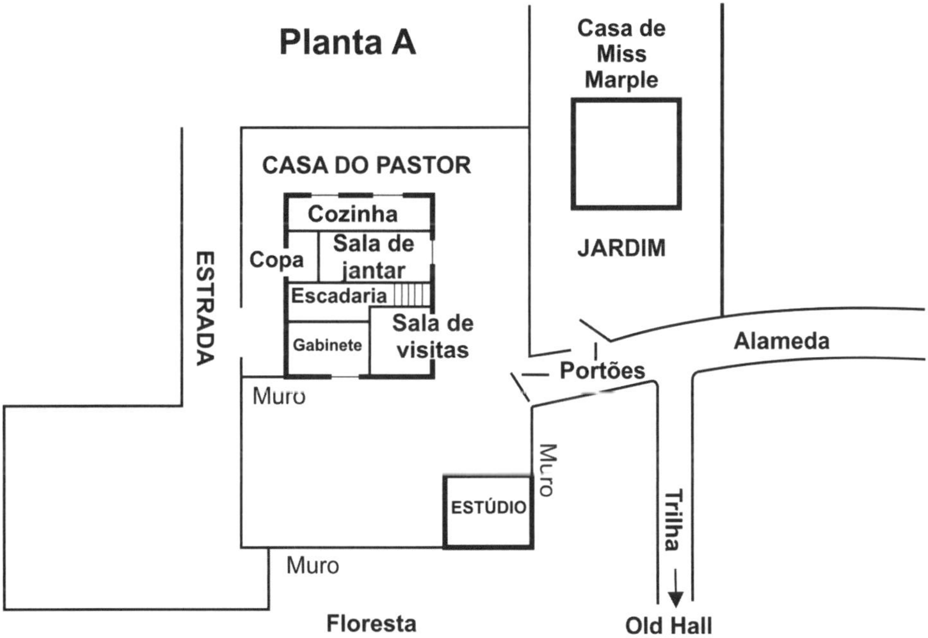
Casa de Miss Marple
JARDIM
CASA DO PASTOR
Cozinha
Copa
Sala de jantar
Escadaria
Gabinete
Sala de visitas
ESTRADA
Muro
Portões
Alameda
Muro
ESTÚDIO
Trilha
Muro
Floresta
Old Hall

Não sabia se havia alguém no estúdio. Não escutei vozes lá dentro para me alertar e acredito que meus passos não fizeram ruído na grama.

Abri a porta e estaquei constrangido no limiar. Havia duas pessoas no estúdio; os braços do homem envolviam a mulher, e ele a beijava com ardor.

As duas pessoas eram o artista, Lawrence Redding, e a sra. Protheroe.

Recuei às pressas e bati em retirada ao gabinete. Lá sentei numa poltrona, peguei o cachimbo e mergulhei em pensamentos. A descoberta me deixara bastante chocado. Em especial desde o diálogo com Lettice àquela tarde, eu desenvolvera a certeza de que havia algum tipo de entendimento crescente entre ela e o jovem. Além disso, fiquei convencido de que ela própria pensava assim. A meu ver, ela não tinha a mínima ideia do interesse do artista por sua madrasta.

Emaranhado obsceno. Meio a contragosto, dei o braço a torcer a Miss Marple. Não se enganara, ao contrário: claramente suspeitara da situação real com relativa exatidão. Eu não soube ler nas entrelinhas o significativo olhar que ela lançara a Griselda.

Nem passou pela minha cabeça considerar a sra. Protheroe naquele assunto. A sra. Protheroe sempre deu a impressão de ser como a mulher de César – calada, autossuficiente, de quem não se suspeitaria quaisquer profundezas sentimentais.

Quando alcancei esse ponto em minhas meditações, uma batidinha na porta de vidro me alarmou. Levantei-me e fui ver quem era. A sra. Protheroe estava parada do lado de fora. Abri a porta e ela entrou, sem esperar convite. Ofegante, atravessou o gabinete e afundou-se no sofá.

Tive a sensação de que nunca a tinha visto antes. Saiu de cena a mulher calada e autossuficiente. No lugar dela, surgiu uma criatura arquejante e desatinada. Pela primeira vez, me dei conta de que Anne Protheroe era linda.

Cabelos castanhos, faces alvas e olhos cinzentos profundos. Agora estava corada, e o peito arfava. Era como se uma estátua de repente tivesse recebido um sopro de vida. Meus olhos piscavam e mal conseguiam acreditar naquela transformação.

– Achei melhor vir aqui – disse ela. – O senhor viu... viu agora há pouco, não?

Assenti com a cabeça. Ela falou baixinho:

– A gente se ama...

E, mesmo em meio a sua visível angústia, não pôde deixar de abrir um suave sorriso. O sorriso da mulher que enxerga o belo e o maravilhoso.

Permaneci mudo, e ela acrescentou em seguida:

– Imagino que isso lhe pareça muito errado.

– Espera que eu diga algo diferente, sra. Protheroe?

– Não... não, acho que não.

Continuei, tentando amenizar tanto quanto possível a minha voz:

– A senhora é casada...

Ela me cortou.

– Ah! Eu sei... eu sei. Pensa que eu já não fiquei moendo e remoendo isso? No fundo não sou uma pessoa má... não sou. E... nem sempre tudo é como a gente imagina.

Declarei solene:

– Fico feliz com isso.

Indagou temerosa:

– Vai contar para o meu marido?

Retorqui secamente:

– Parece consenso que um clérigo é incapaz de se comportar como um cavalheiro. Isso não é verdade.

Mirou-me com gratidão.

– Sou tão infeliz. Ah! Sou tão infeliz e miserável. Não consigo mais. Não consigo mesmo. E não sei o que fazer. – A voz dela se ergueu num leve tom de histeria. – Não tem ideia da vida que eu levo. Minha vida com Lucius é uma desgraça desde o começo. Mulher nenhuma pode ser feliz com ele. Eu queria que ele estivesse morto... É horrível, mas eu queria... Estou desesperada. Estou lhe dizendo, estou desesperada.

Assustou-se e olhou na direção da porta de vidro.

– O que foi isso? Pensei ter ouvido alguém. Talvez seja Lawrence.

Caminhei até a porta de vidro, que, ao contrário do que eu pensara, eu não tinha fechado. Saí e perscrutei o jardim, mas não havia ninguém à vista. Mas eu também estava convencido de que ouvira alguém. Ou talvez tivesse sido a certeza dela que me convencera.

Quando voltei ao gabinete, ela estava inclinada à frente, cabisbaixa. O próprio retrato do desespero. Repetiu:

– Não sei o que fazer. Não sei o que fazer.

Aproximei-me e sentei ao lado dela. Disse-lhe as coisas que considerava meu dever e tentei dizê-las com a convicção necessária, sempre com a inquietante consciência de que naquela mesma manhã eu expressara a opinião de que o mundo seria melhor sem o coronel Protheroe.

Acima de tudo, implorei para que não fizesse nada impensado. Abandonar o lar e o marido era um passo muito sério.

Não creio que a tenha convencido. Já estou há muito tempo neste mundo para saber que discutir com alguém apaixonado é quase inútil, mas acredito que ao menos minhas palavras a reconfortaram.

Quando se levantou para ir embora, ela me agradeceu e prometeu pensar no que eu disse.

Porém, depois que ela saiu, senti-me inquieto. Até então me equivocara ao avaliar a personalidade de Anne Protheroe. Agora ela se comportava como uma mulher aflita, o tipo de mulher capaz de qualquer coisa à mercê de suas emoções. E estava louca, perdida, irremediavelmente apaixonada por Lawrence Redding, bem mais moço que ela. Eu não gostava nada daquilo.

CAPÍTULO 4

Eu me esquecera por completo que tínhamos convidado Lawrence Redding para jantar àquela noite. Quando Griselda entrou de supetão e me repreendeu, frisando que faltavam dois minutos para o horário da janta, fiquei estarrecido.

– Espero que tudo corra bem – falou Griselda, seguindo meus passos na escadaria. – Pensei no que você disse no almoço e então tive boas ideias para o cardápio de hoje à noite.

Diga-se de passagem, nosso jantar provou, sem sombra de dúvidas, a veracidade da afirmação de Griselda de que tudo ia muito pior quando ela se esforçava. O cardápio, conceitualmente ambicioso, permitiu a Mary o prazer desconcertante de descobrir como melhor alternar pratos malcozidos e cozidos demais. As ostras que Griselda encomendara, à primeira vista fora do alcance da incompetência, infelizmente não puderam ser saboreadas, já que não havia nada em casa com que abri-las – detalhe só descoberto na hora em que foram servidas.

Cheguei a duvidar que Lawrence Redding desse o ar de sua graça. Ele bem que poderia ter arrumado uma desculpa.

Entretanto, ele chegou com pontualidade, e nós quatro sentamo-nos à mesa.

É incontestável: Lawrence Redding tem uma personalidade atraente. Deve andar por volta dos trinta anos. O cabelo é escuro, mas os olhos são de um azul brilhante, quase espantoso. Tipo do jovem com múltiplos talentos.

Excelente nos esportes, na caça, no palco (ator amador) e na narração de histórias de primeira grandeza. Monopoliza qualquer encontro. Calculo que tenha sangue irlandês nas veias. Não representa, de maneira nenhuma, a ideia que fazemos de um artista típico. Mas pelo visto domina o estilo moderno. Confesso que entendo pouco de arte.

Nada mais natural que nessa noite específica ele estivesse um pouquinho *distrait*. No conjunto, saiu-se muito bem. Não creio que Griselda nem Dennis tenham percebido algo de errado. Talvez nem eu mesmo tivesse percebido se não soubesse de antemão.

Griselda e Dennis, mais alegres que de costume, contavam piadas sobre o dr. Stone e a srta. Cram – o escândalo local! De repente me dei conta com agonia de que a diferença de idade entre Dennis e Griselda é menor do que a entre mim e Griselda. Ele me chama de tio Len, mas a chama de Griselda. Não sei bem por que motivo isso me deu uma sensação de solitude.

O incidente com a sra. Protheroe deve ter me afetado. Em geral, não sou dado a essas reflexões infrutíferas.

Griselda e Dennis exageraram em alguns comentários, mas não tive coragem de chamar a atenção deles. Sempre lastimei que a simples presença de um clérigo reprimisse as pessoas.

Lawrence participou da conversa com animação. Não obstante, notei os seus contínuos olhares em minha direção e não me surpreendi quando após o jantar ele manobrou para conseguir ficar a sós comigo no gabinete.

Tão logo nos vimos a sós, a atitude dele mudou.

– Descobriu nosso segredo, sir – disse ele. – O que vai fazer?

Eu podia ser mais direto com Redding do que com a sra. Protheroe, e foi isso que fiz. Ele absorveu bem.

– Claro – disse ele quando terminei –, de um pastor não se esperaria ouvir outra coisa. Não tenho intenção de ofendê-lo dizendo isso. Para ser sincero, acho que o senhor está certo. Mas o que acontece entre mim e Anne é bem diferente.

Respondi que aquela desculpa era usada desde Adão e Eva, e um sorrisinho estranho enrugou seus lábios.

– Quer dizer que todos pensam que seu caso é especial? Pode ser. Mas precisa acreditar numa coisa.

Garantiu-me que até então “nada de errado havia acontecido”. Anne, afirmou ele, era uma das mulheres mais honestas e leais da face da Terra. Disse também que não tinha ideia do que ia acontecer.

– Se fosse num livro – falou melancólico –, o velho morreria... para a felicidade geral da nação.

Eu o censurei.

– Ah! Não quis dizer que pretendo cravar uma faca nas costas dele, mas agradeceria com entusiasmo a quem o fizesse. Não existe alma no mundo capaz de falar bem dele. É mesmo de admirar que a primeira sra. Protheroe não o tenha eliminado. Fui apresentado a ela, anos atrás, e ela me pareceu bem capaz de matar alguém. Uma daquelas mulheres serenas e traiçoeiras. Ele só sabe esbravejar, criar encrenca, ser pão-duro como o diabo e destilar um humor especialmente sangrento. Não tem ideia do que Anne tem que suportar. Se eu tivesse dinheiro, fugiria com ela sem pensar duas vezes.

Então tive uma conversa franca com ele. Implorei que deixasse St. Mary Mead. Permanecer só traria ainda mais infelicidade a Anne Protheroe. O povo começaria a fofocar, o assunto chegaria aos ouvidos do coronel Protheroe e as coisas ficariam infinitamente piores para ela.

Lawrence protestou.

– Ninguém sabe de nada a não ser o senhor, padre.

– Meu caro, você subestima o instinto detetivesco da vida aldeã. Em St. Mary Mead, todo mundo sabe de nossos assuntos mais íntimos. Nenhum detetive na Inglaterra se iguala a uma solteirona de idade incerta com tempo livre.

Ele afirmou sossegado que estava tudo bem. Todos pensavam que o problema era com Lettice.

– Por acaso já lhe ocorreu – perguntei – que talvez Lettice também pense?

Ele se mostrou surpreso com a ideia. Lettice, afirmou, não se interessava por ele. Estava certo disso.

– Tipo estranho de moça – descreveu. – Parece sempre imersa numa espécie de sonho, mas atrás dessa máscara é bem prática. Todo aquele jeito vago não passa de pose. Lettice sabe muito bem o que está fazendo. E tem um curioso traço vingativo. O mais estranho é que ela detesta Anne. Simplesmente a abomina. Mas Anne sempre é um anjo perfeito com ela.

É evidente que sobre esse último detalhe não acreditei na palavra dele. Para jovens apaixonados, os objetos de suas paixões sempre se comportam como anjos. Mesmo assim, até onde eu pudera observar, Anne sempre tratara a enteada com bondade e justiça. O tom amargo de Lettice naquela tarde me pegara de surpresa.

Nossa conversa ficou por aí, porque Griselda e Dennis entraram de repente dizendo que não deixariam Lawrence se comportar como um ermitão.

– Puxa vida! – exclamou Griselda, jogando-se numa poltrona. – Como eu gostaria de algum tipo de emoção. Um assassinato... ou até mesmo um roubo.

– Não creio que exista alguém por aqui que valha a pena roubar – falou Lawrence, tentando entrar na brincadeira. – A não ser que roubássemos a dentadura postiça da srta. Hartnell.

– Ela estala de modo horrível – disse Griselda. – Mas está enganado, existe sim algo que vale a pena roubar. Lá em Old Hall eles têm uma fantástica prataria antiga. Saleiros e uma *tazza* Carlos II... várias coisas desse tipo. Creio que valem milhares de libras.

– O velho com certeza ia atirar em você com uma pistola do exército – falou Dennis. – É o tipo de coisa que ele ia gostar de fazer.

– Ah, mas primeiro a gente entrava e o rendia! – explicou Griselda. – Quem tem um revólver?

– Tenho uma pistola Mauser – informou Lawrence.

– Verdade? Que interessante. Por que motivo?

– Suvenir de guerra – respondeu Lawrence lacônico.

– Hoje o velho Protheroe mostrou a prataria ao dr. Stone – acrescentou Dennis. – O velho Stone fingiu estar muito interessado.

– Ué, eles não tinham brigado por causa da escavação? – indagou Griselda.

– Mas esse assunto já foi superado! – disse Dennis. – Também, sei lá o que as pessoas ganham escavando túmulos.

– O tal Stone me deixa com a pulga atrás da orelha – revelou Lawrence. – Ele deve ser muito desligado. Às vezes, a gente é capaz de jurar que não sabe nada sobre a própria especialidade.

– É o amor – concluiu Dennis. – A encantadora Gladys Cram não tem nada de impostora. Na brancura de seus dentes, mil prazeres permanentes. Foge comigo, meu bem; vem ser minha noiva, vem. No chão do quarto do hotel, um pedacinho do céu...

– Chega, Dennis – supliquei.

– Bem – falou Lawrence Redding. – Está na hora. Muito obrigado, sra. Clement, pela noite tão agradável.

Griselda e Dennis o acompanharam até a porta. Dennis voltou sozinho ao gabinete. Algo perturbara o rapaz. Ficou zanzando para lá e para cá, franzindo a testa e chutando a mobília.

Nossa mobília já é tão precária que dificilmente poderia ser mais danificada, mas arrisquei um delicado protesto.

– Desculpa – falou Dennis.

Permaneceu em silêncio por um instante e então explodiu:

– Que coisa mais nojenta é a fofoca!

Fiquei um pouco surpreso.

– Qual é o problema? – perguntei.

– Não sei se devo lhe contar.

Cada vez eu ficava mais surpreso.

– Coisa nojenta – repetiu Dennis. – Andar por aí falando coisas. Nem ao menos dizendo com todas as letras. Insinuando. O diabo que me carregue (desculpa) se eu lhe contar. É nojento demais.

Fitei-o com curiosidade, mas não insisti. Fiz algumas inferências, porém. Não é do feitio de Dennis levar as coisas ao pé da letra.

Griselda entrou naquele instante.

– A srta. Wetherby acabou de ligar – contou ela. – A sra. Lestrange saiu às oito e quinze e ainda não voltou. Ninguém sabe para onde ela foi.

– Por que deveriam saber?

– Mas ela não está na casa do dr. Haydock. A srta. Wetherby sabe disso porque ligou para a srta. Hartnell, vizinha do doutor, e ela garantiu não ter visto a sra. Lestrange.

– Para mim, é um mistério – disse eu – como o povo desta aldeia consegue se alimentar. Devem fazer as refeições espiando pela janela para ter a certeza de não perder nada.

– E isso não é tudo – falou Griselda, borbulhando de prazer. – Ficaram sabendo detalhes do hotel Blue Boar. O dr. Stone e a srta. Cram estão hospedados em quartos contíguos, MAS – ela balançou o impressionante dedo indicador – *sem porta entre os quartos*!

– Isso – ponderei – deve ter sido muito decepcionante para todos.

Griselda riu do comentário.

A quinta-feira não começou bem. Duas senhoras da paróquia resolveram brigar por causa da decoração da igreja. Fui chamado para intermediar a discussão entre as duas senhoras de meia-idade, que literalmente tremiam de raiva. Não fosse tão penoso, teria sido um interessante fenômeno físico.

Então tive que chamar a atenção de dois de nossos meninos do coral por chupar bala durante a missa toda. Como se isso não bastasse, fiquei com a inquietante sensação de que eu não estava conduzindo a cerimônia com todo o entusiasmo devido.

Em seguida, nosso organista, pessoa que se "melindra" com facilidade, ofendeu-se e teve que ser acalmado.

E quatro de minhas paroquianas mais pobres declararam guerra contra a srta. Hartnell, que veio falar comigo furiosa.

Mal saí da igreja, me encontrei com o coronel Protheroe. Ele estava muito bem-humorado, tendo condenado três pessoas que invadiam propriedades para caçar e pescar na sua atribuição de magistrado.

– Firmeza – bradou com seu vozeirão. É meio surdo e por isso levanta a voz, como em geral fazem os surdos. – É disso que precisamos hoje em dia... Firmeza! Serve de exemplo. Aquele patife do Archer saiu ontem e está jurando vingança contra mim, ouvi falar. Salafrário sem-vergonha! Homens ameaçados têm vida longa, diz o ditado. Na próxima vez em que eu pegá-lo roubando meus faisões, ele vai ver o que é bom. Frouxos! Hoje em dia, somos muito frouxos! Acredito em revelar a pessoa como ela é de verdade. Sempre pedem para levar em conta a esposa e os filhos. Pura tolice. Bobagem. Então um homem deve escapar às consequências de seus atos só porque choraminga que tem esposa e filhos? Para mim, tanto faz... Não importa quem for: médico, advogado, padre, caçador ou bêbado perdulário... Se for pego descumprindo a lei, deixe a lei puni-lo. Concorda comigo, tenho certeza.

– Esquece uma coisa – falei. – Meus votos me obrigam a respeitar uma qualidade acima de todas: a misericórdia.

– Bem, sou um homem justo. Ninguém pode negar isso.

Permaneci calado, e ele disse em tom mordaz:

– Por que não responde? Um centavo por seus pensamentos, meu caro.

Hesitei, então me decidi e falei:

– Quando meu dia chegar, vou ficar triste se a minha única alegação for a de ter sido justo. Porque isso pode significar que só vou receber justiça...

– Tsc, tsc! Precisamos é de um pouco de cristianismo militante. Sempre cumpri meu dever, espero. Bem, chega desse assunto. Vou visitá-lo hoje à tardinha, como combinado. Vou chegar às seis e quinze e não às seis, se não se importar. Preciso falar com um homem na vila.

– Seis e quinze está bom para mim.

Brandiu a bengala e afastou-se a passos largos. Ao me virar, deparei-me com Hawes. Tive a nítida impressão de que ele estava doente nesta manhã. Eu planejara censurá-lo por vários problemas de sua esfera de ação que haviam sido engavetados ou conduzidos de modo atabalhoado. Porém, ao ver a palidez e a fadiga do seu rosto, eu percebi que o homem estava doente.

Comentei isso; ele negou sem veemência. Enfim, confessou que não estava se sentindo muito bem e aceitou meu conselho de ir para casa descansar.

Almocei às pressas e saí para fazer algumas visitas. Griselda foi a Londres no trem econômico das quintas-feiras.

Retornei por volta das quinze para as quatro com a intenção de rascunhar o sermão dominical, mas Mary avisou que o sr. Redding me aguardava no gabinete.

Encontrei-o caminhando para cima e para baixo com o rosto tenso. Estava pálido e desfigurado.

Virou-se abruptamente quando entrei.

– Olhe aqui, sir. Pensei no que me disse ontem. Passei a noite em claro pensando no assunto. O senhor está certo. Preciso ir embora.

– Meu caro jovem – apaziguei.

– O senhor tem razão no que disse sobre Anne. Só vou trazer problemas a ela ficando aqui. Ela é... ela é boa demais para se envolver nisso. Percebo que tenho de ir. Já compliquei as coisas para ela o suficiente, que Deus me perdoe.

– Tomou a única decisão possível – elogiei. – Sei que é difícil, mas, acredite em mim, no final vai ser melhor para todo mundo.

Pude notar que ele pensou que aquilo era o tipo de coisa fácil de dizer para quem não sabia direito do que estava falando.

– Vai cuidar de Anne? Ela precisa de um amigo.

– Fique descansado. Farei tudo o que estiver ao meu alcance.

– Obrigado, padre. – Ele apertou minha mão. – É um homem bom. Vou encontrá-la esta noite para me despedir e amanhã faço as malas e vou embora. Não adianta prolongar o sofrimento. Obrigado por me deixar usar o bangalô como estúdio. Sinto muito não acabar o retrato da sra. Clement.

– Não se preocupe com isso, meu rapaz. Adeus, e que Deus lhe abençoe.

Quando ele se retirou, tentei organizar meu sermão, mas sem sucesso. Não parava de pensar em Lawrence e Anne Protheroe.

Tomei um chá preto insosso e frio, e às cinco e meia o telefone tocou. Fui informado de que o sr. Abbot de Lower Farm estava morrendo, e me pediram se eu poderia comparecer de imediato.

Liguei a Old Hall na mesma hora, pois Lower Farm ficava a quase três quilômetros de distância e não seria possível estar de volta até as seis e quinze. Nunca aprendi a andar de bicicleta.

Fui avisado, porém, de que o coronel Protheroe acabara de sair de carro. Então parti, alertando Mary de que eu recebera um chamado, mas tentaria estar de volta às seis e meia ou pouco depois.

Capítulo 5

Passavam de quinze para as sete quando me aproximei do portão de casa ao retornar. Antes de alcançá-lo, o portão se abriu de repente e Lawrence Redding irrompeu por ele. Quando me viu, ele estacou, e a sua aparência me deixou impressionado. Parecia à beira da loucura. Trazia os olhos estranhamente esbugalhados, a palidez de um cadáver e as feições crispadas por tremores convulsivos.

Fiquei me perguntando se ele não andara bebendo, mas logo repeli a ideia.

– Olá – cumprimentei –, veio falar comigo de novo? Sinto muito, tive que sair. Não quer voltar? Tenho que tratar com Protheroe uns assuntos contábeis, mas acho que não vamos demorar.

– Protheroe – disse ele, começando a rir. – Protheroe? Quer ver Protheroe? Ah, vai ver Protheroe, e como! Ah, meu Deus... e como vai!

Fitei-o. De modo instintivo estendi a mão na direção dele. Desviou-se com aspereza.

– Não – quase gritou ele. – Preciso ir embora... pensar. Preciso pensar. Tenho que pensar.

Desatou a correr e desapareceu estrada afora rumo à aldeia. Fiquei ali parado, seguindo-o com o olhar, voltando a considerar a ideia inicial sobre embriaguez.

Por fim, balancei a cabeça e me encaminhei para casa. A porta da frente sempre fica aberta, mas apesar disso bati a campainha. Mary apareceu, enxugando as mãos no avental.

– Até que enfim o senhor voltou – observou ela.

– O coronel Protheroe já chegou? – indaguei.

– No gabinete. Está aqui desde as seis e quinze.

– E o sr. Redding esteve aqui?

– Chegou agora há pouco. Perguntou pelo senhor. Falei que o senhor ia voltar a qualquer minuto e que o coronel Protheroe estava esperando no gabinete. Ele falou que ia esperar também e foi até lá. Está lá agora.

– Não, não está – retorqui. – Acabo de encontrá-lo a caminho da aldeia.

– Bem, vai ver que eu não escutei quando ele saiu. Ficou só dois minutinhos. A patroa ainda não voltou da capital.

Assenti distraído. Mary retirou-se para as bandas da cozinha, e eu enveredei pelo corredor e abri a porta do gabinete.

Meus olhos piscaram ao saírem do lusco-fusco do corredor e se depararem com o sol do crepúsculo que penetrava no ambiente. Dei dois passos e então estaquei paralisado.

Por um instante não pude entender o significado da cena à minha frente.

O coronel Protheroe jazia prostrado sobre a escrivaninha numa posição horrivelmente artificial. Perto da cabeça, uma poça de fluido escuro escorria devagar no tampo da mesa e pingava horrenda no chão, gota após gota.

Eu me recompus e me aproximei. A pele estava gélida ao toque. A mão que eu levantei caiu sem vida. Estava morto – com um tiro na cabeça.

Fui até a porta e chamei Mary. Quando ela veio, pedi que corresse o mais rápido que pudesse e trouxesse o dr. Haydock, que mora logo na curva da estrada. Disse a ela que acontecera um acidente.

Então voltei ao gabinete, fechei a porta e aguardei a chegada do médico.

Felizmente, Mary o encontrou em casa. Haydock é um bonachão corpulento e robusto de rosto sincero e vincado.

As sobrancelhas dele se ergueram quando apontei em silêncio a escrivaninha. Porém, como bom médico, ele não demonstrou quaisquer emoções. Inclinou-se sobre o morto, examinando-o com rapidez. Logo se endireitou e olhou em minha direção.

– E então? – indaguei.

– Sem dúvida está morto... deve ter morrido há meia hora, eu diria.

– Suicídio?

– Fora de cogitação, meu caro. Observe a posição do ferimento. Além disso, se ele próprio deu o tiro, onde está a arma?

Verdade se diga, não havia sinal de coisa parecida.

– É melhor não mexer em nada – aconselhou Haydock. – Acho melhor ligar para a polícia.

Apanhou o telefone e pediu uma ligação. Informou os fatos com a maior concisão possível, colocou o fone no gancho e atravessou o gabinete até onde eu estava sentado.

– Negócio nada agradável. Como o achou?

Expliquei.

– É... é assassinato? – indaguei sem convicção.

– É o que parece. Afinal de contas, o que mais poderia ser? Coisa mais estranha. Fico pensando quem poderia ter algo contra o pobre sujeito. Sei muito bem que ele não era lá muito popular, mas ninguém costuma ser assassinado por esse motivo... infelizmente!

– Tem um detalhe bem esquisito – contei. – Me chamaram esta tarde para visitar um paroquiano moribundo. Quando cheguei, todos ficaram surpresos com a minha presença. O doente estava bem melhor do que nos últimos dias, e a mulher dele negou peremptoriamente ter me ligado.

Haydock franziu o sobrolho.

– Isso é sugestivo... muito sugestivo. Você estava sendo tirado do caminho. Onde está sua mulher?

– Foi passar o dia em Londres.

– E a empregada?

– Na cozinha... no outro lado da casa.

– Onde seria improvável escutar algo que se passou aqui. Coisa mais sórdida. Quem sabia que Protheroe viria aqui esta noite?

– Ele comentou o fato esta manhã na rua central da aldeia para todo mundo ouvir, como de costume.

– Quer dizer que toda a aldeia sabia? Se bem que sempre sabem, de qualquer forma. Conhece alguém que tenha rixa contra ele?

O rosto lívido e o olhar fixo de Lawrence Redding vieram à minha mente. Fui poupado de responder por um barulho de pés se arrastando no corredor.

– A polícia – falou meu amigo, pondo-se em pé.

Nossa força policial estava representada na pessoa do guarda Hurst, com ares de suprema importância, mas um tanto preocupado.

– Boa noite, cavalheiros – saudou. – O inspetor vai chegar a qualquer minuto. Neste meio-tempo, vou seguir as instruções dele. Fomos informados que o coronel Protheroe foi encontrado morto... aqui na casa do pastor.

Fez uma pausa e dirigiu em minha direção um olhar desconfiado, que procurei enfrentar com a conduta adequada de quem sabe sua inocência.

Caminhou até a escrivaninha e proclamou:

– Ninguém toca em nada até o inspetor chegar.

Para a conveniência de meus leitores, incluo aqui o esboço da planta do gabinete.

Sacou o bloquinho, umedeceu o lápis na língua e mirou-nos com expectativa.

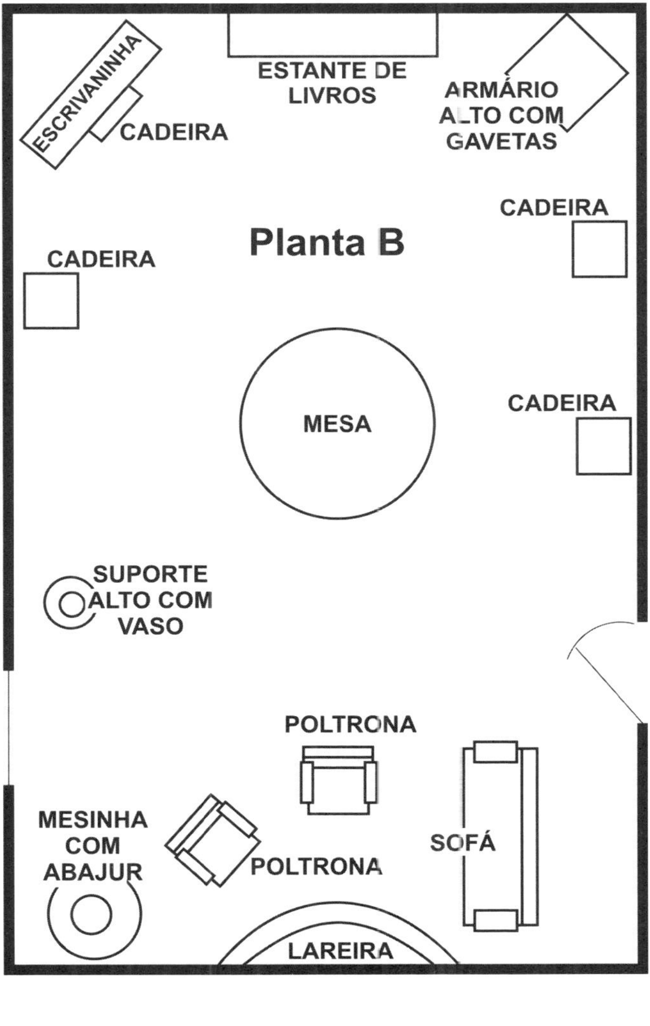
ESCRIVANINHA
CADEIRA
ESTANTE DE LIVROS
ARMÁRIO ALTO COM GAVETAS
CADEIRA
Planta B
CADEIRA
CADEIRA
MESA
SUPORTE ALTO COM VASO
POLTRONA
MESINHA COM ABAJUR
POLTRONA
SOFÁ
LAREIRA

Repeti meu relato sobre a descoberta do corpo. Depois de anotar tudo, o que levou algum tempo, ele volveu ao doutor.

– A seu ver, dr. Haydock, qual foi a causa da morte?

– Tiro na cabeça à queima-roupa.

– E a arma?

– Não posso afirmar com certeza até extrairmos a bala. Mas diria que é bem provável que a bala tenha sido disparada de uma pistola de pequeno calibre... Digamos uma Mauser calibre 6,35 mm.

Tive um sobressalto ao lembrar a conversa da noite anterior e a declaração de Lawrence Redding. O guarda cravou em mim seu olhar de peixe morto.

– Falou alguma coisa, sir?

Meneei a cabeça. Sejam quais fossem minhas suspeitas, eram meras suspeitas, e, por isso, era melhor não falar nada.

– Quando, em sua opinião, ocorreu a tragédia?

O doutor vacilou por um minuto antes de responder. Então disse:

– Está morto há pouco mais de meia hora, eu diria. Com certeza não mais do que isso.

Hurst dirigiu-se a mim.

– A moça escutou alguma coisa?

– Até onde eu sei, ela não escutou nada – respondi. – Mas é melhor perguntar a ela.

Mas neste instante chegou o inspetor Slack, tendo vindo de carro de Much Benham, a três quilômetros de distância.

Tudo o que posso dizer do inspetor Slack é que nunca um homem se esforçou com tanto afinco para contradizer o próprio nome. Moreno, inquieto e dinâmico, tinha olhos negros que dardejavam sem parar e modos rudes e arrogantes ao extremo.

Respondeu a nossas saudações com um breve meneio de cabeça, pegou na mão o bloquinho do subordinado, examinou-o, confabulou sucintamente com ele a meia-voz e caminhou na direção do corpo.

– Imagino que mexeram em tudo e trocaram tudo de posição – declarou.

– Não toquei em nada – garantiu Haydock.

– Muito menos eu – afirmei.

O inspetor ocupou-se por um tempo perscrutando os objetos na mesa e examinando a poça de sangue.

– Arrá! – exclamou em tom de triunfo. – É disso que precisávamos. Quando a vítima caiu para frente, emborcou o relógio. Isso nos vai dar a hora do crime. Seis e vinte dois. Quando disse que ocorreu a morte, doutor?

– Disse em torno de meia hora atrás, mas...

O inspetor consultou seu relógio.

– Sete e cinco. Fui avisado há uns dez minutos, perto de cinco para as sete. O corpo foi descoberto perto de quinze para as sete. Pelo que sei, o doutor foi chamado logo. Digamos que tenha examinado o corpo às dez para as sete... Caramba, isso nos leva quase ao segundo exato!

– Em hipótese alguma garanto o tempo – afirmou Haydock. – É apenas uma estimativa.

– Perfeito, doutor, perfeito.

Eu estivera tentando tomar a palavra.

– Sobre o relógio...

– Com licença, sir, eu faço as perguntas necessárias. O tempo é curto. Quero silêncio absoluto.

– Sim, mas gostaria de lhe dizer que...

– Silêncio absoluto – falou o inspetor, lançando-me um olhar feroz. Dei a ele o que pediu.

Ele continuou a perscrutar a escrivaninha.

– Por que ele estava sentado aqui? – rosnou ele. – Queria escrever um bilhete... hum... O que será isto?

Triunfante, ergueu um pedaço de papel de carta.

Estava tão contente com a descoberta que permitiu a nossa aproximação para examinarmos juntos.

Era uma folha de papel de carta com o timbre da igreja, e estava escrito 18h20 no cabeçalho. Lia-se:

"*Caro Clement,*

Sinto muito não poder esperar mais, mas tenho que..."

E nesse ponto a escrita escorregava num rabisco.

– Claro como água – enunciou triunfante o inspetor Slack. – Ele senta aqui para escrever este bilhete, o inimigo se aproxima sorrateiro pela porta de vidro e atira nele enquanto o coronel escreve. O que mais vocês querem?

– Quero apenas dizer... – comecei.

– Saia da frente, por favor, sir. Quero ver se existem pegadas.

Ajoelhou-se e foi engatinhando na direção da porta de vidro aberta.

– O senhor precisa saber... – falei obstinado.

O inspetor ergueu-se. Falou sem cólera, mas com firmeza.

– Mais tarde vamos checar todos os detalhes. Ficaria agradecido se os senhores se retirassem daqui. Por favor, saiam.

Permitimos sermos enxotados como crianças.

Parecia que uma eternidade havia se passado, mas o relógio marcava apenas sete e quinze.

– Bem – falou Haydock. – É isso. Quando aquele estúpido convencido precisar de mim, pode me procurar no meu consultório. Até logo.

– A patroa chegou – falou Mary, numa breve aparição da cozinha. Tinha os olhos arregalados e cheios de alvoroço. – Entrou cinco minutos atrás.

Encontrei Griselda na sala de visitas. Parecia apreensiva, mas empolgada.

Contei-lhe tudo, e ela escutou com atenção.

– A carta marca seis horas e vinte no cabeçalho – finalizei. – O relógio emborcou e parou às seis e vinte e dois.

– Sim – falou Griselda. – Mas não contou ao inspetor que aquele relógio sempre fica quinze minutos adiantado?

– Não – disse eu. – Não contei. Ele não me deixou. Fiz o que pude.

Griselda estava com a testa franzida e uma expressão perplexa.

– Mas, Len – ponderou ela –, isso torna a coisa toda extremamente fantástica. Pois, quando aquele relógio marcava seis e vinte, na verdade eram apenas seis e cinco, e às seis e cinco o coronel Protheroe nem tinha chegado ainda.

Capítulo 6

Por algum tempo ficamos quebrando a cabeça com o assunto do relógio, mas não chegamos à conclusão alguma. Griselda disse que eu deveria fazer um novo esforço para contar o detalhe ao inspetor Slack, mas naquela altura do campeonato eu estava me sentindo de um modo que posso descrever apenas como "teimoso".

O inspetor Slack havia sido de uma rudeza abominável e desnecessária. Eu não via a hora de ter a oportunidade de dar minha contribuição valiosa e provocar seu desapontamento. Então eu acrescentaria em tom de leve censura:

– Se tivesse me escutado, inspetor Slack...

Eu esperava ao menos que ele falasse comigo antes de ir embora, mas para nossa surpresa ficamos sabendo por Mary que ele havia partido, tendo chaveado a porta do gabinete e dado ordens para ninguém tentar entrar no recinto.

Griselda sugeriu dar uma chegada em Old Hall.

– Vai ser tudo tão horrível para Anne Protheroe... lidar com a polícia e tudo o mais – falou ela. – Talvez eu possa fazer algo para ajudá-la.

Aprovei esse plano de bom grado, e Griselda me avisou que telefonaria caso pensasse que a minha presença seria útil ou reconfortante para a filha ou a viúva.

De minha parte, liguei aos professores da catequese, que chegariam às sete e quarenta e cinco da noite para os preparativos semanais das aulas. Considerei que diante das circunstâncias o melhor seria cancelar o compromisso.

Dennis foi o próximo a chegar ao local, direto de uma partida de tênis. Parece que o fato de ter acontecido um assassinato na casa do pastor lhe proporcionou intensa satisfação.

– Imagine só estar bem na cena do crime! – exclamou ele. – Sempre quis estar bem no meio de um caso desses. Por que a polícia trancou o gabinete? Será que nenhuma das outras chaves serve?

Proibi que se tentasse alguma coisa nessa linha. Dennis desistiu contrafeito. Depois de extrair de mim todo e qualquer detalhe possível, ele saiu para procurar pegadas no jardim, observando com animação que por sorte tinha sido apenas o velho Protheroe, de quem ninguém gostava.

A sua alegre insensibilidade irritou-me bastante, mas refleti que talvez eu estivesse sendo rigoroso com ele. Na idade de Dennis, uma história policial é uma das melhores coisas da vida, e topar com uma história policial de verdade completa, com cadáver e tudo na porta da casa, por assim dizer, com certeza conduz um menino de cabeça sadia ao sétimo céu. A morte não significa quase nada para um rapazola de dezesseis anos.

Mais ou menos uma hora depois, Griselda estava de volta. Ela conversara com Anne Protheroe e chegara pouco depois que o inspetor lhe dera a notícia.

Ao ficar sabendo que a sra. Protheroe vira o marido pela última vez na aldeia por volta de quinze para as seis e que ela não sabia de nada que lançasse alguma luz sobre o assunto, ele se retirara, explicando que voltaria no dia seguinte para uma entrevista mais completa.

– Ele foi bem decente à sua maneira – reconheceu Griselda a contragosto.

– Como a sra. Protheroe recebeu a notícia? – eu quis saber.

– Bem... ela estava muito calada... se bem que ela sempre é.

– Sim – concordei. – Não consigo imaginar Anne Protheroe histérica.

– Claro que foi um tremendo choque. Era fácil notar isso. Ela me agradeceu por ter ido e disse que estava muito agradecida, mas eu não podia fazer nada.

– E Lettice?

– Em algum lugar jogando tênis. Não tinha chegado em casa ainda.

Houve uma pausa. Em seguida Griselda falou:

– Sabe, Len, ela estava mesmo muito calada... muito estranha mesmo.

– O choque – sugeri.

– Sim... imagino que sim. No entanto... – Griselda enrugou a testa com perplexidade. – Não sei explicar, mas não era só isso. Ela não parecia desnorteada, mas sim... apavorada.

– Apavorada?

– Sim... sem demonstrar, sabe. Pelo menos não querendo demonstrar. Mas com um olhar esquisito e vigilante. Fico pensando se ela não tem alguma ideia de quem é o assassino. Perguntou várias vezes se a polícia tinha algum suspeito.

– Mesmo? – indaguei pensativo.

– Sim. Claro que Anne tem um autocontrole magnífico, mas era possível perceber que estava bastante perturbada. Mais do que eu teria imaginado, afinal ela não era assim tão dedicada a ele. Aliás, eu diria inclusive que ela não gostava dele.

– A morte às vezes muda nossos sentimentos – falei.

– Imagino que sim.

Dennis entrou, todo empolgado com uma pegada que encontrara num dos canteiros de flores. Estava certo de que a polícia havia deixado passar e que aquilo causaria uma reviravolta no mistério.

Minha noite foi conturbada. Bem antes do café da manhã, Dennis já estava em pé circulando no terreno da casa, a fim de "investigar os desenlaces mais recentes", como ele disse.

Mas não foi ele, e sim Mary, quem nos trouxe a mais incrível notícia matinal.

Recém nos sentáramos à mesa para o café quando ela entrou de repente na sala, as bochechas rosadas e os olhos faiscando. Dirigiu-se a nós com a habitual falta de cerimônia.

– Quem diria! O padeiro acabou de me contar. A polícia prendeu o sr. Redding.

– Prendeu Lawrence? – perguntou Griselda incrédula. – Impossível. Deve ser algum engano estúpido.

– Engano nada, dona Griselda – confirmou Mary numa espécie de exultação maligna. – O sr. Redding se apresentou e confessou. Ontem à noite, no apagar das luzes. Entrou na delegacia, jogou a pistola na mesa e disse: "Fui eu". Sem tirar nem pôr.

Olhou para nós dois, balançou a cabeça com vigor e retirou-se satisfeita com o efeito que provocara. Griselda e eu nos entreolhamos.

– Ah! Não é verdade – falou Griselda. – Não *pode* ser verdade.

Percebeu meu silêncio e disse:

– Len, pensa que é verdade?

Difícil responder. Sentei em silêncio, um torvelinho de pensamentos na cabeça.

– Ele só pode estar louco – disse Griselda. – Completamente louco. Ou será que eles estavam olhando a pistola e de repente ela disparou?

– Isso não me parece nada provável.

– Mas deve ter sido um acidente. Não há nem sombra de motivo. Que razão teria Lawrence para matar o coronel Protheroe?

Eu poderia responder àquela pergunta com bastante convicção, mas queria poupar Anne Protheroe tanto quanto possível. Talvez ainda houvesse chance de manter o nome dela fora disso.

– Lembre-se que os dois tiveram uma discussão – falei.

– Sobre Lettice e o maiô dela. Sim, mas isso é um absurdo; e mesmo se ele e Lettice tivessem noivado em segredo... isso não é motivo para matar o pai da noiva.

– Não conhecemos os fatos verdadeiros do caso, Griselda.

– Acredita *mesmo*, Len?! Ah! Como tem coragem? Estou dizendo, tenho *certeza* de que Lawrence nunca encostou em um fio de cabelo dele.

– Não esqueça que eu me encontrei com ele no portão. Ele parecia tresloucado.

– Sim, mas... ah! É impossível.

– E tem o relógio também – falei. – Isso explica o relógio. Lawrence deve ter atrasado o relógio para as seis horas e vinte minutos com a intenção de ter um álibi para si. E olhe como o inspetor Slack caiu na cilada.

– Está enganado, Len. Lawrence sabia que aquele relógio estava sempre adiantado. "Para manter o pastor sempre no horário!", ele costumava dizer. Lawrence jamais teria cometido o erro de atrasar o relógio para as seis horas e vinte e dois minutos. Teria colocado os ponteiros digamos... em quinze para as sete.

– Talvez ele não soubesse a hora que Protheroe chegou aqui. Ou talvez tivesse apenas esquecido que o relógio estava adiantado.

Griselda discordou.

– Não, quem comete assassinato toma extremo cuidado com esse tipo de coisa.

– Como é que você sabe, meu bem – falei com suavidade. – Nunca cometeu um.

Antes que Griselda pudesse responder, uma sombra projetou-se na mesa do café, e uma voz meiga disse:

– Espero não estar sendo inoportuna. Por favor, me perdoem. Mas nessas circunstâncias lamentáveis... nessas circunstâncias mais que lamentáveis...

Era nossa vizinha, Miss Marple. Aceitando nossas educadas manifestações, ela entrou pela porta de vidro, e eu puxei uma cadeira para ela. Estava um pouco enrubescida e bastante agitada.

– Coisa terrível, não é mesmo? Pobre coronel Protheroe. Ele não era lá muito agradável nem chegava a ser exatamente popular, mas isso não torna o fato menos triste. E baleado em pleno gabinete da casa do pastor, não é verdade?

Respondi que esse era realmente o caso.

– Mas o querido pastor não estava em casa na hora? – questionou Miss Marple, dirigindo-se a Griselda. Expliquei a ela onde eu estivera.

– O sr. Dennis não está com vocês hoje de manhã? – indagou Miss Marple, correndo os olhos ao redor.

– Dennis – contou Griselda – se considera um detetive amador. Está animadíssimo com a pegada que encontrou num dos canteiros de flores. Imagino que ele tenha ido contar à polícia.

– Ora, ora – falou Miss Marple. – Quanta confusão, não é? E o sr. Dennis pensa que sabe quem cometeu o crime. Bem, suponho que cada um de nós pensa que sabe.

– Quer dizer que é óbvio? – indagou Griselda.

– Não, querida, não quis dizer isso, de modo algum. Acho inclusive que todos pensam que foi alguém diferente. Por isso é tão importante ter *provas*. Eu, por exemplo, estou *plenamente* convencida que sei quem foi. Mas, admito, não tenho prova alguma. Sei que é preciso tomar muito cuidado com o que se diz numa situação como essa... Acusação caluniosa, não é assim que se chama? Já tinha me decidido a ter o *maior* cuidado com o inspetor Slack. Ele mandou me avisar que viria falar comigo esta manhã, mas agora acabou de me ligar dizendo que não vai ser mais necessário.

– Imagino que depois da prisão não seja mais necessário – comentei.

– Prisão? – Miss Marple inclinou-se à frente, as bochechas róseas de excitação. – Eu não sabia que alguém tinha sido preso.

É tão incomum Miss Marple estar menos informada do que nós que eu tomara como certo que ela sabia das últimas novidades.

– Pelo jeito, não estávamos falando a mesma língua – comentei. – Sim, houve uma prisão: Lawrence Redding.

– Lawrence Redding? – Miss Marple demonstrou bastante surpresa. – Eu jamais teria imaginado que...

Griselda atalhou com veemência.

– Continuo não acreditando. Não, nem mesmo depois de ele ter confessado.

– Confessado? – perguntou Miss Marple. – Quer dizer que ele confessou? Ah! Pelo jeito, estou meio por fora...

– Só pode ter sido alguma espécie de acidente – falou Griselda. – Não acha, Len? Quero dizer, ele ter se entregado dá essa impressão.

Miss Marple inclinou-se à frente com ansiedade.

– Ele se entregou, então?

– Sim.

– Ah! – exclamou Miss Marple, suspirando fundo. – Estou tão contente... tão contente.

Fitei-a com certa surpresa.

– Mostra um remorso genuíno – falei.

– Remorso? – indagou Miss Marple surpresa. – Ah, mas com certeza, meu caro pastor, não pensa que ele é culpado?

Foi a minha vez de encará-la fixamente.

– Mas já que ele confessou...

– Sim, mas é isso mesmo que prova, não é? Quero dizer, prova que ele não teve nada a ver com isso.

– Não – discordei. – Posso ser obtuso, mas não consigo entender de que modo uma confissão prova inocência. Se você não cometeu um crime, não vejo qual a vantagem em fingir que cometeu.

– Ah, é claro, existe um motivo! – ponderou Miss Marple. – Sem dúvida. Sempre existe um motivo para tudo, não é mesmo? E moços são tão impulsivos e em geral propensos a acreditar no pior.

Ela se voltou para Griselda.

– Não concorda comigo, querida?

– Eu... não sei – disse Griselda. – Não sei o que pensar. Não consigo perceber por que motivo Lawrence se comportaria como um perfeito imbecil.

– Se tivesse visto o rosto dele ontem à noite... – comecei.

– Conte-me – pediu Miss Marple.

Descrevi meu regresso ao lar enquanto ela escutava com atenção.

Quando acabei, ela disse:

– Sei que muitas vezes sou meio tola e não capto as coisas como deveria, mas realmente não entendo aonde o senhor quer chegar. A meu ver, se um jovem tomasse a decisão perversa de subtrair a vida de seu semelhante, ele não pareceria atormentado depois. Seria uma ação premeditada, a sangue-frio, e, embora o assassino pudesse estar um pouco agitado e talvez propenso a cometer algum pequeno deslize, não acho provável que fosse dominado por um estado de nervosismo como o que o senhor descreveu. É difícil se colocar numa posição dessas, mas não consigo me imaginar transtornada assim.

– Não sabemos as circunstâncias – argumentei. – Uma briga, um tiro disparado no calor do momento... E depois Lawrence pode ter se horrorizado com o que fez. Na verdade, quero crer que foi isso mesmo que aconteceu.

– Caro sr. Clement, sei que a gente prefere ver as coisas sob certos prismas. Mas não é melhor aceitar os fatos como realmente são? E não me parece que os fatos corroborem a interpretação que o senhor dá a eles. A sua empregada declarou categoricamente que o sr. Redding esteve na casa apenas por alguns minutos, tempo insuficiente, com certeza, para se travar uma briga como a que o senhor descreveu. E, além do mais, pelo que sei, o coronel recebeu um tiro na parte de trás da cabeça quando escrevia uma carta... pelo menos foi o que a minha empregada disse.

– É verdade – confirmou Griselda. – Parece que ele estava escrevendo um bilhete para avisar que não podia esperar mais. O bilhete tinha o horário de seis e vinte, e o relógio na mesa foi derrubado e parou marcando seis horas e vinte e dois minutos. Foi justamente isso que nos deixou intrigados.

Ela explicou nosso costume de manter o relógio um quarto de hora adiantado.

– Muito interessante – disse Miss Marple. – Interessante mesmo. Mas o bilhete me parece ainda mais interessante. Quero dizer...

Calou-se e olhou ao redor. Lettice Protheroe estava parada do lado de fora da porta. Entrou cumprimentando-nos com a cabeça e murmurando:

– Bom dia.

Deixou-se cair numa cadeira e falou com rara animação:

– Fiquei sabendo que prenderam Lawrence.

– Sim – falou Griselda. – Foi um grande choque para nós.

– Nunca pensei mesmo que alguém ia matar meu pai – comentou Lettice. Obviamente estava orgulhosa por não deixar transparecer sinal de sofrimento nem emoção. – Muita gente queria matá-lo, estou certa disso. Em algumas ocasiões, até eu mesma tive vontade.

– Quer comer ou beber algo, Lettice? – indagou Griselda.

– Não, obrigada. Apenas dei uma passadinha para ver se não acharam minha boina... Uma boininha amarela, meio bizarra. Acho que deixei no gabinete no outro dia.

– Se deixou, ainda está lá – ponderou Griselda. – Mary nunca arruma nada.

– Vou dar uma olhada – falou Lettice, erguendo-se. – Desculpe incomodar, mas é que perdi todos os chapéus que eu tinha.

– Não vai poder pegá-la agora – alertei. – O inspetor Slack interditou o local.

– Ah, que chatice! Não dá para entrar pela porta de vidro?

– Sinto muito, mas está trancada por dentro. Com certeza, Lettice, uma boina amarela não seria adequada no momento, não é mesmo?

– Quer dizer luto e tudo o mais? Não vou me dar o trabalho de usar luto. Ideia tremendamente arcaica. É uma pena o que aconteceu com Lawrence... sim, é uma pena.

Levantou-se e franziu a testa, distraída.

– E tudo por minha causa, por causa do meu maiô. A coisa toda é de uma tolice enorme...

Griselda abriu a boca para dizer algo, mas por alguma razão oculta calou-se.

Um sorriso curioso brotou nos lábios de Lettice.

– Acho – disse ela docemente – que vou para casa contar a Anne que Lawrence foi preso.

Saiu pela porta de vidro. Griselda virou-se para Miss Marple.

– Por que pisou no meu pé?

A velhinha sorria.

– Achei que você ia dizer algo, querida. E em geral é bem melhor deixar as coisas evoluírem ao natural. Sabe, essa menina nem de longe é tão vaga quanto finge. Ela tem uma ideia bem exata na cabeça e está agindo de acordo com ela.

Mary deu uma batida forte na porta da sala de jantar e entrou logo depois.

– O que é? – indagou Griselda. – E Mary, lembre-se que você não deve ficar batendo nas portas. Já disse isso outras vezes.

– Sei que estão ocupados – falou Mary. – O coronel Melchett está aqui. Quer falar com o patrão.

O coronel Melchett é o comissário do condado. Ergui-me de imediato.

– Achei que não iam gostar que eu o deixasse plantado no hall, então eu o fiz passar até a sala de visitas – continuou Mary. – Posso tirar a mesa?

– Ainda não – disse Griselda. – Toco a sineta.

Ela se virou para Miss Marple, e eu saí da sala.

Capítulo 7

O coronel Melchett é um homenzinho garboso, com o hábito de bufar de modo repentino e inesperado. Tem o cabelo ruivo e olhos azuis brilhantes e sagazes.

– Bom dia, pastor – cumprimentou ele. – Que negócio desagradável, hein? Coitado do Protheroe. Não que eu gostasse dele. Não gostava. Ninguém gostava, aliás. E que incômodo para vocês também. Espero que o episódio não tenha aborrecido sua esposa.

Respondi que Griselda estava levando bem a situação.

– Tanto melhor. Coisa terrível de acontecer justo em nossa casa. Confesso que estou surpreso com o jovem Redding... o jeito como ele agiu. Sem um pingo de consideração pelo sentimento alheio.

Um desejo louco de rir tomou conta de mim, mas o coronel Melchett obviamente não via nada de estranho na ideia de um assassino ter consideração, então me controlei.

– Pois é, fiquei surpreso quando soube que o rapaz apareceu e se entregou – continuou o coronel Melchett, deixando-se cair numa cadeira.

– Como foi mesmo que aconteceu?

– Ontem à noite. Perto das dez. O sujeito entra, joga a pistola na mesa e fala: "Aqui estou. Fui eu". Simples assim.

– Qual o relato dele sobre o crime?

– Não contou quase nada. Foi alertado, é claro, sobre a gravidade de fazer um depoimento. Mas ele apenas riu.

Disse que veio aqui para falar com o senhor... e encontrou Protheroe no gabinete. Os dois discutiram e Redding atirou nele. Não quer contar o assunto da discussão. Olhe, Clement, cá entre nós... sabe de algo? Escutei boatos... sobre ele ter sido proibido de visitar a casa e tudo o mais. O que aconteceu... ele seduziu a filha ou o quê? Para o bem de todo mundo, não queremos envolver a moça mais do que o necessário. Era esse o problema?

– Não – respondi. – Acredite em mim, existia algo bem diferente, mas não posso falar mais do que isso por enquanto.

Ele aquiesceu com a cabeça e levantou-se.

– É bom saber. Fofoca é o que não falta. Excesso de mulheres na aldeia. Bem, preciso ir andando. Tenho que falar com Haydock. Ele foi chamado para fazer um atendimento, mas deve estar de volta agora. Falando a verdade, fiquei triste com a confissão de Redding. Ele sempre me deu a impressão de ser um jovem decente. Talvez a defesa consiga descobrir uma forma de abrandar a pena. Efeitos colaterais da guerra, sequelas dos bombardeios ou coisa semelhante. Em especial se nenhum motivo adequado aparecer. Tenho que ir. Quer me acompanhar?

Disse que gostaria muito, e saímos juntos.

A casa de Haydock fica ao lado da minha. A empregada dele informou que o doutor recém chegara e nos conduziu à sala de jantar, onde encontramos Haydock sentado à frente de um prato fumegante de ovos com bacon. Ele me cumprimentou com um meneio de cabeça amigável.

– Sinto muito por ter saído. Fui fazer um parto. Fiquei acordado a noite toda, lidando com o cadáver. Extraí a bala para o senhor.

Empurrou uma caixinha ao longo da mesa. Melchett a examinou.

– Calibre 6,35 mm?

Haydock assentiu.

– Vou deixar os detalhes técnicos para o inquérito – disse ele. – Tudo o que senhor precisa saber é que a morte foi quase imediata. Que rapaz tolo, por que será que ele fez isso? A propósito, é espantoso ninguém ter ouvido o tiro.

– Sim – concordou Melchett –, isso me intriga.

– A janela da cozinha abre-se para o lado oposto – ponderei. – Com a porta do gabinete, a porta da copa e a porta da cozinha todas fechadas, duvido que se escute alguma coisa, e só a empregada estava em casa.

– Hum... – murmurou Melchett. – Em todo caso, não deixa de ser estranho. Fico pensando se a velhinha... como é mesmo o nome dela... Marple, não escutou. A porta de vidro do gabinete estava aberta.

– Talvez tenha escutado – disse Haydock.

– Não creio – redargui. – Ela esteve em minha casa há pouco e não fez nenhum comentário a respeito disso, e estou certo de que teria feito caso ela tivesse escutado algo.

– Talvez tenha escutado e não tivesse prestado atenção... Confundiu com a explosão do escapamento de um veículo.

Fiquei surpreso ao perceber que, naquela manhã, Haydock parecia mais alegre e bem-humorado do que de costume. Passava a impressão de alguém que tentava com pudor não demonstrar animação especial.

– Quem sabe um silenciador? – acrescentou ele. – Isso é bem plausível. Então ninguém escutaria nada.

Melchett balançou a cabeça.

– Slack não achou nada desse tipo e perguntou a Redding. No começo, Redding não entendeu, depois negou incisivamente ter usado algo parecido. E imagino que nesse caso devemos acreditar nele.

– Sim, é verdade, pobre diabo.

– Imbecil maldito – praguejou o coronel Melchett. – Perdão, Clement. Mas é o que ele é! A gente não consegue se acostumar com a ideia de que ele é um assassino.

– Algum motivo? – perguntou Haydock, tomando o último gole de café e empurrando a cadeira para trás.

– Alega que os dois discutiram. Perdeu o controle e atirou no velho.

– Quer nos persuadir que foi homicídio não premeditado, então? – O doutor meneou a cabeça. – Essa história não convence. Aproximou-se furtivo por trás enquanto o outro escrevia e deu um tiro na cabeça dele. Não é bem o que eu chamaria de "discussão".

– De qualquer forma, nem deu tempo para bate-boca – falei, lembrando as palavras de Miss Marple. – Chegar pé ante pé, atirar em Protheroe, atrasar o relógio para seis e vinte e dois e sair tomaria todo o seu tempo. Nunca vou esquecer do rosto dele quando nos encontramos no portão, nem do jeito como ele disse: "Quer ver Protheroe?... Ah, vai vê-lo, e como vai!" Só isso já bastaria para desconfiar de que algo errado havia acabado de acontecer.

Haydock me fitou.

– Como assim, acabado de acontecer? Quando acha que Redding atirou?

– Poucos minutos antes de eu chegar em casa.

O doutor balançou a cabeça.

– Impossível. Totalmente impossível. A essa altura, ele já estava morto há um bom tempo.

– Mas, meu caro – exclamou o coronel Melchett –, você mesmo disse que meia hora era apenas uma estimativa.

– Meia hora, trinta e cinco minutos, vinte e cinco minutos, vinte minutos, talvez... mas não menos. Caso contrário, o corpo ainda estaria quente quando eu o examinei a primeira vez.

Entreolhamo-nos. O rosto de Haydock mudara. De repente se tornara opaco e envelhecido. Fiquei admirado com aquela transformação.

– Mas olhe aqui, Haydock. – O coronel recuperou a voz. – Se Redding admite ter atirado nele às quinze para as sete...

Haydock ficou de pé num pulo.

– Impossível! – esbravejou. – Se Redding diz que matou Protheroe às quinze para as sete, está mentindo. Que um raio me fulmine, sou médico e sei do que estou falando. O sangue tinha começado a coagular.

– Se Redding estiver mentindo... – começou Melchett. Parou e meneou a cabeça. Por fim, disse:

– É melhor irmos à delegacia falar com ele.

Capítulo 8

Percorremos em silêncio o caminho até a delegacia. Haydock diminuiu o passo e cochichou em meu ouvido:

– Isso não está me cheirando bem. Não mesmo. Tem algo nessa história que eu não entendo.

Parecia todo inquieto e consternado.

O inspetor Slack estava na delegacia, e logo nos vimos cara a cara com Lawrence Redding.

Lívido e extenuado, mas tranquilo – "diante das circunstâncias", pensei com os meus botões, "tranquilo até demais". Melchett soltou um murmúrio de hesitação, nitidamente nervoso.

– Olhe aqui, Redding – começou –, consta que você prestou depoimento ao nosso inspetor Slack aqui. Afirmou que foi à casa do pastor por volta de quinze para as sete, lá se encontrou com Protheroe, discutiu com ele, atirou nele e foi embora. Não estou lendo o depoimento, mas em essência é isso.

– Sim.

– Vou fazer algumas perguntas. Já lhe avisaram de que não é obrigado a respondê-las, a menos que assim o deseje. O seu advogado...

Lawrence atalhou.

– Não tenho nada a esconder. Eu matei Protheroe.

– Ah! – bufou Melchett. – Por que levava uma pistola consigo?

Lawrence titubeou.

– Estava no meu bolso.

– Levou a pistola à casa do pastor?

– Sim.

– Por quê?

– Sempre a carrego.

Vacilara de novo antes de responder, e tive certeza de que mentia.

– Por que atrasou o relógio?

– O relógio? – repetiu perplexo.

– Sim, os ponteiros marcavam seis e vinte e dois.

Um medo repentino surgiu no rosto dele.

– Ah! Aquilo... sim. Eu... eu... ajustei o relógio.

Haydock de súbito tomou a palavra.

– Onde você atirou no coronel Protheroe?

– No gabinete da casa do pastor.

– Eu quis dizer: em qual parte do corpo?

– Ah!... Eu... na cabeça, acho. Sim, na cabeça.

– Não tem certeza?

– Se o senhor sabe, não vejo por que motivo precisa me perguntar.

Foi uma débil tentativa de bazófia. Então se escutou lá fora um princípio de alvoroço. Um guarda sem capacete trouxe uma carta.

– Para o pastor. No envelope diz que é urgente.

Rasguei o envelope e li:

"Por favor... venha falar comigo. Não sei o que fazer. É tudo tão horrível. Preciso contar a alguém. Por favor, venha logo e traga junto quem quiser.

Anne Protheroe."

Mirei Melchett com um olhar significativo. Ele percebeu a dica. Saímos todos juntos. Por cima do ombro, vi de relance o olhar de Lawrence Redding cravado no papel em minha mão. Não creio ter visto em outra ocasião olhos tão repletos de angústia e desespero.

Lembrei de Anne Protheroe no sofá dizendo: "Sou uma mulher desesperada", e senti um coração de chumbo dentro de mim. Agora eu percebia a possível razão para a heroica autoacusação de Lawrence Redding. Melchett confabulava com Slack.

– Tem ideia do paradeiro de Redding ao longo do dia? Há motivos para crer que ele matou Protheroe mais cedo do que ele afirma ter matado. Investigue isso, certo?

Virou-se para mim e, sem dizer nada, eu lhe entreguei a carta de Anne Protheroe. Leu e fez uma cara de espanto. Então me fitou com olhos indagadores.

– Foi isso que você insinuou hoje de manhã?

– Sim. Naquela hora eu não sabia se devia falar. Agora sei que devo.

E contei ao comissário o que eu testemunhara aquela noite no estúdio.

O coronel trocou umas palavras com o inspetor, e em seguida partimos em direção a Old Hall. O dr. Haydock veio conosco.

Um mordomo distinto abriu a porta, com a dose exata de pesar na conduta.

– Bom dia – saudou Melchett. – Pode fazer a gentileza de avisar a criada da sra. Protheroe que estamos aqui e queremos falar com a dona da casa? Então volte porque temos umas perguntas a lhe fazer.

O mordomo retirou-se com pressa e pouco depois trouxe a informação de que o recado fora transmitido.

– Agora, sobre ontem – falou o coronel Melchett. – O seu patrão almoçou em casa?

– Sim, sir.

– Estava com o humor de sempre?

– Até onde pude notar, sim, sir.

– O que aconteceu depois disso?

– Depois do almoço, a sra. Protheroe foi se deitar, e o coronel entrou no gabinete. A srta. Lettice saiu no conversível para jogar tênis. O coronel e a sra. Protheroe tomaram chá às quatro e meia na sala. O carro foi encomendado para as cinco e meia para levá-los à aldeia.

Logo depois que saíram, o sr. Clement telefonou – fez uma reverência em minha direção –, e eu disse que eles já tinham saído.

– Hum... – falou o coronel Melchett. – Quando Lawrence Redding esteve aqui pela última vez?

– Terça-feira à tarde, sir.

– Pelo que eu soube, houve um desentendimento entre eles.

– Creio que sim, sir. O coronel me deu ordens expressas para não deixar mais o sr. Redding entrar na casa.

– Tem certeza de que não escutou parte da discussão? – indagou o coronel Melchett à queima-roupa.

– O coronel Protheroe, sir, tinha voz bem alta, ainda mais quando estava brabo. Era impossível não escutar uma palavra aqui, outra ali.

– O suficiente para ficar sabendo o motivo da discussão?

– Fiquei com a impressão, sir, de que teve a ver com o retrato que o sr. Redding estava pintando... o retrato da srta. Lettice.

Melchett grunhiu.

– Viu o sr. Redding quando ele saiu?

– Sim, sir, eu o acompanhei até a porta.

– Estava zangado?

– Não, sir. Se me permite observar, parecia estar se divertindo.

– Ah! Ele não veio aqui ontem?

– Não, sir.

– Alguém mais veio?

– Ontem não, sir.

– Bem, e anteontem?

– O sr. Dennis Clement veio na parte da tarde. E o dr. Stone esteve aqui por um tempo. E uma dama à noite.

– Uma dama? – indagou Melchett surpreso. – Quem era ela?

O mordomo não conseguiu lembrar o nome. Nunca vira a mulher antes. Sim, ela deu o nome e, ao saber que a família estava jantando, informou que esperaria. Então ele a deixou esperando na salinha matinal.

Ela perguntou pelo coronel Protheroe, não pela sra. Protheroe. Ele avisou o coronel, e o coronel foi até a salinha assim que terminou de jantar.

Quanto tempo a visitante esperara? Mais ou menos meia hora. O coronel em pessoa a levou até a porta. Ah! Sim, lembrou o nome dela agora. Sra. Lestrange.

Isso foi uma surpresa.

– Curioso – disse Melchett. – Curioso mesmo.

Mas não continuamos a debater esse assunto, pois naquele instante chegou o recado de que a sra. Protheroe nos receberia.

Anne estava de cama. O olhar brilhava no rosto pálido. Sua expressão me deixou perplexo – um quê de resolução severa. Ela me fitou.

– Obrigado por vir logo – disse ela. – Vejo que entendeu o que eu quis dizer com trazer alguém junto.

Fez uma pausa.

– Melhor acabar logo com isso, não é? – indagou, abrindo um sorrisinho estranho, meio enternecedor. – Imagino que eu deva me dirigir ao senhor, coronel Melchett. Sabe, eu matei o meu marido.

O coronel Melchett intercedeu suavemente:

– Minha querida sra. Protheroe...

– Ah! É a pura verdade. Sei que disse sem fazer rodeios, mas nada me faz ficar histérica. Eu o odiava há muito tempo e ontem atirei nele.

Recostou a cabeça nos travesseiros e fechou os olhos.

– Isso é tudo. Imagino que vão me prender e me levar embora. Vou me levantar e me vestir assim que conseguir. Agora estou me sentindo mal.

– Tem consciência, sra. Protheroe, de que o sr. Lawrence Redding já confessou a autoria do crime?

Anne abriu os olhos e assentiu com um enfático aceno de cabeça.

– Que tolo. Perdidamente apaixonado por mim. Fiquei surpresa com esse ato de nobreza da parte dele... Mas não deixa de ser uma tolice.

– Ele sabia que a senhora tinha cometido o crime?

– Sim.

– Como ele sabia?

Ela pensou duas vezes antes de falar.

– Contou a ele?

Ela continuava em dúvida. Enfim se decidiu.

– Sim... contei a ele...

Encolheu os ombros num gesto de irritação.

– Podem sair agora? Já confessei. Não quero falar mais no assunto.

– Onde conseguiu a pistola, sra. Protheroe?

– A pistola! Ah, era de meu marido. Estava no toucador... numa das gavetas.

– Entendo. E a levou junto até a casa do pastor?

– Sim. Eu sabia que ele ia estar lá...

– A que horas foi isso?

– Depois das seis, acho... em torno de seis e quinze ou seis e vinte...

– Levou a pistola com o objetivo de atirar em seu marido?

– Não... eu... era para atirar em mim.

– Sei. Mas foi à casa do pastor?

– Sim. Cruzei o jardim até a porta de vidro. Não escutei vozes. Espiei o interior da peça. Vi meu marido. Não sei o que me deu... e eu disparei.

– E então?

– Então? Ah, então fugi.

– E contou ao sr. Redding o que tinha feito?

Outra vez percebi hesitação em sua voz, até que ela disse:

– Sim.

– Alguém viu a senhora entrando ou saindo da casa do pastor?

– Não... quer dizer, sim. A velha Miss Marple. Falei com ela uns minutinhos. Ela estava no jardim.

Ajeitou-se irrequieta nos travesseiros.

– Não chega? Já contei. Por que continuam me incomodando?

O dr. Haydock aproximou-se e sentiu o pulso dela.

Fez um sinal para Melchett com a cabeça.

– Ficarei com ela – sussurrou – enquanto tomam as medidas necessárias. Não é bom ela ficar sozinha. Pode tentar alguma bobagem.

Melchett assentiu.

Saímos do quarto e descemos as escadas. Vi uma figura magra e cadavérica sair do quarto contíguo e num impulso subi a escada outra vez.

– É o criado de quarto do coronel Protheroe?

O homem aparentou surpresa.

– Sim, sir.

– Sabe se o seu falecido patrão guardava uma pistola em algum lugar?

– Não que eu saiba, sir.

– Nem nas gavetas do toucador? Pense, rapaz.

O criado balançou a cabeça com ênfase.

– Tenho certeza que não, sir. Se fosse assim, eu a teria visto. Com certeza absoluta.

Desci correndo as escadas atrás dos outros.

A sra. Protheroe mentira sobre a pistola.

Por quê?

Capítulo 9

Depois de deixar um recado na delegacia, o comissário anunciou a intenção de fazer uma visita a Miss Marple.

– Venha comigo, pastor – pediu ele. – Não quero provocar histeria numa ovelha de seu rebanho. Por favor, colabore com a influência de sua presença suavizante.

Sorri. Não obstante a aparência frágil, Miss Marple consegue manter o autocontrole na frente de qualquer policial ou comissário do planeta.

– Como ela é? – quis saber o coronel enquanto tocávamos a campainha. – Devemos ou não levar em conta o que disser?

Considerei o assunto.

– Ela é bem confiável – afirmei cauteloso. – Quer dizer, isso enquanto estivermos falando do que ela realmente presenciou. Mas, é claro, quando o assunto for o que ela pensa... bem, daí a história é outra. Ela tem imaginação fértil e o hábito de pensar o pior de todo mundo.

– O protótipo da solteirona – comentou Melchett, rindo-se. – Eu já devia conhecer a raça a esta altura. Meu Deus, esses chazinhos de aldeia!

Fomos recebidos por uma empregada miudinha que nos deixou esperando numa acanhada sala de visitas.

– Móveis demais – disse o coronel Melchett, correndo os olhos ao redor. – Mas de qualidade. Sala bem feminina, não, Clement?

Concordei. Naquele instante a porta se abriu, e Miss Marple deu o ar de sua graça. Fiz as devidas apresentações, e o coronel tomou a palavra.

– Sinto muito incomodá-la, Miss Marple – disse o coronel, exagerando na postura militar, que imaginava agradar senhoras de idade. – O dever em primeiro lugar.

– Claro, claro – falou Miss Marple. – Entendo perfeitamente. Não querem sentar? Aceitam um cálice de conhaque de cereja? Fabricação própria. Receita da minha vó.

– Obrigado, Miss Marple. É bondade sua. Mas não vou aceitar. Não beber antes do almoço é o meu lema. Bem, eu queria trocar umas palavras com a senhora sobre esse caso triste... triste mesmo. Um choque para todos, tenho certeza. Pela posição de sua casa e de seu jardim, talvez a senhora consiga nos contar alguns detalhes sobre ontem à noite.

– De fato, ontem eu *estava* em meu pequeno jardim a partir das cinco da tarde. E, é verdade, de lá... bem, a gente enxerga o que acontece na vizinhança mesmo não querendo.

– Soube, Miss Marple, que a sra. Protheroe passou por aqui ontem à tardinha.

– Sim, passou. Eu a chamei, e ela veio admirar minhas rosas.

– Consegue estimar o horário?

– Diria que um ou dois minutos depois das seis e quinze. Sim, isso mesmo. O relógio da igreja recém tinha soado o quarto de hora.

– Ótimo. O que aconteceu depois?

– Bem, a sra. Protheroe disse que estava indo buscar o marido na casa do pastor para os dois irem juntos para casa. Ela veio pela alameda, entrou na casa do pastor pelo portão traseiro e atravessou o jardim.

– Pela alameda?

– Sim, vou mostrar ao senhor.

Ansiosa, Miss Marple nos levou até o jardim e apontou a viela que tangenciava os fundos do jardim.

Planta C

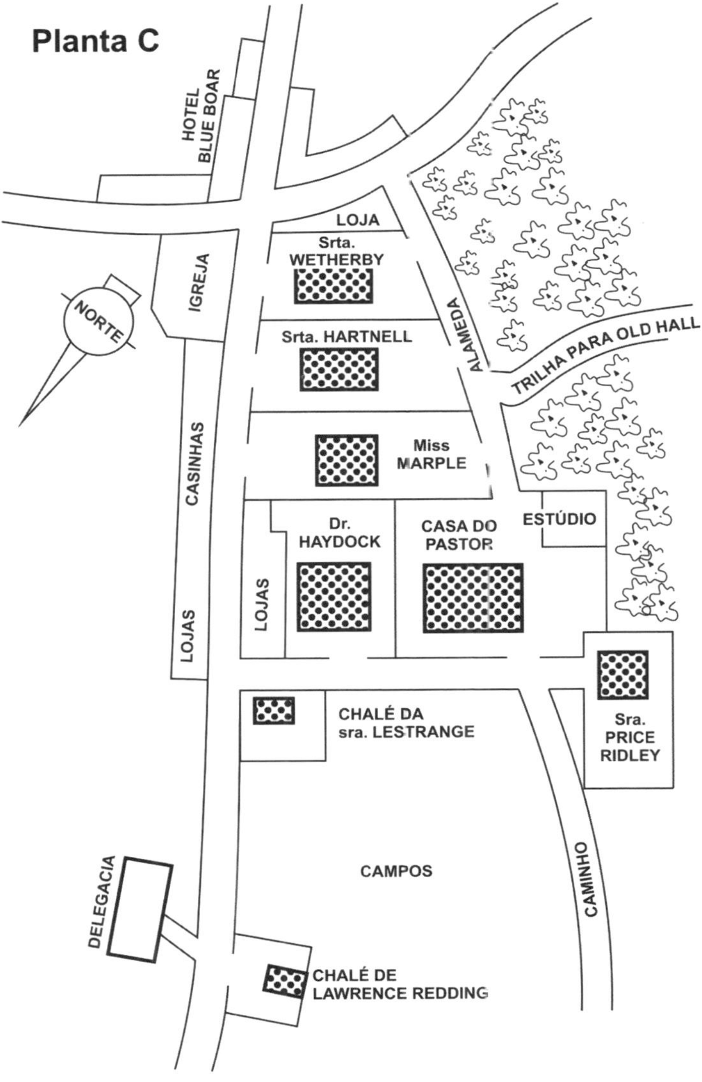
HOTEL
BLUE BOAR
NORTE
IGREJA
LOJA
Srta.
WETHERBY
Srta. HARTNELL
Miss
MARPLE
ALAMEDA
TRILHA PARA OLD HALL
CASINHAS
LOJAS
LOJAS
Dr.
HAYDOCK
CASA DO
PASTOR
ESTÚDIO
CHALÉ DA
sra. LESTRANGE
Sra.
PRICE
RIDLEY
CAMPOS
CAMINHO
DELEGACIA
CHALÉ DE
LAWRENCE REDDING

– A trilha que desce os degraus leva a Old Hall – esclareceu. – Por ali é que eles iam retornar juntos para casa. A sra. Protheroe veio da aldeia.

– Perfeito, perfeito – disse o coronel Melchett. – E ela atravessou o jardim em direção à casa do pastor, a senhora disse?

– Sim. Eu a vi dando a volta na casa. Imagino que o coronel não estivesse lá ainda, pois logo ela voltou e desceu o gramado rumo ao estúdio... aquela espécie de bangalô que o pastor deixa o sr. Redding utilizar como estúdio.

– Entendo. E... não escutou um tiro, Miss Marple?

– Não escutei um tiro naquela hora – falou Miss Marple.

– Mas escutou em outra ocasião?

– Sim, pensei ter escutado um tiro no bosque. Mas isso foi no mínimo cinco ou dez minutos depois... e, como eu disse, no meio do bosque. Pelo menos tive essa impressão. Não poderia ter sido... com certeza não poderia ter sido...

Parou, lívida de empolgação.

– Sim, sim, já vamos chegar nesse ponto – falou o coronel Melchett. – Por favor, continue o relato. A sra. Protheroe desceu até o estúdio?

– Sim, ela entrou e esperou. Então o sr. Redding veio da aldeia pela alameda. Chegou ao portão da casa do pastor, olhou ao redor...

– E viu a senhora, Miss Marple.

– Por incrível que pareça, ele não me viu – disse Miss Marple, corando de leve. – Bem naquela hora eu me abaixei, sabe... Tentava arrancar um dente-de-leão. Tarefa difícil. E então ele cruzou o portão e desceu ao estúdio.

– Não se aproximou da casa?

– Ah, não! Foi direto ao estúdio. A sra. Protheroe veio esperá-lo na porta, e em seguida os dois entraram.

Neste ponto, Miss Marple fez uma pausa bastante eloquente.

– Talvez ela estivesse posando para ele? – sugeri.

– Talvez – falou Miss Marple.

– E então eles saíram... quando?

– Uns dez minutos depois.

– Isso seria que horas mais ou menos?

– O relógio da igreja tinha batido a meia hora. Eles saíram pelo portão do jardim e entraram na alameda. Bem naquela hora, o dr. Stone apareceu na trilha que vem de Old Hall. Subiu os degraus sobre a cerca entre a trilha e a alameda e uniu-se a eles. Os três caminharam juntos em direção à aldeia. No fim da ruela, acho, mas não tenho certeza, eles se encontraram com a srta. Cram. Devia ser a srta. Cram, porque estava de minissaia.

– Deve enxergar bem, Miss Marple, se consegue ver tão longe assim.

– Eu estava observando um passarinho – explicou Miss Marple. – Um estrelinha-da-coroa-dourada, se não me engano. Um encanto. Estava de binóculo em punho, por isso é que vi a srta. Cram (se é que era a srta. Cram, mas acho que era) unir-se a eles.

– Ah! Deve ter sido – falou o coronel Melchett. – Muito bem, Miss Marple, já que é uma ótima observadora, por acaso não notou a expressão facial da sra. Protheroe e do sr. Redding quando caminhavam na alameda?

– Sorriam e conversavam – disse Miss Marple. – Pareciam felizes juntos, se é que o senhor me entende.

– Não aparentavam descontrole nem perturbação?

– Ah, não! Exatamente o contrário.

– Que coisa esquisita – disse o coronel. – Tem algo muito esquisito nessa história toda.

De repente, Miss Marple nos deixou estupefatos ao comentar em voz plácida:

– Agora é a sra. Protheroe quem afirma ter cometido o crime?

– Minha nossa! – exclamou o coronel. – Como conseguiu adivinhar, Miss Marple?

– Bem, eu já pensava que isso ia acontecer – revelou Miss Marple. – Creio que a querida Lettice pensou nisso também. Ela é mesmo uma menina bem inteligente. Mas, receio, não muito escrupulosa. Então Anne Protheroe afirma ter matado o marido dela. Ora, ora. Duvido que seja verdade. Tenho certeza de que não é. Não em se tratando de Anne Protheroe. Mas, pelo sim, pelo não, é melhor não colocar a mão no fogo por ninguém, não é mesmo? Ao menos foi isso que a vida me ensinou. Quando ela afirma ter atirado nele?

– Às seis e vinte. Pouco depois de falar com a senhora.

Miss Marple abanou a cabeça devagar com expressão complacente. Compaixão, creio, de dois marmanjos tão bobos a ponto de acreditar numa história daquelas. Pelo menos tivemos essa impressão.

– Com o que ela atirou nele?

– De pistola.

– Onde ela encontrou a pistola?

– Trouxe junto.

– Ah, isso ela não fez – disse Miss Marple, com convicção inesperada. – Posso jurar isso. Não trazia nada parecido junto com ela.

– Talvez a senhora não tenha visto.

– É claro que eu teria visto.

– Se estivesse dentro da bolsa.

– Ela não estava carregando bolsa.

– Bem, podia estar escondida... ahn... embaixo da roupa.

Miss Marple lançou um olhar de pena e desdém na direção dele.

– Meu caro coronel Melchett, sabe como são as jovens hoje em dia. Não têm vergonha nenhuma de mostrar tudo o que Deus lhes deu. Não trazia nem ao menos um lenço preso na meia.

Melchett não desistia fácil.

– Há de concordar que tudo se encaixa – disse ele. – O horário, o relógio marcando seis e vinte e dois...

Miss Marple virou-se para mim.

– Quer dizer que não contou ainda a ele sobre o relógio?

– O que tem o relógio, Clement?

Contei a Melchett. Ficou muito contrariado.

– Por que diabo não contou para Slack ontem à noite?

– Porque – expliquei – ele não me deu oportunidade.

– Bobagem, devia ter insistido.

– É bem provável – retorqui – que o inspetor Slack se comporte bem diferente com o senhor do que comigo. Deus é testemunha do quanto eu tentei, mas ele não me deixou falar.

– De qualquer forma, é mesmo um caso incrível – falou Melchett. – Se uma terceira pessoa confessar esse crime, vou acabar internado no hospício.

– Se eu pudesse fazer uma sugestão... – murmurou Miss Marple.

– Pois não?

– Por que o senhor não conta ao sr. Redding o que a sra. Protheroe fez e então explica a ele que não acredita mesmo que foi ela? E então fale com a sra. Protheroe e lhe diga que o sr. Redding é inocente... Talvez assim os dois contem a verdade. E a verdade *é* útil, mas imagino que eles próprios não saibam quase nada, coitados.

– É tudo muito bonito, mas eles são as únicas duas pessoas com motivo para eliminar Protheroe.

– Ah, eu não diria isso, coronel Melchett – falou Miss Marple.

– Por quê? Consegue pensar em mais alguém?

– Ah, sim! Sem dúvida. Senão, vejamos – enumerou, contando nos dedos. – Uma, duas, três, quatro, cinco, seis... sim, talvez uma sétima. Consigo pensar em pelo menos sete pessoas que talvez ficassem bem contentes com a morte do coronel Protheroe.

O coronel fitou-a assustado.

– Sete pessoas? Em St. Mary Mead?

Miss Marple assentiu balançando a cabeça de modo incisivo.

– Mas não vou dar nome aos bois – avisou. – Isso não seria certo. Existe muita perversidade neste mundo, sabe, coronel Melchett. Um oficial bondoso, justo e honrado como o senhor não conhece essas coisas.

Tive a impressão de que o comissário estava prestes a ter um derrame cerebral.

Capítulo 10

As observações dele sobre Miss Marple ao deixarmos a casa não foram nada lisonjeiras.

– Essa solteirona enrugada e mirrada pensa que sabe tudo. E mal e mal pôs o pé fora desta aldeia a vida toda. Ridículo! O que ela pode saber da vida?

Ponderei com suavidade que sem dúvida Miss Marple não sabia quase nada sobre a vida com V maiúsculo, mas sabia quase tudo o que se passava em St. Mary Mead.

Melchett admitiu isso um tanto a contragosto. Ela era uma testemunha inestimável – em especial do ponto de vista da sra. Protheroe.

– Imagino que não haja dúvidas sobre o que ela afirma. O que acha?

– Se Miss Marple garante que a sra. Protheroe não carregava nenhuma pistola, pode ter certeza de que é verdade – confirmei. – Se houvesse a mínima possibilidade disso, Miss Marple seria a primeira a desconfiar.

– Imagino que sim. Bem, é melhor darmos uma olhada no estúdio.

O suposto estúdio não passava de um barracão com claraboia. Não tinha janelas, e a porta era o único meio de entrada e saída. Satisfeito nesse pormenor, Melchett comunicou a intenção de visitar a minha casa em companhia do inspetor.

– Agora vou à delegacia.

Quando entrei pela porta da frente, um burburinho de vozes chegou a meus ouvidos. Abri a porta da sala de visitas.

Sentada no sofá ao lado de Griselda, a srta. Gladys Cram conversava com animação. As pernas dela, revestidas em meias de um impressionante rosa choque, estavam cruzadas, e eu tive ocasião de observar que ela usava calcinhas cor-de-rosa com listras de renda.

– Olá, Len – cumprimentou-me Griselda.

– Bom dia, sr. Clement – saudou a srta. Cram. – Que horror o que aconteceu com o coronel, não acha? Coitado do velho.

– A srta. Cram – disse minha esposa – veio gentilmente se oferecer para ajudar na monitoria das bandeirantes. Pedimos voluntários no último domingo, não lembra?

É evidente que eu lembrava e estava convencido (e Griselda também, a julgar por sua entonação) de que a srta. Cram só tivera a ideia de ser monitora devido ao trepidante incidente que acontecera em minha casa.

– Eu estava agora mesmo comentando com a sra. Clement – continuou a srta. Cram –, fiquei de queixo caído ao escutar a notícia. Perguntei: assassinato? Justo nesta aldeia monótona? (Pois aqui não acontece nada, vocês têm que admitir). Não tem nem cinema, que dirá cinema falado! E então fiquei sabendo que a vítima era o coronel Protheroe... Minha nossa, mal pude acreditar. Não sei por que, mas ele não parecia o tipo de pessoa que acabaria assassinada.

– E assim – concluiu Griselda – a srta. Cram veio aqui para saber dos detalhes.

Tive medo de que essa franqueza pudesse ofender a moça, mas ela apenas jogou a cabeça para trás e riu estrepitosamente, mostrando todos os dentes que possuía.

– Que vergonha. Esperta, hein, sra. Clement? Mas é bem normal querer se enfronhar das minúcias de um caso como esse, não acha? E garanto que estou disposta a ajudar com as bandeirantes no que estiver a meu alcance. Uma história como essa deixa a gente empolgada. Estava mofando por falta de divertimento. Literalmente. Não que meu trabalho não seja maravilhoso e bem remunerado, e o dr. Stone não seja sempre muito cavalheiro sob todos os aspectos. Mas moças gostam de um pouco de emoção fora do horário de expediente, e à exceção da sra. Clement, quem existe na aldeia para conversar além de um bando de velhas fofoqueiras?

– Lettice Protheroe – falei.

Gladys Cram sacudiu a cabeça.

– Ela se acha poderosa demais para gente como eu. Tem o rei na barriga e não se rebaixaria dando atenção para uma garota que precisa trabalhar para ganhar a vida. A propósito, acredita que *eu a ouvi mesmo* comentando sobre conseguir um emprego? E quem daria trabalho a ela? Eu gostaria de saber! Minha nossa, em menos de uma semana ela estaria no olho da rua. A menos que trabalhasse como modelo, desfilando toda emperiquitada na passarela. Isso ela é capaz de fazer, imagino.

– Ela daria uma ótima modelo – ponderou Griselda. – Tem silhueta esbelta. – Nunca sei quando Griselda está sendo irônica. – Quando ela falou em ganhar o próprio dinheiro?

Por um breve instante, srta. Cram ficou embaraçada, mas recuperou-se com a brejeirice costumeira.

– Isso seria dar com a língua nos dentes, não seria? – indagou. – Mas foi isso mesmo que ela falou. As coisas estão meio estremecidas em casa, imagino. Deus me livre eu morar junto com madrasta. Não toleraria uma situação dessas nem por um minuto.

– Ah! Mas você é tão espirituosa e independente – disse Griselda com seriedade, e eu a fitei com desconfiança.

A srta. Cram não escondeu o prazer.

– Tem razão. Sou assim sem tirar nem pôr. Posso ser persuadida, mas não forçada. Não faz muito tempo, uma cigana leu isso em minha mão. Não mesmo! Intimidação comigo não funciona. E deixei bem claro ao dr. Stone que eu não fico sem tirar minha folga. Esses cientistas pensam que secretárias são máquinas... E mal percebem a nossa presença. Claro, esse não é bem o meu caso – confessou a moça.

– É bom trabalhar com o dr. Stone? Deve ser um emprego interessante para quem se interessa por arqueologia.

– Ainda acho que desenterrar pessoas mortas há séculos é coisa de gente intrometida, não é mesmo? E o dr. Stone fica tão absorto em tudo que mal se lembra de fazer as refeições. Não fosse por mim...

– Ele está no túmulo hoje de manhã? – indagou Griselda.

A srta. Cram meneou a cabeça.

– Hoje de manhã ele acordou um pouquinho incomodado – explicou ela. – Ficou de molho na cama. Isso significa feriado para a pequena Gladys.

– Sinto muito – eu disse.

– Ah! Não é nada. Não vai acontecer uma segunda morte. Mas me diga, sr. Clement, fiquei sabendo que o senhor esteve com a polícia durante toda a manhã. O que eles pensam?

– Bem – falei devagar –, ainda há um pouco de... dúvida.

– Ah! – exclamou a srta. Cram. – Então não pensam que foi o sr. Lawrence Redding afinal. Lindo ele, não? Parece um galã. E com que sorriso bonito nos dá bom dia. Não pude mesmo acreditar quando me disseram que havia sido preso pela polícia. Se bem que a gente sempre escuta como ela é estúpida... a polícia do interior.

– Neste caso não se pode culpar a polícia – retorqui. – O sr. Redding foi à delegacia e confessou.

– O quê? – perguntou a moça aturdida. – Quem diria... que tolice! Se eu tivesse cometido um crime, não iria

direto me entregar. Tinha a impressão de que Lawrence Redding era mais sensato. Entregar-se assim! Por que matou Protheroe? Ele contou? Foi só uma briga?

– Ainda não há certeza se foi ele quem matou – eu disse.

– Mas com certeza... se ele diz que matou... minha nossa, sr. Clement, ele deve saber o que está dizendo.

– Deve saber, certamente – concordei. – Mas a polícia não está satisfeita com o relato dele.

– Mas por que ele diria que foi ele se não foi?

Esse era um detalhe sobre o qual eu não tinha intenção de esclarecer a srta. Cram. Em vez disso, comentei vagamente:

– Em todos os casos famosos de assassinato, a polícia recebe várias cartas de pessoas que se acusam do crime.

Ao receber essa informação, a srta. Cram exclamou em tom de surpresa e desdém:

– Que gente mais idiota!

E prosseguiu com um suspiro:

– Bem, está na hora de ir andando. – Ela se ergueu. – O sr. Redding se acusando do assassinato... Uma notícia e tanto para o dr. Stone.

– Ele está interessado? – perguntou Griselda.

A srta. Cram enrugou as sobrancelhas com perplexidade.

– É um homem esquisito. A gente nunca sabe o que ele vai pensar. Todo absorto no passado Ele ia preferir mil vezes examinar uma faca de bronze velha e nojenta retirada daqueles montes de terra a ver a faca que o dr. Crippen usou para esquartejar a esposa, se tivesse oportunidade.

– Bem – disse eu –, confesso que concordo com ele.

Os olhos da srta. Cram revelaram incompreensão e leve desprezo. Então se despediu várias vezes e partiu.

– Não é tão má quanto aparenta – falou Griselda logo que a porta fechou-se atrás dela. – Um tanto vulgar, é claro, mas uma dessas moças polpudas, cheias de saúde e bom humor, com as quais a gente não consegue deixar de simpatizar. Por que será que ela veio aqui?

– Curiosidade.

– Sim, acho que sim. Agora, Len, me conte tudo. Estou morrendo de vontade de escutar.

Sentei-me e desfiei com precisão todos os acontecimentos matinais, com Griselda intercalando o meu relato com gritinhos de surpresa e interesse.

– Então era atrás de Anne que Lawrence estava todo o tempo! E não de Lettice. Como somos idiotas! Só pode ter sido isso que Miss Marple estava insinuando ontem. Não acha?

– Sim – afirmei, desviando o olhar.

Mary entrou no recinto.

– Há dois homens na porta... De um jornal, pelo que dizem. Quer falar com eles?

– Não – respondi –, é claro que não. Diga-lhes para procurarem o inspetor Slack na delegacia.

Mary assentiu com a cabeça e deu meia-volta.

– E depois de ter se livrado deles – falei – volte aqui. Tenho uma coisa para lhe perguntar.

Mary assentiu de novo.

Alguns minutos se passaram até que ela voltou.

– Não foi fácil me livrar deles – ela disse. – Insistentes. Nunca vi coisa parecida. Não sabem ouvir um não.

– Imagino que seremos bastante incomodados por eles – previ. – Pois bem, Mary, o que eu quero perguntar é o seguinte: tem certeza absoluta de que não ouviu o tiro ontem à noite?

– O tiro que matou o coronel? Não, é claro que não escutei. Se eu tivesse escutado, teria entrado para ver o que tinha acontecido.

– Sim, mas... – lembrei-me da declaração de Miss Marple sobre ter escutado um tiro "no bosque". Reformulei a pergunta. – Escutou algum tiro... no meio do bosque, por exemplo?

– Ah! Aquilo. – A moça fez uma pausa. – Sim, pensando bem, agora acho que sim. Não vários tiros, só um. Um estampido bem estranho.

– Exato – incentivei. – E em que horário foi isso?

– Horário?

– Sim, horário.

– Não sei afirmar com certeza. Bem depois da hora do chá. Disso estou certa.

– Não consegue ser mais específica?

– Não, não consigo. Tenho meus afazeres, não tenho? Não posso ficar consultando o relógio a toda hora... Mesmo porque daria na mesma... O relógio da cozinha todo dia atrasa uns quarenta e cinco minutos, e é tanta coisa que tenho para fazer, que me esqueço se adiantei ou não o relógio.

Isso talvez explique por que nossas refeições nunca são pontuais. Às vezes elas são servidas muito tarde e às vezes desorientadoramente cedo.

– Foi muito antes de o sr. Redding aparecer?

– Não, não foi. Dez, quinze minutos... não mais do que isso.

Satisfeito, balancei a cabeça afirmativamente.

– Isso é tudo? – indagou Mary. – O pernil está no forno, e o pudim deve estar queimando.

Ela saiu da sala, e voltei-me para Griselda.

– É perda de tempo tentar ensinar bons modos a Mary?

– Eu já recomendei a ela. Ela se esquece. É só uma moça crua, não lembra?

– Sei bem disso – falei. – Mas moças cruas não precisam

ficar cruas para sempre. Um pouco de cozimento não lhe faria mal.

– Não concordo – retrucou Griselda. – Sabe muito bem que nosso orçamento para pagar empregada é reduzido. Assim que ela adquirisse mais traquejo, nos deixaria. É natural. E conseguiria salário melhor. Mas enquanto Mary não sabe cozinhar e tem esses modos horríveis... estamos seguros: ninguém mais vai contratá-la.

Percebi que o método utilizado por minha esposa para administrar os assuntos domésticos não era tão inteiramente aleatório quanto eu imaginava. Ele se apoiava num certo esforço de raciocínio. Valia a pena ter uma empregada àquele preço? Que não sabia cozinhar e tinha o hábito de jogar travessas na mesa e comentários em nossa cara com a mesma estupidez embaraçosa? Tema a ser discutido.

– E de qualquer forma – prosseguiu Griselda – você tem que dar um desconto se o comportamento dela piorou de ontem para cá. Não ia querer que ela sentisse pena do coronel Protheroe, justo ele, que mandou o namorado dela para a cadeia.

– Encarcerou o namorado dela?

– Sim, por caçar em propriedade alheia. Sabe, aquele sujeito, o Archer. Mary o namora há dois anos.

– Eu não sabia disso.

– Len, meu querido, você é sempre o último a saber.

– É estranho – ressaltei – que todos dizem que o tiro veio do bosque.

– Não vejo nada estranho nisso – rebateu Griselda. – Sabe, tiro no bosque é uma coisa tão comum. Então nada mais natural que, ao escutar um tiro, a pessoa parta do pressuposto de que *foi* no bosque. Talvez soasse um pouco mais alto do que de costume. Se a pessoa estivesse no cômodo ao lado, ia notar que era na casa, mas lá na cozinha, com a janela se abrindo para o outro lado... difícil alguém pensar que o tiro foi dentro de casa.

A porta abriu-se outra vez.

– O coronel Melchett voltou – anunciou Mary. – E aquele inspetor veio junto. Querem falar com vocês. Estão no gabinete.

Capítulo 11

Logo percebi que o coronel Melchett e o inspetor Slack discordavam sobre o caso. Melchett estava com o rosto vermelho e uma expressão rabugenta; o inspetor, emburrado.

– Sinto muito dizer – começou Melchett –, mas o inspetor Slack não concorda comigo quanto à inocência do jovem Redding.

– Se não foi ele, então por que confessou? – indagou Slack com ceticismo.

– A sra. Protheroe agiu igualzinho, lembre-se, Slack.

– É diferente. Ela é mulher. O mulherio vive cometendo tolices. Não estou dizendo em hipótese alguma que foi ela. Ouviu falar que ele tinha sido acusado e forjou uma história. Estou careca de ver esse tipo de joguinho. Mulher faz cada besteira... A gente fica sabendo cada uma... Mas Redding é diferente. Tem a cabeça no lugar. Se admite que foi ele, bem, quem sou eu para dizer o contrário. Foi com a pistola dele... isso ninguém pode negar. E, graças a essa confusão com a sra. Protheroe, sabemos o motivo. A falta de motivo era nosso calcanhar de aquiles, mas agora sabemos... Tudo se encaixa... Brincadeira de criança.

– Acha que ele atirou nele antes? Às seis e meia, digamos?

– Impossível.

– Checou os movimentos dele?

O inspetor meneou a cabeça de modo afirmativo.

– Às seis e dez, Redding está na aldeia perto do Blue Boar. De lá, vem pela alameda onde vocês dizem que a velhinha do lado o enxergou (não é para menos, afinal ela sempre está de olho em tudo) e comparece ao encontro marcado com a sra. Protheroe no estúdio do jardim. Pouco depois das seis e meia, os dois saem juntos do estúdio, enveredam pela ruela em direção à aldeia, e o dr. Stone junta-se a eles. Ele confirma isso... já tomei seu depoimento. Conversam durante algum tempo nas imediações do correio, então a sra. Protheroe vai até à casa da srta. Hartnell pedir emprestado uma revista de jardinagem. Isso também confere. Falei com a srta. Hartnell. A sra. Protheroe conversa com ela até as sete horas, quando exclama sobre o adiantado da hora e diz que precisa ir para casa.

– Como ela estava?

– Calma e simpática, conforme o depoimento da srta. Hartnell. Parecia de bom humor... a srta. Hartnell tem certeza de que nada a preocupava.

– Continue.

– Redding e o dr. Stone vão ao Blue Boar tomar um drinque. Redding sai de lá às vinte para as sete, caminha rapidamente pela rua principal da aldeia e dobra na esquina da casa do pastor. Foi visto por muita gente.

– Desta vez não veio pela alameda? – perguntou o coronel.

– Não. Veio pela frente. Pede para falar com o pastor, fica sabendo que o coronel Protheroe está no gabinete, entra... e atira nele. Exatamente como afirma ter feito! Foi o que aconteceu mesmo, não precisamos investigar mais.

Melchett meneou a cabeça.

– E o laudo médico? É inequívoco: Protheroe foi baleado antes das seis e meia.

– Médicos! – exclamou o inspetor Slack com desprezo. – Acreditar em médicos é perda de tempo. Primeiro arrancam todos os dentes do cidadão (é isso que eles fazem hoje em dia), então pedem mil desculpas quando descobrem que o problema era apendicite. Médicos!

– Não é um problema de diagnóstico. O dr. Haydock foi enfático em relação a esse detalhe. Não pode ir contra as provas médicas, Slack.

– E, relevante ou não, posso dar meu testemunho – falei, lembrando de repente de algo que eu havia esquecido. – Toquei o corpo e ele estava gélido. Posso jurar de pés juntos.

– Está vendo, Slack? – questionou Melchett.

– Bem, é claro, sendo assim... Mas tínhamos um belo caso. O sr. Redding louco para ser enforcado, por assim dizer.

– Isso, por si só, me soa um tanto artificial – observou o coronel Melchett.

– Bem, gosto não se discute – falou o inspetor. – Muitos sujeitos ficaram com um parafuso a menos depois da guerra. Agora, pelo jeito, estamos de volta à estaca zero. – Voltou-se para mim. – Não precisava se esforçar tanto para me confundir com o relógio, sir. Não consigo entender por que fez isso. Para mim, isso tem nome: obstrução de justiça.

– Tentei lhe contar no mínimo três vezes – defendi-me. – Sempre me mandava calar a boca e se recusava a escutar.

– Poupe-me de floreios verbais, sir. Poderia perfeitamente ter me contado se estivesse decidido a fazê-lo. O relógio e o bilhete combinavam com perfeição. E agora, de acordo com o senhor, o relógio estava errado. Nunca ouvi falar de coisa parecida. Afinal, qual é o propósito de deixar um relógio quinze minutos adiantado?

– A ideia – expliquei – é estimular a pontualidade.

– Não há necessidade de insistir nisso agora, inspetor – ponderou o coronel Melchett com diplomacia. – Queremos agora é a história real tanto da sra. Protheroe quanto do jovem Redding. Telefonei a Haydock pedindo que viesse aqui e trouxesse a sra. Protheroe junto com ele. Devem chegar daqui a quinze minutos. Seria bom trazer Redding aqui antes.

– Vou ligar para a delegacia – falou o inspetor Slack, levantando o fone do gancho.

– Agora – disse ele, repousando o fone no gancho – temos alguns pontos para examinar aqui no gabinete. – Fitou-me de maneira significativa.

– Talvez – observei – seja melhor deixá-los a sós.

O inspetor não esperou duas vezes e abriu a porta para mim. Melchett pediu:

– Volte quando o jovem Redding chegar, certo, pastor? É amigo dele e pode persuadi-lo a contar a verdade.

Encontrei minha esposa cochichando com Miss Marple.

– Estamos analisando todas as possibilidades – contou Griselda. – Bem que Miss Marple podia solucionar o caso, não é, como naquele caso do sumiço do pote de camarões selecionados da srta. Wetherby. E tudo porque se lembrou de um caso bem diferente sobre um saco de carvão!

– Pode achar engraçado, meu bem – disse Miss Marple –, mas no fim das contas esse é um modo bastante confiável de chegar à verdade. É isso mesmo que as pessoas chamam de intuição e sobre o qual fazem tanto alarde. A intuição é como ler uma palavra sem precisar soletrá-la. Uma criança não consegue fazer isso, pois tem pouca experiência. Mas o adulto conhece a palavra porque já a viu antes. Entende aonde eu quero chegar, pastor?

– Sim – falei em tom pausado –, acho que sim. Uma coisa a faz lembrar de outra... Então é provável que tenham a mesma natureza.

– Isso mesmo.

– E do que mais exatamente o assassinato do coronel Protheroe a faz lembrar?

Miss Marple suspirou.

– Aí é que está o problema. São tantos os paralelos que vêm à minha mente. Por exemplo, o major Hargreaves. Benfeitor da igreja, altamente respeitado sob todos os aspectos. E todo o tempo sustentava uma filial completa... com a ex-empregada, imagine só! E cinco filhos (verdade, cinco filhos). Foi um choque tremendo para a esposa e a filha dele.

Esforcei-me sem sucesso para visualizar o coronel Protheroe no papel do pecador secreto.

– E também houve aquele episódio da lavanderia – continuou Miss Marple. – O broche de opala da imprudente srta. Hartnell... esqueceu-o numa blusa de babados e mandou para a lavanderia. E a mulher que o pegou nem de longe o queria para si e nunca roubou nada na vida. Só escondeu o broche na casa de outra mulher para incriminá-la. Despeito, puro despeito. É um motivo espantoso: despeito. Homem na jogada, é claro. Como sempre.

Dessa vez não consegui formular paralelo algum, por mais remoto que fosse.

– Tem também a filha da coitada da Elwell... menina de beleza celestial... tentou sufocar o irmãozinho. E o caso do dinheiro para a excursão do coral (antes de seu tempo, pastor)? Literalmente embolsado pelo organista. A esposa atolada em dívidas. Sim, esse caso nos faz pensar em tanta coisa... Difícil chegar à verdade.

– Queria que me contasse uma coisa – falei. – Quem são os tais sete suspeitos?

– Sete suspeitos?

– A senhora falou que conseguia pensar em sete pessoas que ficariam... digamos, felizes com a morte do coronel Protheroe.

– Falei? Sim, lembro.

– Era verdade?

– Ah! Claro que era. Mas não posso citar nomes. Pode pensar neles sozinho sem muito esforço. Tenho certeza.

– Na verdade, não. Talvez Lettice Protheroe... Provavelmente vai herdar dinheiro com a morte do pai. Mas é um absurdo pensar nela só por causa disso, e além dela não consigo pensar em mais ninguém.

– E você, querida? – perguntou Miss Marple, virando-se para Griselda.

Para minha surpresa, Griselda enrubesceu. Encheu os olhos de lágrimas. Cerrou os punhos delicados.

– Ah! – gritou indignada. – Como as pessoas são odiosas! Ficam falando cada coisa! Cada coisa horrível...

Mirei-a com curiosidade. Não é comum ver Griselda assim tão contrariada. Notou o meu olhar e tentou sorrir.

– Não fique me olhando como se eu fosse do outro mundo, Len. Não vamos nos empolgar e fugir do assunto. Para mim, não foi Lawrence nem Anne, e Lettice muito menos. Vai aparecer uma pista que nos ajude.

– Há o bilhete, é claro – falou Miss Marple. – Lembrem, eu disse hoje de manhã que o bilhete me deixou bastante intrigada.

– Fixa o horário da morte com exatidão notável – falei. – Mas será possível? A sra. Protheroe teria acabado de sair do gabinete. Dificilmente teria tempo de chegar ao estúdio. A única explicação é que ele consultou o próprio relógio de pulso, e o relógio dele estava atrasado. Essa me parece uma solução plausível.

– Tenho outra ideia – disse Griselda. – Vamos supor, Len, que o relógio já tivesse sido atrasado... Não, assim ia dar na mesma... Como sou burra!

– Não estava alterado antes de eu sair – falei. – Lembro porque comparei com o meu relógio de pulso. De qualquer modo, como você diz, isso não tem nada a ver com o assunto atual.

– Qual é sua opinião, Miss Marple? – indagou Griselda.

– Querida, confesso que não estava pensando sob esse ponto de vista. O que achei esquisito desde o começo foi o assunto daquele bilhete.

– Não achei estranho – falei. – O coronel Protheroe apenas escreveu que não podia esperar mais...

– *Às seis e vinte*? – perguntou Miss Marple. – A sua empregada, Mary, já havia dito que o senhor só chegaria às seis e meia, na melhor das hipóteses, e o coronel aparentemente mostrou disposição para esperar até esse horário. No entanto, às seis e vinte, ele se senta e diz que "não pode esperar mais".

Encarei a velhinha, sentindo uma crescente admiração por suas faculdades mentais. A sua perspicácia vislumbrara o que não havíamos percebido. Aquilo *era* uma coisa estranha – uma coisa estranhíssima.

– Se pelo menos – falei – o bilhete não tivesse horário no cabeçalho...

Miss Marple assentiu com a cabeça.

– Isso mesmo – disse ela. – Se *não tivesse* horário!

Fiz um esforço para lembrar a folha de papel, o rabisco borrado e o cabeçalho escrito em letra bem clara: 18h20. Com certeza aqueles números destoavam do resto da carta. Soltei um suspiro ofegante.

– Vamos supor – comecei – que o horário não estivesse marcado. E que por volta das seis e meia o coronel Protheroe ficou impaciente e se sentou para escrever que não podia esperar mais. Enquanto estava sentado aqui escrevendo, alguém entrou pela porta de vidro...

– Ou pela porta do corredor – sugeriu Griselda.

– Ele escutaria a porta e olharia para trás.

– O coronel Protheroe era meio surdo, lembre-se – falou Miss Marple.

– Sim, isso é verdade. Ele não escutaria. Seja lá de onde veio o assassino, aproximou-se sorrateiramente por trás do coronel e atirou nele. Então viu o bilhete e o relógio e teve a ideia. Colocou seis e vinte no cabeçalho da folha e mudou o relógio para seis e vinte e dois. Ideia inteligente. Deu a ele, ou pelo menos ele pensou assim, um álibi perfeito.

– Então queremos encontrar – falou Griselda – alguém com álibi irrefutável para as seis e vinte, mas álibi nenhum para digamos... bem, isso não é assim tão fácil. É impossível fixar o horário.

– Podemos fixar um limite bem estreito – ponderei. – Haydock estipula seis e meia da tarde como o limite de tempo mais elástico. Suponho que possamos talvez esticar esse limite para seis e trinta e cinco, partindo do raciocínio que acabamos de seguir. Parece claro que Protheroe não teria ficado impaciente antes das seis e meia. A meu ver, podemos dizer sim que sabemos muito bem.

– Então aquele tiro que eu ouvi... Sim, é bem possível. E não dei a mínima importância... Não achei nada de anormal. Que aflição. Mas, agora que fico lembrando, foi um estampido diferente dos tiros que a gente costuma ouvir. Sim, tinha uma diferença.

– Mais alto? – sugeri.

Não, Miss Marple não pensava que era mais alto. De fato, considerou difícil dizer por que o tiro fora diferente, mas continuava a insistir que havia sido.

Pensei comigo que havia grandes chances de ela estar tentando se convencer do fato em vez de realmente lembrar dele, mas sua contribuição com um ponto de vista tão valioso para o problema infundiu-me profundo respeito por Miss Marple.

Levantou-se, murmurando que precisava ir para casa – fora tão tentador fazer uma visita e discutir o caso com a querida Griselda. Eu a acompanhei até o muro divisório e o portão dos fundos. Ao retornar, encontrei Griselda absorta em pensamentos.

– Ainda intrigada com aquele bilhete? – indaguei.

– Não.

Tremeu de repente e balançou os ombros com impaciência.

– Len, estive pensando. Alguém deve odiar muito Anne Protheroe!

– Odiá-la?

– Sim. Não percebe? Não há prova real contra Lawrence... Todas as provas contra ele são o que podemos chamar de provas incidentais. Apenas teve a ideia de vir aqui. Se não tivesse vindo... Bem, ninguém pensaria em relacioná-lo com o crime. Mas Anne é diferente. Vamos supor que alguém soubesse que ela esteve aqui exatamente às seis e vinte... O relógio e o horário marcado na carta... Tudo aponta para ela. Não foi só para conseguir um álibi que o relógio foi modificado para marcar aquela hora exata... Nisso havia outro objetivo... uma tentativa direta de incriminá-la. Se não fosse Miss Marple afirmar que Anne não trazia pistola com ela e notar que um pouco antes ela tinha descido ao estúdio... Sim, não fosse por isso... – Estremeceu outra vez. – Len, alguém deve odiar muito Anne Protheroe. Eu... eu não gosto disso.

Capítulo 12

Fui chamado ao gabinete quando Lawrence Redding chegou. Tinha olheiras fundas e, pensei, um jeito desconfiado. O coronel Melchett recebeu-o de modo quase cordial.

– Queremos fazer algumas perguntas... aqui no local do crime – afirmou.

Lawrence abriu um leve sorriso de escárnio.

– Isso não é coisa de francês? Reconstituição do crime?

– Rapaz – repreendeu o coronel Melchett –, não fale conosco nesse tom. Sabe que outra pessoa também confessou o crime que você finge ter cometido?

O efeito dessas palavras sobre Lawrence foi angustiante e instantâneo.

– O... outra pessoa? – gaguejou. – Quem... quem?

– A sra. Protheroe – informou o coronel Melchett, observando a reação dele.

– Patético. Ela jamais faria isso. Não poderia ter feito. É impossível.

Melchett o cortou.

– Por estranho que pareça, não acreditamos na história dela. Nem na sua, a propósito. O dr. Haydock é taxativo: o crime não pode ter sido cometido no horário que você alega ter cometido.

– O dr. Haydock afirma isso?

– Sim. Querendo ou não, sua barra está limpa. E agora precisamos de sua ajuda para nos contar o que de fato aconteceu.

Lawrence continuava a hesitar.

– Não está tentando me lograr... sobre a sra. Protheroe? É verdade que não suspeitam dela?

– Dou minha palavra de honra – garantiu o coronel Melchett.

Lawrence respirou fundo.

– Tenho agido como um idiota – admitiu. – Um idiota completo. Como pôde passar pela minha cabeça que foi ela...

– Não quer nos contar tudo? – sugeriu o comissário.

– Não há muito a contar. Eu... eu me encontrei com a sra. Protheroe à tardinha... – Calou-se.

– Sabemos disso tudo – falou Melchett. – Pode imaginar que o seu romance com a sra. Protheroe era segredo, mas na realidade era conhecido e comentado. De qualquer modo, agora tudo virá à tona.

– Muito bem, então. Espero que o senhor esteja certo. Eu tinha prometido aqui ao nosso pastor – Lawrence olhou para mim – que... eu iria embora logo. Encontrei-me com a sra. Protheroe àquela tarde no estúdio às seis e quinze. Contei a ela a minha decisão. Ela também concordou que era a única coisa a fazer. Então... nos despedimos um do outro.

"Deixamos o estúdio, e logo depois o dr. Stone uniu-se a nós. Anne deu um jeito de parecer maravilhosamente à vontade. Eu não. Fui até o Blue Boar tomar um drinque com o dr. Stone. Estava indo para casa, mas quando passei na esquina mudei de ideia e decidi chegar para falar com o pastor. Tinha a sensação de que precisava desabafar com alguém.

"À porta, a empregada me disse que o pastor havia saído e voltaria dali a pouco, mas que o coronel Protheroe estava no gabinete esperando por ele. Bem, eu não quis ir embora... ia parecer que eu estava evitando me encontrar com ele. Então disse que ia esperar também e fui até o gabinete."

Ele parou.

– E então? – incitou o coronel Melchett.

– Protheroe estava sentado à escrivaninha... bem do jeito como vocês o encontraram. Eu me aproximei... e encostei nele. Estava morto. Então olhei para baixo e vi a pistola caída no chão ao lado dele. Eu a peguei... *e na mesma hora vi que era a minha pistola.*

"Aquilo me deixou transtornado. Minha pistola! Então de imediato tirei a conclusão: *Anne deve ter colocado minha pistola na bolsa aproveitando alguma oportunidade... Com o objetivo de usar para si própria caso não conseguisse mais suportar a situação. Talvez estivesse com a pistola hoje. Depois que nos separamos na vila, ela voltou aqui e... e... ah!* Eu devia estar meio doido quando pensei isso. Mas foi isso que pensei. Enfiei a pistola no bolso e fui embora. Logo na saída, no portão da casa, encontrei o pastor. Ele disse algo simpático e corriqueiro sobre uma reunião com Protheroe... E de repente me deu uma vontade incontrolável de rir. O comportamento dele era tão normal e cotidiano, e lá estava eu, um feixe de nervos. Recordo que gritei uma frase absurda e notei uma mudança no rosto dele. Eu tinha a sensação de ter perdido a cabeça. Saí caminhando a esmo... caminhei e caminhei... até que não pude mais aguentar. Se Anne tivesse feito aquela coisa horrível, eu era, ao menos, responsável do ponto de vista moral. Fui à delegacia e me entreguei."

Após ele terminar, houve um silêncio. Logo o coronel falou em voz formal:

– Gostaria de fazer outras perguntas. Em primeiro lugar: tocou ou mexeu no corpo de algum modo?

– Não, eu não mexi nele em absoluto. Era possível perceber que ele estava morto sem precisar tocá-lo.

– Notou um bilhete em cima, junto ao mata-borrão, meio escondido pelo corpo?

– Não.

– Mexeu no relógio de alguma forma?

– Não encostei no relógio. Lembro que vi um relógio caído na mesa, mas não encostei nele.

– Agora, sobre a pistola. Quando foi a última vez que a viu?

Lawrence Redding refletiu.

– É difícil dizer bem ao certo.

– Onde costuma guardá-la?

– Ah, no meio da bagunça na sala de estar do meu chalé. Numa das prateleiras da estante de livros.

– Deixava ali sem precaução alguma?

– Sim. Não me preocupava com isso. Só guardava ali.

– Então qualquer pessoa que entrasse no chalé poderia encontrá-la?

– Sim.

– E não lembra da última vez em que a viu?

Lawrence uniu as sobrancelhas num esforço de rememoração.

– Tenho quase certeza de que foi anteontem. Lembro que a arredei para o lado para pegar um cachimbo velho. Se não me engano, foi anteontem... mas pode ter sido no dia anterior.

– Quem frequentou seu chalé nos últimos dias?

– Ah! Várias pessoas. Sempre tem alguém entrando e saindo. Dei um chá anteontem. Lettice Protheroe, Dennis e toda a turma deles. E também uma ou outra das velhas solteironas aparece de vez em quando.

– Tranca o chalé quando sai?

– Não. Por que diabo faria isso? Não tenho nada de valor. E ninguém tranca a casa aqui em St. Mary Mead.

– Quem faz o serviço da casa?

– A velha sra. Archer vem todas as manhãs para organizar a bagunça, como se diz.

– Pensa que ela se lembraria de quando viu a pistola pela última vez?

– Não sei. É possível. Mas tirar o pó com atenção não é bem a sua especialidade.

– Na prática... qualquer pessoa poderia ter pego a pistola?

– É... parece que sim.

A porta se abriu, e o dr. Haydock entrou com Anne Protheroe.

Ela teve um susto ao ver Lawrence. Ele, por sua vez, deu um passo ansioso em direção a ela.

– Perdoe-me, Anne – disse ele. – Foi horrível pensar o que eu pensei.

– Eu... – balbuciou ela, mirando suplicante o coronel Melchett. – É verdade o que o dr. Haydock me contou?

– Que o sr. Redding está livre de suspeitas? Sim. E agora o que me diz de sua história, sra. Protheroe? Sim, o que me diz?

Sorriu meio acabrunhada.

– Imagino que o senhor considere condenável o que eu fiz?

– Bem, digamos... uma estupidez? Mas agora tudo acabou. O que eu quero agora, sra. Protheroe, é a verdade... a verdade absoluta.

Ela aquiesceu com seriedade.

– Vou lhe contar. Imagino que o senhor saiba... de tudo.

– Sim.

– Combinei de me encontrar com Lawrence (o sr. Redding) à tardinha no estúdio. Às seis e quinze. Meu marido e eu fomos juntos de carro até o centro. Eu tinha algumas compras para fazer. Quando nos despedimos, ele mencionou casualmente que ia visitar o pastor. Não pude avisar Lawrence e fiquei muito inquieta. Eu... bem, seria esquisito encontrá-lo no estúdio com meu marido na casa do pastor.

Suas bochechas queimaram quando disse isso. Não era um momento agradável para ela.

– Refleti que talvez meu marido não ficasse muito tempo. Para descobrir, vim pela alameda e entrei no jardim. Torcia para que ninguém me visse, mas é claro que a velha Miss Marple tinha que estar no jardim dela! Ela me fez parar e trocamos algumas palavras, e eu expliquei que estava indo chamar meu marido. Tive a sensação de que eu precisava dizer algo. Não sei se ela acreditou em mim. Ela parecia bem... engraçada.

"Quando a deixei, fui direto até a casa do pastor, contornei a casa na direção da porta de vidro do gabinete. Cheguei devagarinho, esperando escutar vozes. Mas para minha surpresa não escutei nada. Dei uma espiada dentro, vi que não tinha ninguém e corri gramado abaixo em direção ao estúdio, onde Lawrence me encontrou quase na mesma hora."

– Afirma que o gabinete estava vazio, sra. Protheroe?

– Sim, meu marido não estava ali.

– Incrível.

– Quer dizer, madame, que a senhora não o viu? – abordou o inspetor.

– Não, não o vi.

O inspetor cochichou algo com o comissário, que assentiu com a cabeça.

– Importa-se, sra. Protheroe, de nos mostrar exatamente como fez?

– Em absoluto.

Ela se ergueu, o inspetor Slack abriu a porta de vidro, ela saiu sob o eirado e contornou a casa à esquerda.

O inspetor Slack fez um aceno urgente para eu me sentar à escrivaninha.

Não sei por que, mas não gostei de fazer isso. Tive uma sensação inquietante. Mas, é claro, acatei a ordem.

Em seguida, escutei passos lá fora. Eles pararam um instante, então recuaram. O inspetor Slack fez um sinal indicando que eu podia voltar ao outro lado do cômodo. A sra. Protheroe entrou pela porta de vidro.

– Foi assim que a senhora fez? – indagou o coronel Melchett.

– Acho que sim.

– Então pode nos dizer, sra. Protheroe, onde o pastor estava no recinto quando a senhora espiou? – perguntou o inspetor Slack.

– O pastor? Eu... não, acho que não. Eu não o enxerguei.

O inspetor Slack balançou a cabeça afirmativamente.

– Por isso é que a senhora não viu seu marido. Ele estava no canto sentado à escrivaninha.

– Ah! – silenciou-se ela. De repente seus olhos se arregalaram de horror. – Não foi ali que... que...

– Sim, sra. Protheroe. Foi morto sentado ali.

– Ah! – Ela estremeceu.

Ele continuou com as perguntas.

– Sabia, sra. Protheroe, que o sr. Redding tinha uma pistola?

– Sim. Ele me contou uma vez.

– Alguma vez teve a pistola em seu poder?

Ela meneou a cabeça.

– Não.

– Sabia onde ele a guardava?

– Não estou bem certa. Se não me engano... Sim, acho que a vi numa prateleira no chalé de Lawrence. Não era lá que você guardava, Lawrence?

– Quando foi a última vez que esteve no chalé, sra. Protheroe?

– Há umas três semanas. Meu marido e eu fomos tomar chá com ele.

– E não foi lá desde então?

– Não. Eu nunca ia sozinha lá. Isso provocaria boatos na aldeia.

– Sem dúvida – falou o coronel Melchett friamente. – Onde se encontravam, se me permite?

– Ele ia seguido a Old Hall. Estava pintando Lettice. A gente... se encontrava no bosque depois.

O coronel Melchett assentiu.

– Não chega? – De repente sua voz ficou entrecortada. – É tão horrível... Ter que contar todas essas coisas aos senhores. E... não tinha nada de errado. Não mesmo! Era só amizade. Não... não conseguíamos deixar de nos preocupar um com o outro.

Lançou um olhar de súplica ao dr. Haydock, e esse homem de bom coração deu um passo à frente.

– Penso mesmo, Melchett – declarou –, que a sra. Protheroe já disse o suficiente. Ela passou por um grande choque... em vários sentidos.

O comissário assentiu com a cabeça.

– Na verdade, não há nada mais que eu queira lhe perguntar, sra. Protheroe – garantiu. – Obrigado por responder com tanta sinceridade.

– Então... então eu posso ir?

– Sua mulher está em casa? – perguntou Haydock. – Talvez a sra. Protheroe goste de falar com ela.

– Sim – respondi. – Griselda está. Vai encontrá-la na sala de visitas.

Ela e Haydock saíram juntos do gabinete, e Lawrence Redding foi atrás.

O coronel Melchett, de lábios franzidos, brincava com um estilete de abrir cartas. Slack examinava o bilhete. Então mencionei a teoria de Miss Marple. Slack esquadrinhou o bilhete com minúcia.

– Não quero dizer nada – falou ele –, mas a velhinha tem razão. Observe aqui, sir, não percebe?... O horário

escrito com tinta diferente. Macacos me mordam se não foi escrito com caneta-tinteiro!

Ficamos todos bastante agitados.

– Mandou examinar o bilhete para coletar impressões digitais, é claro – falou o comissário.

– O que o senhor acha, coronel? Nenhuma impressão digital no bilhete. Na pistola, só as impressões digitais do sr. Lawrence Redding. Talvez houvesse outras, antes de Redding ter mexido nela e zanzado com ela no bolso, mas agora não existe nada claro o suficiente.

– À primeira vista, o caso parecia complicado para o lado da sra. Protheroe – salientou o coronel pensativo. – Bem mais complicado do que para o jovem Redding. Miss Marple testemunhou que ela não carregava a pistola junto, mas essas velhinhas com frequência se confundem.

Fiquei calado, mas não concordava com ele. Eu tinha certeza absoluta de que Anne Protheroe não trazia a pistola com ela se Miss Marple assim o dissera. Miss Marple não é o tipo de velhinha que se confunde. Tem uma aptidão misteriosa para sempre estar certa.

– O que me intriga é que ninguém escutou o tiro. Foi disparado naquela hora... alguém *deve* ter escutado... seja lá de onde eles pensaram que vinha o barulho. Slack, é melhor ter uma palavrinha com a empregada.

O inspetor Slack rumou com diligência na direção da porta.

– Eu não perguntaria a ela se escutou um tiro na casa – sugeri. – Se perguntar assim, ela vai negar. Diga um tiro no bosque. Esse é o único tipo de tiro que ela vai admitir ter ouvido.

– Sei lidar com esse tipo de gente – falou o inspetor Slack e sumiu.

– Miss Marple diz que escutou um tiro mais tarde – falou o coronel Melchett meditativo. – Seria bom se ela determinasse o horário exato. É claro que pode ter sido um tiro qualquer, que não teve nada a ver com o caso.

– É claro – concordei.

O coronel ficou caminhando para lá e para cá no gabinete.

– Sabe, Clement – falou de repente –, algo me diz que esse caso vai se revelar bem mais intricado e difícil do que imaginamos. Diabos, tem algo oculto nisso. – Ele bufou. – Algo que não sabemos o que é. Estamos apenas começando, Clement. Escreva o que estou dizendo, estamos apenas começando. Todos esses detalhes, o relógio, o bilhete, a pistola... não fazem sentido quando os comparamos.

Meneei a cabeça concordando. Sem dúvida não faziam sentido.

– Mas vou tirar esse caso a limpo. Nada de ficar chamando a Scotland Yard. Slack é um sujeito esperto. Muito esperto. Tem o faro de um furão. Vai farejar a verdade. Já deslindou vários assuntos difíceis, e esse caso será seu *chef d'oeuvre*. Alguns comissários chamariam a Scotland Yard. Eu não. Vamos tirar esse caso a limpo aqui mesmo em Downshire.

– Estou certo que sim. Vamos torcer – falei.

Tentei imprimir um tom animado à minha voz, mas já pegara tanta antipatia pelo inspetor Slack que a perspectiva de seu sucesso não me entusiasmava nem um pouco. "Um Slack bem-sucedido seria", pensei com meus botões, "ainda mais detestável que um atarantado".

– De quem é a casa vizinha? – indagou o coronel de repente.

– Quer dizer no fim da estrada? Da sra. Price Ridley.

– Vamos fazer uma visitinha a ela depois que Slack terminar de interrogar sua empregada. Ela pode ter escutado alguma coisa. Não é surda nem coisa parecida, ou é?

– Diria que a audição dela é bem aguçada. Isso levando em conta a quantidade de escândalos que ela já deu apenas por "escutar casualmente".

– É desse tipo de mulher que precisamos. Ah! Aí vem Slack.

O inspetor tinha o semblante de quem saía de uma luta renhida.

– Arre! – exclamou ele. – Sir, me desculpe, mas não é fácil de lidar com sua empregada.

– Mary só tem personalidade forte – retorqui.

– Não gosta da polícia – disse ele. – Eu a avisei... Fiz o que pude para incutir nela o medo da lei, mas não adiantou. Ela me desafiou sem cerimônias.

– Corajosa – elogiei, aumentando minha consideração por Mary.

– Mas no fim ela deu o braço a torcer. Escutou um tiro... só um tiro. Um bom tempo depois da chegada do coronel Protheroe. Não consegui que ela fixasse um horário, mas o atraso do peixe foi providencial. Ela ralhou com o entregador quando ele apareceu, e o rapazola disse que, de qualquer forma, eram apenas seis e meia. Pouco depois disso, ela ouviu o tiro. Claro, isso não é exato, por assim dizer, mas nos dá uma ideia.

– Hum... – murmurou Melchett.

– Não acredito que a sra. Protheroe esteja envolvida nisso afinal – falou Slack, com um quê de decepção na voz. – Para começar, ela não teria tempo, sem falar que mulheres não gostam de brincar com armas de fogo. Arsênico é mais apropriado ao estilo feminino. Não, não creio que tenha sido ela. Que pena! – Soltou um suspiro.

Melchett explicou que ia passar na casa da sra. Price Ridley, e Slack considerou boa a ideia.

– Posso ir com vocês? – perguntei. – Estou ficando interessado.

Recebi permissão e partimos. Um "E aí!" bem alto nos saudou assim que saímos pelo portão de minha casa, e meu sobrinho, Dennis, veio correndo pela estrada a nosso encontro.

– Ei, inspetor – indagou –, investigou aquela pegada de que falei?

– Era do jardineiro – retrucou Slack lacônico.

– Não acha que pode ter sido outra pessoa calçando as botas do jardineiro?

– Não, não acho! – exclamou o inspetor Slack de modo desencorajador.

Porém, seria preciso mais do que isso para desencorajar Dennis.

Mostrou um punhado de fósforos riscados.

– Encontrei isto perto do portão da casa do pastor.

– Obrigado – falou Slack e os enfiou no bolso.

Então a conversa chegou num beco sem saída.

– Estão prendendo o tio Len? – indagou em tom brincalhão.

– Por que deveríamos? – inquiriu Slack.

– Há vários indícios contra ele – declarou Dennis. – Pergunte a Mary. Um dia antes do crime, ele desejou que o coronel Protheroe passasse desta para melhor. Não é mesmo, tio Len?

– Err... – comecei.

O inspetor Slack espetou em mim um olhar vagaroso e desconfiado, e senti o sangue subir ao rosto. Dennis é extremamente inoportuno. Devia perceber que policiais raramente têm senso de humor.

– Não seja ridículo, Dennis – disse eu irritado.

O ingênuo adolescente arregalou os olhos e olhou-me surpreso.

– É só uma piada – explicou. – O tio Len só disse que a pessoa que matasse o coronel Protheroe estaria fazendo um favor ao mundo.

– Ah! – exclamou o inspetor Slack. – Isso esclarece uma coisa que a empregada disse.

Empregados também raramente têm um pingo de senso de humor. Em minha mente, amaldiçoei Dennis com vigor por ter levantado a lebre. Isso e mais o relógio deixariam o inspetor desconfiado de mim pelo resto da vida.

– Vamos, Clement – falou o coronel Melchett.

– Aonde vão? Posso ir junto? – indagou Dennis.

– Não, não pode – retruquei.

Ficou nos olhando com mágoa. Subimos até a asseada porta frontal da casa da sra. Price Ridley. O inspetor bateu na porta e tocou a campainha de um modo que só consigo descrever como oficial. Uma bonita arrumadeira abriu a porta.

– A sra. Price Ridley está? – inquiriu Melchett.

– Não, senhor. – Fez uma pausa e acrescentou: – Acabou de ir à delegacia.

Desfecho inesperado para a nossa visita. Enquanto voltávamos, Melchett pegou meu braço e sussurrou:

– Se ela também foi confessar o crime, vou ficar mais perdido do que já estou.

Capítulo 13

Jamais passou pela minha cabeça que a sra. Price Ridley tivesse em mente um objetivo tão drástico, mas fiquei me perguntando o que a teria levado à delegacia. Teria algum testemunho relevante a oferecer, ou que ao menos ela considerasse relevante? De qualquer modo, logo ficaríamos sabendo.

Encontramos a sra. Price Ridley falando pelos cotovelos com um guarda um tanto desnorteado. Que ela estava extremamente revoltada percebi pelo modo como o laço do seu chapéu tremia. A sra. Price Ridley, acredito, usa chapéus "para matronas" – especialidade da cidade vizinha Much Benham. Eles se empoleiram com facilidade na superestrutura capilar e são sobrecarregados com enormes laços de fita. Griselda sempre ameaça comprar um chapéu de matrona.

Ao entrarmos, a sra. Price Ridley interrompeu o jorro de palavras.

– Sra. Price Ridley? – indagou o coronel Melchett, erguendo o chapéu.

– Sra. Price Ridley, deixe-me apresentar o coronel Melchett – tomei a iniciativa. – O coronel Melchett é nosso comissário.

A sra. Price Ridley olhou-me com frieza, mas ao coronel estampou no rosto a imagem de um sorriso cortês.

– Acabamos de ir até sua casa, sra. Price Ridley – explicou o coronel –, e fomos informados de que a senhora tinha vindo até aqui.

A sra. Price Ridley derreteu-se toda.

– Ah! – exclamou ela. – Ainda bem que *alguém* tomou conhecimento da ocorrência. Uma infâmia. Sem tirar nem pôr.

Não há dúvida de que assassinatos são infames, mas essa não seria a palavra que eu usaria para descrevê-los. A expressão também surpreendeu Melchett, como pude notar.

– Tem alguma informação nova sobre o assunto? – perguntou ele.

– Isso é problema seu. Para isso é que existe polícia. Para onde vai o dinheiro de nossos impostos, pode me dizer?

É de se imaginar quantas vezes essa pergunta é feita em um ano!

– Estamos fazendo o possível, sra. Price Ridley – asseverou o comissário.

– Mas este guarda não sabia de nada até eu contar a ele! – gritou a senhora.

Todo mundo fitou o guarda.

– A madame recebeu um telefonema – disse ele. – Sentiu-se ofendida. Um caso de linguagem obscena, pelo visto.

– Ah! Entendo. – O sobrecenho do coronel desanuviou-se. – Agora falamos a mesma língua. Veio aqui prestar queixa, não?

Melchett é um homem sábio. Sabe que só há uma maneira de lidar com uma senhora de meia-idade encolerizada: escutando-a. Depois de desabafar, talvez ela preste atenção ao interlocutor.

A sra. Price Ridley desatou a falar.

– Esses episódios infames tinham que ser prevenidos. Não deveriam acontecer. Receber um telefonema na própria casa e ser insultada... Sim, insultada! Não estou acostumada com essas coisas. Depois da guerra, as pessoas perderam o senso de moralidade. Ninguém mais mede as palavras. E é uma pouca vergonha os trajes que usam...

– Sem dúvida – apressou-se a concordar o coronel Melchett. – Pode fornecer detalhes do que aconteceu?

A sra. Price Ridley tomou fôlego e recomeçou.

– Recebi uma ligação...

– Quando?

– Ontem à tarde... à tardinha para ser exata. Por volta das seis e meia. Fui atender sem suspeitar de nada. Na mesma hora fui covardemente atacada, ameaçada...

– Em que termos foram essas ameaças?

Um leve rubor coloriu as bochechas da sra. Price Ridley.

– Isso eu me reservo o direito de não dizer.

– Obscenidades – sussurrou o guarda em tom baixo e pensativo.

– Baixo calão? – inquiriu o coronel Melchett.

– Depende do que o senhor chama de baixo calão.

– Conseguiu entender? – indaguei.

– Claro que consegui entender.

– Então não poderia ser linguagem de baixo calão – afirmei.

A sra. Price Ridley olhou-me desconfiada.

– É inerente a uma dama requintada – expliquei – desconhecer linguagem de baixo calão.

– Não era esse tipo de coisa – disse a sra. Price Ridley. – No começo, até prestei atenção na conversa. Parecia uma mensagem autêntica. Então a... ahn... pessoa se tornou malcriada.

– Malcriada?

– Muito malcriada. Fiquei com muito medo.

– Usou linguagem ameaçadora?

– Sim. Não estou acostumada a receber ameaças.

– O que ameaçaram? A sua integridade física?

– Não bem isso.

– Receio, sra. Price Ridley, que vai precisar ser mais explícita. Em que sentido foi ameaçada?

A sra. Price Ridley mostrava especial relutância em responder a essa pergunta.

– Não consigo me lembrar com exatidão. Foi tudo tão perturbador. Mas bem no final... quando eu estava mesmo *muito* perturbada, esse... esse... *monstro* deu uma gargalhada.

– Voz de homem ou de mulher?

– Uma voz depravada – contou a sra. Price Ridley com decoro. – Só consigo descrevê-la como uma espécie de voz pervertida. Às vezes rouca, às vezes fina. Uma voz *peculiar.*

– Um trote, ao que tudo indica – falou o coronel reconfortante.

– É muita baixeza se for trote. Eu poderia ter tido um ataque cardíaco.

– Vamos investigar – disse o coronel. – Não é, inspetor? Rastreie a ligação. Não pode dar mais detalhes do que foi dito, sra. Price Ridley?

Um embate travou-se no peito volumoso e cheio de rancor da sra. Price Ridley. O desejo por discrição lutava contra o desejo por vingança. A vingança triunfou.

– Isto, é claro, fica entre nós – iniciou ela.

– Pode ficar tranquila.

– Essa criatura começou dizendo... É tão difícil para mim repetir...

– Sim, sim – encorajou Melchett.

– "*Velha difamadora e perversa!*" Justo eu, coronel Melchett... uma velha difamadora! "*Desta vez foi longe demais. A Scotland Yard está lhe investigando por calúnia.*"

– Como seria natural, a senhora ficou assustada – falou Melchett, mordendo o bigode para ocultar um sorriso.

– "*Se não calar a boca daqui pra frente, vai sofrer as consequências... não perde por esperar!*" Não consigo descrever o modo ameaçador como *isso* foi dito. Balbuciei com timidez: "Quem está falando?", assim, bem baixinho, e a voz respondeu: "*O vingador*". Dei um grito. Parecia tão horrível, e então... a pessoa riu. Gargalhou! E isso foi tudo. Ouvi a pessoa colocando o fone no gancho. Claro que perguntei à telefônica a origem da ligação, mas disseram que não sabiam. Sabe como são essas telefonistas. Tão mal-educadas e insensíveis.

– E como – disse eu.

– Na hora me deu uma tontura – continuou a sra. Price Ridley. – Fiquei com os nervos tão à flor da pele que, ao escutar o tiro no bosque, confesso que quase tive um ataque. Deus me livre!

– Um tiro no bosque? – falou o inspetor Slack, atento.

– Na agitação em que eu estava, me pareceu um tiro de canhão. Exclamei "Ah!" e afundei prostrada no sofá. Clara teve de me trazer um cálice de gim de ameixa.

– Chocante – falou Melchett. – Chocante. Muito penoso para a senhora. E o tiro pareceu um estrondo, a senhora diz? Como se tivesse sido disparado ali perto?

– Isso foi apenas meu estado de nervos.

– É claro. E a que horas foi isso? Para nos ajudar a rastrear a chamada telefônica, entende.

– Umas seis e meia.

– Não consegue ser mais específica?

– Bem, o reloginho da lareira recém tinha batido a meia hora, e eu disse: "Com certeza, aquele relógio está adiantado". (Costuma acontecer isso com aquele relógio.) Comparei com o meu relógio de pulso e ele marcava apenas seis e dez, mas então o levei ao ouvido e descobri que tinha parado. Então pensei: "Bem, se aquele relógio *estiver* adiantado, daqui a pouco vou escutar o relógio da igreja batendo". E então, é claro, o telefone tocou e não prestei mais atenção nisso. – Fez uma pausa, ofegante.

– Bem, já é uma aproximação – falou o coronel Melchett. – Pode deixar conosco que vamos investigar o assunto, sra. Price Ridley.

– Procure pensar que tudo não passou de um trote inconsequente. Não se preocupe, sra. Price Ridley – tranquilizei.

Ela me encarou com frieza. Era óbvio que o caso da nota de uma libra ainda causava ressentimento.

– Coisas muito estranhas vêm acontecendo neste povoado nos últimos dias – disse ela, dirigindo-se a Melchett. – Coisas muito estranhas mesmo. O coronel Protheroe estava prestes a investigá-las, e o que aconteceu com ele, coitado? Quem será a próxima vítima? Eu?

E com isso ela se despediu e partiu, meneando a cabeça numa espécie de melancolia agourenta. Melchett murmurou com seus botões: "Bom se fosse". Então ficou sério e mirou o inspetor Slack com olhos indagadores.

Essa sumidade balançou a cabeça devagar.

– Tudo se encaixa, sir. Três pessoas escutaram o tiro. Resta descobrir quem fez o disparo. A confusão do sr. Redding só serviu para nos atrasar. Mas temos inúmeros pontos de partida. Pensando que o sr. Redding era culpado, não me dei o trabalho de me deter neles. Mas agora tudo mudou. Uma das primeiras coisas a fazer é investigar aquele telefonema.

– Recebido pela sra. Price Ridley?

O inspetor deu um sorrisinho irônico.

– Não... se bem que é melhor não esquecermos desse também, pois, caso contrário, teremos a matrona de novo incomodando por aqui. Na verdade, eu me refiro à ligação falsa que afastou o pastor do caminho.

– Sim – concordou Melchett –, isso é importante.

– E em seguida temos que descobrir o que todos estavam fazendo naquela noite entre seis e sete horas.

Todas as pessoas em Old Hall e também todas as pessoas do vilarejo.

Suspirei.

– Tem uma energia invejável, inspetor Slack.

– Acredito no trabalho árduo. Vamos começar anotando seus movimentos, sr. Clement.

– Com prazer. O telefonema aconteceu às cinco e meia.

– Voz de homem ou de mulher?

– Mulher. Pelo menos parecia de mulher. Mas é claro que eu tomei como certo que era a sra. Abbott quem estava falando.

– Não reconheceu a voz da sra. Abbott?

– Não, não posso afirmar que reconheci. Não prestei atenção na voz, nem pensei no assunto.

– Partiu de imediato? Caminhando? Não tem bicicleta?

– Não.

– Sei... Quanto tempo demorou?

– São uns três quilômetros, por qualquer caminho que se escolher.

– Pela trilha do bosque de Old Hall é mais perto, não é?

– Sim, mas é meio acidentado. Escolhi o caminho que cruza os campos.

– Que sai na frente do portão de sua casa?

– Sim.

– E a sra. Clement?

– Minha esposa estava em Londres. Chegou no trem das dez para as sete.

– Certo. Com a empregada eu já conversei. Isso encerra a casa do pastor. A próxima casa será Old Hall. E então vou dar uma palavrinha com a sra. Lestrange. Esquisito ela ter ido falar com Protheroe na noite anterior ao crime. Neste caso coisa esquisita é o que não falta.

Concordei.

Relanceando o relógio, me dei conta de que era quase hora do almoço. Convidei Melchett para compartilhar de uma refeição improvisada em minha casa, mas ele agradeceu dizendo que precisava ir ao Blue Boar. O Blue Boar serve um almoço de primeira categoria: rosbife com dois tipos de salada. Sábia escolha. Depois de ser interrogada pela polícia, eram grandes as chances de que Mary estivesse mais geniosa do que de costume.

Capítulo 14

A caminho de casa, topei com a srta. Hartnell. Ela me deteve por pelo menos dez minutos, arengando em voz sonora e grave contra a leviandade e a ingratidão da classe baixa. O problema era que os pobres não queriam mais receber visitas da srta. Hartnell em suas casas. Toda a minha afinidade recaiu ao lado dos pobres. Minha posição social me proíbe de expressar minhas prevenções com o ímpeto que eles expressam.

Eu a reconfortei o melhor que pude e saí pela tangente.

Haydock passou por mim ao volante de seu carro na esquina de nossa rua.

– Acabo de deixar a sra. Protheroe em casa – falou ele ao cruzar.

Esperou-me no portão da casa dele.

– Entre um minuto – convidou. Aceitei.

– Caso fantástico – ressaltou ele enquanto jogava o chapéu numa cadeira e abria a porta do consultório.

Afundou-se numa poltrona de couro descascado, o olhar perdido. Parecia aflito e confuso.

Disse-lhe que havíamos conseguido determinar o horário do tiro. Escutou com ar quase distraído.

– Com isso, Anne Protheroe sai do rol dos suspeitos – afirmou ele. – Sabe, fico contente que não tenha sido nenhum dos dois. Gosto deles.

Acreditei nele. No entanto, fiquei me perguntando por que, então, o fato de que ambos haviam sido liberados parecia tê-lo imerso na melancolia. De manhã, demonstrara alívio; agora, parecia aturdido e desnorteado.

Mas eu estava convencido de que ele estava sendo sincero. Ele gostava de Anne Protheroe e Lawrence Redding. Então, por que toda aquela tristeza? Saiu do torpor com sofreguidão.

– Queria falar com você sobre Hawes. Com essa história toda, esqueci dele por completo.

– Ele está mesmo doente?

– Não há nada radicalmente errado com ele. Suponho que saiba, é claro, que ele teve encefalite letárgica, ou doença europeia do sono, como se costuma chamar?

– Não – respondi muito surpreso –, não sabia de nada disso. Ele nunca me contou nada. Quando foi que ele teve isso?

– Há mais ou menos um ano. Recuperou-se bem... até onde alguém consegue se recuperar. É uma doença estranha... tem um bizarro efeito moral. É capaz de afetar e modificar toda a personalidade.

Ficou em silêncio um instante e então disse:

– Hoje pensamos com horror dos tempos em que queimávamos as bruxas. Um dia, ainda vamos estremecer ao pensar que enforcávamos os criminosos.

– Não acredita na pena de morte?

– Não é bem isso. – Fez uma pausa. – Sabe – recomeçou devagar –, prefiro minha profissão à sua.

– Por quê?

– Porque o seu trabalho envolve basicamente o que chamamos de certo e errado... E tenho lá minhas dúvidas se essas coisas existem. Suponha que tudo seja um caso de secreção glandular. Uma glândula funciona bem e a outra mal... E você se torna assassino, ladrão e criminoso. Clement, um dia nós ainda vamos reconhecer, horrorizados, que durante longos séculos castigamos pessoas simplesmente por estarem doentes... Uma condição alheia à vontade delas, coitadas. Não enforcamos ninguém por ser tuberculoso.

– O tuberculoso não oferece perigo à sociedade.

– De certo modo oferece. Infecta as outras pessoas. Pegue um homem que fantasia ser o imperador da China, por exemplo. Não ficamos dizendo o quanto ele é perverso. Entendo o seu ponto de vista quanto à comunidade. A comunidade deve ser protegida. Silenciar essas pessoas em locais em que não causem problemas... até mesmo tirá-las pacificamente de circulação... Sim, até aí eu chegaria. Mas não chame isso de punição. Não cause vergonha a elas nem a suas famílias inocentes.

Fitei-o com curiosidade.

– É a primeira vez que escuto você falando desse jeito.

– Não costumo alardear minhas teorias por aí. Hoje estou me deixando levar pelo entusiasmo por um assunto que gosto. Você é um homem inteligente, Clement, e não é qualquer pastor que tem essa qualidade. Não vai admitir, ouso dizer, que não existe mesmo o que se chama tecnicamente de "pecado", mas é liberal o suficiente para considerar essa possibilidade.

– Subverte as fundações de todas ideias aceitas.

– Sim, somos um bando de tacanhos e farisaicos, sempre dispostos a meter o bedelho em coisas de que nada sabemos. Honestamente, creio que o crime é um caso médico, não policial nem religioso. No futuro, talvez, não haverá nada parecido.

– A medicina vai erradicá-lo?

– Sim, vamos erradicá-lo. Ideia bastante prodigiosa, não? Já estudou a estatística dos crimes? Não... pouca gente estudou. Mas eu estudei. É espantoso o índice criminal na adolescência... Glândulas outra vez! Sabe o jovem Neil, o assassino serial de Oxfordshire... Matou cinco meninas antes de suspeitarem dele. Moço simpático... nunca tinha se envolvido em confusão nenhuma. Lily Rose, a garotinha da Cornualha, matou o tio porque ele a proibiu de comer doce. Esperou que ele dormisse e o acertou na cabeça com o malho de carvão. Foi para casa e quinze dias depois matou a irmã mais velha por uma futilidade. Nenhum dos dois foi condenado à forca, é claro. Acabaram numa instituição. Podem ter se regenerado... ou não. Duvido muito quanto à menina. A única coisa que ela gosta é de assistir à matança dos porcos. Sabe em que idade o suicídio é mais comum? Quinze a dezesseis anos. Da autoaniquilação para a aniquilação de outras pessoas é um pequeno passo. Mas o defeito não é moral... é físico.

– Não diga uma coisa hedionda dessas!

– Não é hediondo... é apenas novo para você. Novas realidades precisam ser encaradas. E as nossas ideias, ajustadas. Mas às vezes... isso complica a nossa vida.

Permaneceu ali sentado, de cenho franzido, com uma estranha aparência de fastio.

– Haydock – indaguei –, se você suspeitasse (ou soubesse) que alguém fosse o assassino, entregaria essa pessoa à lei ou ficaria tentado a acobertá-la?

Eu não estava nem um pouco preparado para o efeito de minha pergunta. Volveu o olhar em minha direção com raiva e desconfiança.

– Por que está dizendo isso, Clement? Em que está pensando? Desembuche, homem.

– Nada em particular, não – expliquei surpreso. – Só que... bem, o crime é o assunto do momento. Se por acaso você descobrisse a verdade... fico me perguntando como se sentiria, é só isso.

A cólera dele amainou. Voltou a fitar o vazio, como alguém que tenta desvendar uma intrigante charada existente apenas no próprio cérebro.

– Se eu suspeitasse (se eu soubesse), eu cumpriria o meu dever, Clement. Pelo menos é o que espero.

– A questão é... em que consiste cumprir o dever?

Fitou-me com olhos inescrutáveis.

– Todos nos defrontamos com essa pergunta em algum ponto da vida, Clement. Assim imagino. Cada um tem que decidir à sua maneira.

– Não sabe?

– Não, não sei...

Notei que o melhor a fazer era mudar de assunto.

– Meu sobrinho está adorando o caso – comentei. – Não faz outra coisa senão procurar pegadas e cinzas de cigarros.

Haydock sorriu.

– Que idade ele tem?

– Só dezesseis. Não levamos as tragédias a sério nessa idade. Tudo não passa de uma aventura de Sherlock Holmes ou Arsène Lupin.

Haydock disse pensativo:

– É um rapaz de boa aparência. Para onde pretende encaminhá-lo?

– Infelizmente não posso bancar uma educação universitária. Agora ele quer entrar na marinha mercante. Não passou nos exames da Marinha.

– Bem... não é uma vida fácil... mas ele poderia escolher coisa pior. Coisa bem pior.

– Tenho que ir – exclamei, olhando o relógio de relance. – Estou quase meia hora atrasado para o almoço.

Cheguei bem na hora em que minha família estava sentando à mesa. Pediram um relato minucioso das atividades matinais, que forneci, sentindo na maior parte do relato um tom de anticlímax.

Dennis, porém, divertiu-se muito com a história da ligação para a casa da sra. Price Ridley e riu a valer quando narrei o ataque de nervos que ela sofreu e a necessidade de ser reanimada com gim de ameixa.

– Bem feito para ela! – exclamou. – É a pior fofoqueira da paróquia. Pena que não foi ideia minha ligar e pregar um susto nela. O que me diz, tio Len, de uma segunda dose?

Com energia, roguei a ele que não fizesse nada parecido. Nada é mais perigoso do que os esforços solícitos e bem-intencionados da geração mais jovem.

O humor de Dennis mudou de repente. Franziu a testa e assumiu a expressão de alguém que teve muitas experiências e nada mais o surpreende.

– Estive com Lettice quase toda a manhã – contou. – Sabe, Griselda, ela está *muito* preocupada. Não quer demonstrar, mas está. Muito preocupada mesmo.

– Nada mais natural – comentou Griselda, sacudindo a cabeça.

Griselda não é lá muito fã de Lettice Protheroe.

– Você é sempre injusta com Lettice.

– Acha mesmo? – indagou Griselda.

– Muitas pessoas não ficam de luto.

Griselda ficou quieta e eu também. Dennis prosseguiu:

– Ela não se abre com a maioria das pessoas, mas *comigo* sim. Está preocupadíssima com tudo e acha que algo precisa ser feito.

– Ela vai descobrir – disse eu – que o inspetor Slack compartilha da opinião dela. Ele vai até Old Hall hoje à tarde, e é bem provável que torne insuportável a vida de todos os moradores da casa no esforço de chegar à verdade.

– E qual é a verdade, Len? – indagou minha esposa de súbito.

– É difícil dizer, meu bem. Se eu dissesse que tenho ideia agora, eu estaria mentindo.

– Você disse que o inspetor Slack rastrearia aquela ligação... aquela que o levou à casa dos Abbott?

– Sim.

– Mas será que ele vai conseguir? Não é algo muito difícil de fazer?

– Não diria isso. O centro telefônico deve registrar as ligações.

– Ah! – Minha esposa assumiu um ar pensativo.

– Tio Len – falou meu sobrinho –, por que ficou tão irritado hoje de manhã com a minha brincadeira sobre o senhor ter desejado o assassinato do coronel Protheroe?

– Porque – respondi – brincadeira tem hora. O inspetor Slack não tem um pingo de senso de humor. Levou suas palavras ao pé da letra e provavelmente vai interrogar Mary outra vez e depois conseguir um mandado para me prender.

– Ele não percebe quando alguém está brincando?

– Não – disse eu –, não percebe. Ele alcançou seu cargo atual à custa de muito suor e empenho no trabalho. Passatempo é uma palavra que não existe no dicionário de Slack.

– Gosta dele, tio Len?

– Não – admiti –, não gosto. Desde que botei os olhos nele, senti uma intensa antipatia. Mas não duvido da sua capacidade profissional.

– Acha que ele vai descobrir quem atirou no velho Protheroe?

– Se não conseguir – comentei –, não vai ser por falta de tentativa.

Mary apareceu e comunicou:

– O sr. Hawes quer falar com o senhor. Está esperando na sala. E trouxeram esta mensagem. Esperam resposta. Pode ser verbal.

Abri o envelope e li:

"*Caro sr. Clement,*

Ficaria muito grata se o senhor pudesse vir me visitar esta tarde o mais cedo possível. Estou em apuros e gostaria de ouvir um conselho.

Sinceramente,

Estelle Lestrange."

– Diga que em meia hora eu passo lá – disse eu a Mary. Então fui à sala de visitas para falar com Hawes.

Capítulo 15

A aparência de Hawes me perturbou bastante. As mãos e os músculos da face tremiam. Para mim, ele deveria estar na cama, e fui sincero com ele. Assegurou-me estar em perfeita saúde.

– Garanto, sir: nunca me senti melhor em toda a minha vida.

Isso era uma inverdade tão óbvia que eu quase não soube o que responder. Admiro pessoas que não se deixam entregar à doença, mas Hawes estava levando aquilo longe demais.

– Passei para dizer que sinto muito que... uma coisa dessas tenha acontecido em sua casa.

– Sim – disse eu –, não é nada agradável.

– É medonho... medonho demais. E no fim parece que soltaram o sr. Redding?

– Sim. Não passou de um engano. Ele fez... digamos... um depoimento impensado.

– E agora a polícia está mesmo convencida de que ele é inocente?

– Exatamente.

– Por que será, que mal lhe pergunte? Existe... quero dizer, eles suspeitam de mais alguém?

Nunca passou pela minha cabeça que Hawes fosse ficar assim tão interessado pelo assassinato. Talvez estivesse daquele jeito por ter acontecido na casa do pastor. Parecia tão ansioso quanto um repórter.

– Não sei dizer. O inspetor Slack é uma pessoa sigilosa. Mas, até onde sei, ele não suspeita de ninguém em especial. No momento, ainda está investigando.

– Sim... É claro. Mas quem a gente ia imaginar fazendo uma coisa horrível dessas?

Balancei a cabeça.

– O coronel Protheroe não era um homem popular, sei disso. Mas assassinato! Para matar alguém é preciso ter um motivo forte.

– Assim imagino – concordei.

– Quem poderia ter um motivo desses? A polícia tem ideia?

– Não sei dizer.

– Ele pode ter feito inimigos. Quanto mais penso no assunto, mais me convenço de que ele era o tipo de homem que tinha inimigos. Criou reputação de ser muito severo no tribunal.

– Suponho que sim.

– Puxa vida, então o senhor não se lembra? Ontem de manhã ele contou que foi ameaçado por aquele tal de Archer.

– Pensando bem, é verdade – disse eu. – Claro, eu me lembro. Você estava perto de nós naquela hora.

– Sim, escutei sem querer o que ele estava dizendo. Quase impossível não escutar em se tratando do coronel Protheroe. Tinha um vozeirão e tanto, não é mesmo? Lembro que fiquei impressionado com as palavras que o senhor disse. Que, quando a hora dele chegasse, poderia receber justiça em vez de misericórdia.

– Eu disse isso? – perguntei de cenho franzido. Pelo que eu me lembrava, minhas palavras haviam sido um pouco diferentes.

– Foi muito impressionante. Fiquei paralisado por suas palavras. Justiça é uma coisa terrível. E pensar que o coitado foi morto pouco depois disso. É quase como se o senhor tivesse tido uma premonição.

– Não tive nada parecido – falei sucintamente. Não

me agrada nem um pouco a tendência de Hawes ao misticismo. Ele tem qualquer coisa de visionário.

– Contou à polícia sobre o tal Archer, sir?

– Não sei nada sobre ele.

– Quero dizer, não contou o que o coronel disse... que Archer o tinha ameaçado?

– Não – falei devagar. – Não contei.

– Mas vai contar?

Fiquei calado. Não me agradava perseguir um homem que já tinha contra si as forças da lei e da ordem. Não ponho a mão no fogo por Archer. Caçador incorrigível – tipo do bonachão inútil encontrado em todas as paróquias. Seja lá o que disse no afã da raiva ao receber a sentença, quem pode garantir que ele sentia o mesmo ao sair da prisão?

– Você escutou a conversa – falei enfim. – Se acha que deve ir até a polícia e contar, pode ir.

– Seria melhor se partisse do senhor.

– Talvez... Mas para dizer a verdade... Bem, não pretendo fazer isso. Não quero ajudar a pôr a corda no pescoço de um homem inocente.

– Mas se ele atirou no coronel Protheroe...

– Ora, *se*! Não há prova nenhuma de que ele tenha feito isso.

– As ameaças.

– A rigor, as ameaças não partiram dele, mas sim do coronel Protheroe. O coronel Protheroe disse que, na próxima vez, Archer ia ver o que era bom para tosse.

– Não compreendo sua postura, sir.

– Não precisa – disse eu enfastiado. – Você é jovem. É um entusiasta da justiça. Quando chegar à minha idade, vai descobrir que prefere conceder às pessoas o benefício da dúvida.

– Não é... quero dizer...

Fez uma pausa, e eu o olhei surpreso.

– Não tem alguma ideia própria... sobre a identidade do assassino, quero dizer?

– Minha nossa, não!

Hawes insistiu.

– Nem quanto ao... motivo?

– Não. E você tem?

– Eu? Na verdade, não. Só fiquei pensando... que talvez o coronel Protheroe tivesse confidenciado algo... ou mencionado algo...

– As confidências dele, como você as chama, foram ouvidas na rua por toda a aldeia ontem de manhã – disse eu secamente.

– Sim, claro. Então não pensa que... Archer?

– Em breve, a polícia vai saber tudo sobre Archer – repliquei. – Se eu mesmo tivesse escutado esse rapaz ameaçar o coronel Protheroe, a história seria outra. Mas fique certo de que, se ele realmente o ameaçou, metade da aldeia deve ter escutado, e isso logo vai chegar aos ouvidos da polícia. Contudo, faça o que achar melhor.

Hawes, porém, parecia curiosamente relutante em tomar alguma iniciativa.

Todos os seus trejeitos eram nervosos e esquisitos. Lembrei-me do que Haydock dissera sobre a sua doença. Aí, suponho, jazia a explicação.

Retirou-se meio a contragosto, como se quisesse dizer algo mais, mas não soubesse como.

Antes disso, combinei que ele ministrasse a missa da União das Mães e conduzisse o encontro dos visitantes do distrito. Assim, fiquei liberado para tratar de vários projetos particulares que eu planejara para aquela tarde.

Tirando Hawes e seus problemas de minha cabeça, fui saindo rumo à casa da sra. Lestrange.

Na mesa do hall, descansavam o *Guardian* e o *Church Times* ainda intocados.

No caminho, recordei que a sra. Lestrange tivera

uma entrevista com o coronel Protheroe na noite anterior à morte dele. Era possível que algo tivesse vindo à baila naquele encontro, algo que pudesse ajudar a esclarecer o enigma que envolvia o assassinato.

Fui conduzido direto à salinha de estar, e a sra. Lestrange levantou-se para me receber. Voltei a me impressionar com a atmosfera fabulosa que essa mulher conseguia criar. O vestido de um tecido preto sem brilho contrastava com a notável alvura da tez. Havia algo singularmente opaco no rosto dela. Apenas uma expressão alerta nos olhos candentes. Afora isso, nenhum outro sinal de vivacidade.

– Que ótimo que o senhor veio, sr. Clement – disse ela ao trocarmos um aperto de mãos. – Eu queria falar com o senhor naquele dia. Então decidi não fazê-lo. Antes tivesse falado.

– Repito o que disse naquela oportunidade. Será um prazer ajudá-la de alguma maneira.

– Sim, o senhor disse isso. E do fundo do coração. Raras pessoas neste mundo, sr. Clement, quiseram me ajudar com sinceridade.

– É difícil acreditar nisso, sra. Lestrange.

– É verdade... Para a maioria das pessoas... para a maioria dos homens, pelo menos, é cada um por si e Deus por todos. – Havia amargura em sua voz.

Não respondi, e ela prosseguiu:

– Queira sentar-se, por favor.

Obedeci, e ela se sentou à minha frente. Vacilou um instante e, em seguida, começou a falar de modo pausado e refletido, como quem mede cada palavra antes de enunciá-la.

– Estou numa situação delicada, sr. Clement, e gostaria de pedir seu conselho. Quer dizer, gostaria de um conselho sobre como proceder. O que passou, passou, e não pode ser desfeito. Compreende?

Antes que eu pudesse responder, a empregada que me fizera entrar abriu a porta e disse numa expressão assustada:

– Ah! Por favor, madame. Tem um inspetor de polícia na porta e ele quer falar com a senhora.

Houve um silêncio. O rosto da sra. Lestrange não mudou. Só os olhos se fecharam bem devagar e depois se abriram. Ela engoliu em seco uma ou duas vezes, então disse na mesma voz clara e calma:

– Faça-o entrar, Hilda.

Fiz menção de me levantar, mas ela solicitou com um gesto firme que eu permanecesse sentado.

– Se não se importar... Ficaria muito agradecida se o senhor ficasse.

Acomodei-me outra vez.

– Com certeza, se assim o deseja – murmurei enquanto Slack entrava com os passos enérgicos de praxe.

– Boa tarde, madame – começou ele.

– Boa tarde, inspetor.

Quando me viu, fez uma carranca. Não há dúvida nenhuma: Slack não gosta de mim.

– Não se importa com a presença do pastor, espero?

Imagino que Slack não pôde dizer o que realmente pensava.

– N... não – falou ele de má vontade. – Embora, talvez, fosse melhor...

A sra. Lestrange ignorou a insinuação.

– Pois não, inspetor, em que posso ajudá-lo? – indagou ela.

– Desta maneira, madame: assassinato do coronel Protheroe. Sou o encarregado do caso e estou fazendo sindicâncias.

A sra. Lestrange assentiu com a cabeça.

– Por mera questão de formalidade, estou perguntando a todos onde estiveram ontem à noite no período entre seis e sete da noite. Só por questão de formalidade, se é que a senhora entende.

– Quer saber onde eu estava ontem entre seis e sete da noite?

– Se possível, madame.

– Deixe-me ver. – Meditou um instante. – Estava aqui. Nesta casa.

– Ah! – Notei um brilho repentino no olhar do inspetor. – E a sua empregada (a senhora tem apenas uma empregada, creio eu) pode confirmar essa declaração?

– Não. Hilda tira folga nas tardes de quinta-feira.

– Sei.

– Infelizmente, o senhor vai ter que acreditar na minha palavra – disse a sra. Lestrange com simpatia.

– Tem certeza que passou a tarde toda em casa?

– Perguntou entre seis e sete, inspetor. Saí para dar uma caminhada no começo da tarde. Voltei pouco antes das cinco.

– Então, se alguém (a srta. Hartnell, por exemplo) declarasse que veio aqui por volta das seis da tarde, tocou a campainha várias vezes e foi embora sem ninguém atender... A senhora diria que ela estava enganada?

– Ah, não – a sra. Lestrange meneou a cabeça.

– Mas...

– Se a empregada está em casa, ela pode dizer que você não está. Mas se você está sozinha e não quer receber ninguém... A única coisa a fazer é deixar a campainha tocando até a pessoa cansar.

A afirmação deixou o inspetor Slack levemente aturdido.

– Mulheres idosas me entediam demais – explicou a sra. Lestrange. – E a srta. Hartnell é particularmente enfadonha. Ela deve ter tocado a campainha pelo menos meia dúzia de vezes antes de ir embora.

Abriu um sorriso melífluo ao inspetor Slack.

O inspetor tentou outra abordagem.

– Então, se alguém dissesse que a viu em locais públicos naquela hora...

– Ah! Mas ninguém disse, não é mesmo? – Ela foi rápida em perceber o ponto fraco da tese. – Ninguém me viu fora de casa, porque eu estava em casa.

– De fato, madame.

O inspetor trouxe a cadeira para mais perto.

– Chegou a meu conhecimento, sra. Lestrange, que a senhora fez uma visita ao coronel Protheroe em Old Hall na noite anterior à morte dele.

A sra. Lestrange respondeu tranquilamente:

– Exato.

– Pode me revelar a natureza desse encontro?

– Um assunto particular, inspetor.

– Sinto muito, mas é meu dever pedir que a senhora me conte a natureza desse assunto particular.

– Não vou lhe contar nada disso. Apenas lhe garanto que nada do que foi dito naquele encontro tem relação com o crime.

– A senhora não é a pessoa indicada para julgar isso.

– De qualquer modo, vai ter que acreditar em minha palavra, inspetor.

– Pelo que vejo, tenho que acreditar em sua palavra em relação a tudo.

– Parece que sim – aquiesceu ela, com o mesmo sorriso tranquilo.

O sangue subiu às faces do inspetor Slack.

– Este assunto é sério, sra. Lestrange. Quero a verdade! – Deu um murro na mesa. – E vou consegui-la.

A sra. Lestrange não disse nada.

– Não percebe, madame, que está ficando numa situação bastante suspeita?

De novo, a sra. Lestrange ficou calada.

– Vai ser intimada a prestar depoimento no inquérito.

– Sim.

Monossilábica. Sem ênfase nem interesse. O inspetor mudou de tática.

– Conhecia o coronel Protheroe?

– Sim, eu o conhecia.

– Conhecia bem?

Houve uma pausa antes que ela dissesse:

– Não o via há vários anos.

– Conhecia a sra. Protheroe?

– Não.

– Vai me perdoar, mas é uma hora pouco comum para fazer visita.

– Não penso assim.

– O que quer dizer com isso?

– Eu queria falar com ele em particular. Não queria me encontrar com a sra. Protheroe nem com a filha dele. Escolhi o horário que melhor se adaptava aos meus objetivos.

– Por que não queria ver a sra. nem a srta. Protheroe?

– Isso, inspetor, é problema meu.

– Então se nega a falar mais?

– Sim.

O inspetor Slack levantou-se.

– Vai acabar em maus lençóis, madame, se não tomar cuidado. Tudo isso cheira mal... muito mal.

Ela caiu na risada. Eu poderia ter avisado ao inspetor Slack que esse tipo de mulher não se amedronta com facilidade.

– Bem – desvencilhou-se o inspetor com dignidade –, depois não diga que eu não lhe avisei. Boa tarde, madame, e fique sabendo que vamos descobrir a verdade.

Foi-se embora. A sra. Lestrange ergueu-se e estendeu a mão.

– Vou pedir que o senhor também vá... É melhor assim. É muito tarde para me aconselhar agora. Não tem mais volta.

Repetiu numa voz desolada:

– Não tem mais volta.

Capítulo 16

Ao sair, eu me deparei com Haydock no degrau da porta. Relanceou um olhar mordaz a Slack, que acabara de cruzar o portão.

– Ele a interrogou?

– Sim – respondi.

– Foi polido, espero?

A polidez, a meu ver, é uma arte que o inspetor Slack nunca aprendeu, mas presumi que, de acordo com os seus próprios parâmetros, ele fora polido. De qualquer forma, eu não queria deixar Haydock ainda mais aborrecido. Ele já parecia aflito e preocupado o suficiente. Então eu disse que o inspetor fora bastante polido.

Haydock assentiu e, enquanto a criada o fazia entrar, caminhei rumo ao centro da aldeia. Logo alcancei o inspetor. Imagino que tenha caminhado devagar de propósito. Por mais que não gostasse de mim, não deixaria uma antipatia atrapalhar o acesso a informações úteis.

– Sabe de algo sobre a dama? – indagou à queima-roupa.

Respondi que não sabia de nada.

– Ela nunca disse nada sobre por que veio morar aqui?

– Não.

– E mesmo assim vai visitá-la?

– Uma das minhas atribuições é visitar os paroquianos – retorqui, omitindo o fato de ter sido chamado.

– Hum... imagino que sim. – Calou-se um instante. Então, incapaz de esquecer o recente insucesso, continuou: – Negócio suspeito, me parece.

– Pensa isso?

– Se me perguntassem, diria "chantagem". É estranho se pensarmos na conduta supostamente ilibada do coronel Protheroe. Mas não ponho a mão no fogo por ninguém. Não seria o primeiro curador de igreja a ter vida dupla.

Memórias vagas de comentários de Miss Marple sobre o mesmo tópico perambularam em minha mente.

– Acha mesmo provável?

– Bem, isso se adapta aos fatos. Por que uma dama moderna e bem-vestida veio morar neste vilarejo pacato? Por que visitou Protheroe naquele horário estranho? Por que evitou a sra. e a srta. Protheroe? Sim, tudo se encaixa. Constrangedor para ela admitir... chantagem é crime. Mas vamos arrancar a verdade dela. Tudo indica uma ligação importante com o caso. Se o coronel Protheroe teve alguma culpa secreta na vida... algo desonroso... bem, pode vislumbrar o campo que se descortina.

Concordei com ele.

– Estou tentando induzir o mordomo a falar. Pode ter escutado atrás da porta algum trecho da conversa entre Protheroe e Lestrange. Mordomos fazem isso às vezes. Mas ele jura que não sabe de nada. A propósito, acabou no olho da rua por isso. O coronel tirou satisfações e ficou furioso porque ele a deixou entrar. O mordomo retrucou dando o aviso prévio. Disse que não gostava mesmo de trabalhar ali e que já pensava em sair há um bom tempo.

– Mesmo?

– Então isso nos dá outra pessoa magoada com o coronel.

– Não suspeita seriamente do homem... Qual o nome dele, a propósito?

– Reeves. E não disse que suspeito dele. Digo que nunca se sabe. Ele tem uma delicadeza fingida que não me agrada.

Fiquei me perguntando o que Reeves achava da delicadeza do inspetor Slack.

– Agora vou interrogar o motorista.

– Talvez, então – disse eu –, possa me dar uma carona em seu carro. Quero ter uma palavrinha com a sra. Protheroe.

– A troco de quê?

– Os preparativos para o funeral.

– Ah! – exclamou o inspetor Slack um tanto surpreso. – O inquérito está marcado para amanhã, sábado.

– Sem problemas. O funeral será terça-feira.

Um tanto envergonhado de sua rispidez, Slack estendeu-me um ramo de oliveira como convite para eu acompanhar a conversa com Manning, o motorista.

Manning, moço simpático, com não mais de 25 ou 26 anos, demonstrou medo na presença do inspetor.

– Muito bem, rapaz – falou Slack. – Preciso de umas informações.

– Sim, sir – gaguejou o motorista. – Com certeza, sir.

Se ele próprio tivesse cometido o crime, não estaria mais assustado.

– Ontem levou seu patrão à aldeia?

– Sim, sir.

– A que horas foi isso?

– Cinco e meia.

– A sra. Protheroe foi junto?

– Sim, sir.

– Foram direto à aldeia?

– Sim, sir.

– Pararam no caminho?

– Não, sir.

– Lá chegando, o que fizeram?

– O coronel desceu e me disse que não precisaria mais do carro. Ia voltar para casa a pé. A sra. Protheroe tinha umas compras para fazer. Colocou os pacotes no carro. Então me dispensou, e eu fui para casa.

– Ela ficou na aldeia?

– Sim, sir.

– A que horas foi isso?

– Seis e quinze, sir. Seis e quinze em ponto.

– Onde a deixou?

– Perto da igreja, sir.

– O coronel disse para onde ia?

– Comentou que ia ao veterinário... Algo a ver com um dos cavalos.

– Sei. E você voltou direto para casa?

– Sim, sir.

– Existem duas entradas para Old Hall, a do chalé sul e a do chalé norte. Foi à vila pelo chalé sul, calculo?

– Sim, sir, como sempre.

– E retornou pelo mesmo trajeto?

– Sim, sir.

– Hum... Acho que é tudo. Ah! Aí vem a srta. Protheroe.

Lettice flutuou em nossa direção.

– Quero o Fiat, Manning – avisou. – Faça-o funcionar, está certo?

– Pode deixar, srta.

Ele se encaminhou até um conversível de dois lugares e ergueu o capô.

– Só um minuto, srta. Protheroe – disse Slack. – Tenho que registrar os movimentos de todos ontem à tarde. Não leve a mal.

Lettice fitou-o.

– Nunca sei o horário de nada – disse ela.

– Pelo que me disseram, você saiu ontem logo depois do almoço?

Ela balançou a cabeça em afirmação.

– Para onde, por gentileza?

– Jogar tênis.

– Com quem?

– Com os Hartley Napier.

– Em Much Benham?

– Sim.

– E retornou a que horas?

– Não sei. Já disse que não presto atenção nessas coisas.

– Retornou – disse eu – perto das sete e meia.

– É isso mesmo – falou Lettice. – No meio da confusão. Anne tendo ataques e Griselda acalmando-a.

– Obrigado, senhorita – falou o inspetor. – É tudo o que desejo saber.

– Que esquisito – disse Lettice. – Coisa mais sem graça.

Ela caminhou em direção ao Fiat.

O inspetor bateu o dedo na testa discretamente.

– Meio avoada? – sugeriu.

– Nem um pouco – disse eu. – Mas gosta de passar essa impressão.

– Bem, agora vou interrogar as empregadas.

Mesmo quem não gosta de Slack consegue admirar sua energia.

Separamo-nos. Perguntei a Reeves se eu podia falar com a sra. Protheroe.

– No momento ela está deitada, sir.

– Então é melhor não perturbá-la.

– Não quer esperar, sir? Sei que a sra. Protheroe está ansiosa para falar com o senhor. Ela disse isso na hora do almoço.

Ele me fez passar ao estar íntimo, acendendo as luzes, pois as venezianas estavam fechadas.

– Caso triste esse – comentei.

– Sim, sir – respondeu o mordomo com voz fria e respeitosa.

Fitei-o. Que sentimentos agiam sob aquela conduta impassível? Sabia de coisas que não queria nos contar? Não há nada tão inumano quanto a máscara do bom empregado.

– Algo mais, sir?

Não havia um toque de ansiedade por trás daquela fachada impecável?

– Nada mais – respondi.

Não precisei esperar muito. Pouco tempo depois, Anne Protheroe apareceu. Trocamos ideias e definimos providências. Então ela exclamou:

– Como o dr. Haydock é bondoso!

– Haydock é a melhor pessoa que conheço.

– Tem sido incrivelmente amável comigo. Mas anda triste, não?

Nunca tinha me ocorrido em ligar tristeza à pessoa de Haydock. Aquela ideia me fez pensar.

– Não que eu tenha notado – disse eu enfim.

– Eu nunca tinha notado até hoje.

– Às vezes, nossos próprios problemas aguçam nossos olhos – comentei.

– Pura verdade. – Fez uma pausa e então disse: – Sr. Clement, tem uma coisa que eu realmente *não consigo* entender. Se meu marido foi morto logo depois que eu o deixei, por que não escutei o tiro?

– A polícia tem motivos para crer que o tiro foi disparado mais tarde.

– Mas e o horário de 18h20 marcado no bilhete?

– Tudo indica ter sido acrescentado por outra pessoa... o assassino.

Ela empalideceu.

– Que horror!

– Não notou que o horário não estava escrito na letra dele?

– Nada no bilhete parecia a letra dele.

Havia certa verdade nessa afirmação. Eram rabiscos meio ilegíveis, diferentes da costumeira letra firme de Protheroe.

– Tem certeza de que não suspeitam mais de Lawrence?

– Ele está definitivamente inocentado.

– Mas, sr. Clement, quem foi então? Sei que Lucius não era popular, mas não creio que tivesse inimigos de verdade. Não esse tipo de inimigo.

Meneei a cabeça.

– É um mistério.

Pensei com meus botões nos sete suspeitos de Miss Marple. Quem seriam eles?

Após me despedir de Anne, comecei a executar um plano meu.

Retornei de Old Hall pela trilha particular. Quando atingi os degraus para a alameda, retrocedi, escolhendo um ponto onde havia sinal de que alguém passara pelos arbustos, desviei da trilha e enveredei no meio da vegetação, abrindo caminho entre os galhos. O bosque era fechado, com arbustos trançados em meio às árvores maiores. A incursão era lenta. De repente, notei que outra pessoa se esgueirava entre os arbustos não muito longe de mim. Quando parei vacilante, vislumbrei Lawrence Redding com uma grande pedra nas mãos.

Acho que demonstrei espanto, porque ele caiu na gargalhada.

– Não é uma pista, não – disse ele. – É uma oferenda de paz.

– Oferenda de paz?

– Uma base para negociações, quem sabe? Uma desculpa para visitar sua vizinha, Miss Marple. Fiquei sabendo que ela adora pedras bonitas para aqueles jardins japoneses que ela faz.

– É verdade – disse eu. – Mas o que quer com a velhinha?

– Só isso. Se houve algo a ser visto ontem à noite, Miss Marple viu. Não algo estritamente ligado ao crime... Refiro-me a um incidente estranho ou bizarro, um detalhe insignificante que possa dar uma pista para a verdade. Algo que ela pensou que não valia a pena contar para a polícia.

– É possível, suponho.

– Vale a pena tentar. Sr. Clement, eu vou tirar isso a limpo. Não por mim, mas por causa de Anne. E não tenho lá muita confiança em Slack... É um sujeito entusiástico, mas o entusiasmo não substitui o cérebro.

– Pelo que vejo – comentei –, você se enquadra no perfil daqueles personagens prediletos da ficção, os detetives amadores. Não sei se na vida real eles conseguem competir com os profissionais.

Fitou-me com astúcia e de repente caiu na risada.

– O que está fazendo no bosque, padre?

Permiti-me a virtude de corar.

– Aposto que o mesmo que eu. Tivemos a mesma ideia, não? *Como o assassino chegou ao estúdio*? Primeiro caminho: alameda e portão; segundo caminho: porta da frente; e terceiro... existe um terceiro caminho? Minha ideia era ver se havia sinal de arbustos mexidos ou quebrados perto do muro do jardim de sua casa.

– Tive a mesma ideia – admiti.

– Mas nem cheguei a colocar meu plano em prática – continuou Lawrence. – Neste meio-tempo, tive a ideia de primeiro visitar Miss Marple, para me assegurar de que ninguém passou na alameda ontem à noite enquanto estávamos no estúdio.

Abanei a cabeça.

– Ela foi taxativa quanto a isso. Ninguém passou.

– Ninguém que ela chamasse de alguém... Parece maluquice, mas explico. Pode ter passado o carteiro, o leiteiro ou o entregador de carne... alguém cuja presença seria tão natural que ninguém pensaria em mencionar.

– É isso que dá ficar lendo G.K. Chesterton – disse eu, e Lawrence não negou.

– Mas não pensa que é possível algo nessa linha?

– Imagino que sim – admiti.

Sem mais delongas, dirigimo-nos à casa de Miss Marple. Ela estava trabalhando no jardim e nos chamou enquanto subíamos os degraus que ligavam a trilha à alameda.

– Não disse? – murmurou Lawrence. – Ela enxerga todo mundo.

Ela nos recebeu com muita cortesia e ficou contentíssima com a enorme pedra de Lawrence, apresentada com a devida cerimônia.

– É muita delicadeza sua, sr. Redding.

Encorajado por isso, Lawrence iniciou suas perguntas. Miss Marple escutou-as com atenção.

– Sim, sei a que você se refere e concordo plenamente, é o tipo de coisa que ninguém se dá o trabalho de mencionar. Mas posso lhe garantir que não aconteceu nada parecido. Nada mesmo.

– Tem certeza, Miss Marple?

– Absoluta.

– Viu alguém descendo a trilha em direção ao bosque naquela tarde? – indaguei. – Ou vindo por ela?

– Ah, sim, várias pessoas. O dr. Stone e a srta. Cram se embrenharam por ali... para eles é o caminho mais curto até o túmulo. Isso foi pouco depois das duas. E o dr. Stone voltou por ali... Como o senhor bem sabe, sr. Redding, afinal ele se encontrou com o senhor e a sra. Protheroe.

– A propósito – falei –, aquele tiro... o tiro que a senhora escutou, Miss Marple. O sr. Redding e a sra. Protheroe também devem tê-lo ouvido.

Mirei Lawrence com olhos indagadores.

– Sim – disse ele, franzindo a testa. – Acho que escutei alguns tiros. Um ou dois tiros, não lembro bem...

– Eu escutei apenas um – afirmou Miss Marple.

– Tenho só uma vaga impressão – falou Lawrence. – Diabos, gostaria de me lembrar, mas não consigo. Na hora, eu estava totalmente envolvido com... com...

Calou-se, constrangido.

Dei uma tossidela diplomática. Miss Marple, com um toque de pudor, mudou de assunto.

– O inspetor Slack insiste que eu diga se ouvi o tiro antes ou depois de o sr. Redding e a sra. Protheroe terem saído do estúdio. Confesso que não consigo afirmar com certeza, mas tenho a impressão (que aumenta cada vez que penso no assunto) de que foi depois.

– Então isso descarta nosso famoso dr. Stone – suspirou Lawrence. – Não que exista o menor dos motivos para suspeitar que ele tenha atirado no coitado do velho Protheroe.

– Ah! – exclamou Miss Marple. – Mas eu sempre considero prudente suspeitar um pouco de todo mundo. O que eu quero dizer é: a gente *nunca* sabe, não é mesmo?

Isso era típico de Miss Marple. Perguntei a Lawrence se ele concordava com ela sobre o tiro.

– Não sei dizer mesmo. Foi um barulho tão comum. Tenho a impressão de que foi disparado enquanto estávamos no estúdio. O som teria amortecido e... quem estivesse no estúdio o notaria menos.

"Por outras razões além do amortecimento sonoro", pensei comigo.

– Tenho que perguntar a Anne – disse Lawrence. – Ela pode se lembrar. A propósito, um fato curioso precisa ser explicado. A sra. Lestrange, a dama misteriosa de St. Mary Mead, visitou o velho Protheroe depois do jantar, quarta-feira à noite. Parece que ninguém tem a mínima ideia do teor da conversa. Protheroe não contou nada à mulher nem à filha.

– Talvez o pastor saiba – comentou Miss Marple.

Como diabos a mulher sabia que eu visitara a sra. Lestrange naquela tarde? Chega a ser sinistro o modo como ela sempre fica sabendo de tudo.

Balancei a cabeça e garanti que não podia esclarecer o assunto.

– O que o inspetor Slack pensa? – indagou Miss Marple.

– Fez o que podia para intimidar o mordomo... Mas pelo visto o mordomo não estava curioso o suficiente para ouvir às escondidas. Então é isto: ninguém sabe.

– Mas imagino que alguém tenha escutado algo, não acham? – indagou Miss Marple. – Quero dizer, alguém sempre *escuta*. Acho que é por aí que o sr. Redding pode descobrir algo.

– Mas a sra. Protheroe não sabe de nada.

– Não me refiro a Anne Protheroe – disse Miss Marple. – Refiro-me às empregadas. Elas odeiam contar qualquer coisa à polícia. Mas a um homem charmoso (com seu perdão, sr. Redding) que acaba de ser alvo de suspeitas injustas... ah! Tenho certeza de que elas vão contar na hora.

– Vou lá hoje à noite ver o que eu consigo descobrir – declarou Lawrence com energia. – Obrigado pela dica, Miss Marple. Vou assim que... bem, assim que o pastor e eu fizermos um pequeno serviço.

Ocorreu-me que era melhor nos apressarmos. Disse até logo a Miss Marple, e entramos no bosque de novo.

Primeiro, seguimos a trilha até chegarmos a um novo local onde certamente alguém se desviara à direita. Lawrence explicou que já havia seguido aquela pista e descobrira que não conduzia a lugar nenhum, mas acrescentou que seria bom tentar outra vez. Ele poderia ter se enganado.

Entretanto, ele estava certo. Uns dez metros depois, os sinais de ramos quebrados e folhas amassadas cessavam por completo. Foi dali que Lawrence irrompera antes, naquela mesma tarde, para me encontrar.

Enveredamos pela trilha outra vez e caminhamos por ela durante mais algum tempo. Chegamos a outro lugar com os arbustos movimentados. Os sinais eram sutis, mas, pensei eu, inequívocos. Dessa vez, o rastro promissor serpenteou tortuosamente em direção à minha casa, até chegarmos ao ponto em que os arbustos formavam uma espessa faixa contra o muro. Um daqueles muros altos com o topo ornado com cacos de garrafas quebradas. Se alguém tivesse apoiado uma escada nele, certamente teria deixado vestígios.

Estávamos nos esgueirando por entre os arbustos junto ao muro quando chegou a nossos ouvidos um ruído de ramo quebrado. Projetei o corpo à frente, forçando passagem no meio de uma densa moita de arbustos, e vi-me cara a cara com o inspetor Slack.

– Então é o senhor! – exclamou ele. – E o sr. Redding. Os cavalheiros podem me explicar o que pensam que estão fazendo?

Sem esconder a decepção, explicamos.

– Exato – afirmou o inspetor. – Não sendo os idiotas que em geral pensam que somos, eu tive a mesma ideia. Faz uma hora que estou por aqui. E querem saber de uma coisa?

– Sim – disse eu humildemente.

– Seja lá quem for o assassino do coronel Protheroe, ele não veio por aqui! Não há nenhum sinal deste lado do muro nem do outro. Quem matou o coronel Protheroe entrou pela frente. Não há outra maneira.

– Impossível! – gritei.

– Impossível por quê? A sua porta fica aberta. Tudo o que alguém tem a fazer é entrar. Da cozinha ninguém enxerga quem entra. E a pessoa que entrou sabia com toda segurança que o senhor tinha sido tirado do caminho, sabia que a sra. Clement estava em Londres, sabia que o sr. Dennis estava jogando tênis. Simples como dois e dois são quatro. E a pessoa não precisou ir nem vir atravessando a aldeia. Logo à frente do portão frontal do vicariato existe um caminho, e a partir dele é possível embrenhar-se nesse mesmo bosque e sair por onde quiser. A menos que a sra. Price Ridley saísse pelo portão da casa dela naquele mesmo instante, o terreno estaria livre. Bem mais fácil do que ficar escalando muros. E as janelas laterais do segundo piso da casa da sra. Price Ridley dão para a maior parte do muro. Sim, podem ter certeza: ele veio pela frente.

Tudo indicava que Slack tinha razão.

Capítulo 17

O inspetor Slack veio me visitar na manhã seguinte. Está, penso eu, mais à vontade comigo. Com o tempo, talvez esqueça o incidente do relógio.

– Bom dia – saudou. – Rastreei a ligação que o senhor recebeu.

– Mesmo? – indaguei ansioso.

– É muito curioso. Veio do chalé norte de Old Hall. Mas aquele chalé está vazio. O casal que cuidava do chalé se aposentou, e os novos zeladores ainda não se mudaram. O lugar estava inabitado e à mão. Porta de correr destrancada nos fundos. Telefone sem impressões digitais... Alguém limpou. Isso é sugestivo.

– Como assim?

– Mostra que a ligação teve o objetivo deliberado de tirá-lo do caminho. Ou seja, o assassinato foi meticulosamente planejado. Se fosse só um trote inocente, as digitais não teriam sido apagadas com tanto cuidado.

– Tem razão.

– Também revela que o assassino conhecia bem Old Hall e arredores. Não foi a sra. Protheroe quem fez a ligação. Rastreei todos os passos dela naquela tarde. Meia dúzia de empregados juram que ela estava em casa até cinco e meia. Então o carro encostou e levou o coronel Protheroe e ela até o povoado. O coronel foi consultar Quinton, o veterinário. Um cavalo estava doente. A sra. Protheroe fez encomendas na mercearia e na peixaria e de lá desceu pela alameda onde Miss Marple a viu. O pessoal das lojas concorda que ela não carregava bolsa. A velhinha estava certa.

– Em geral, ela sempre está – disse eu suavemente.

– E a srta. Protheroe estava em Much Benham às cinco e meia.

– Exato – disse eu. – Meu sobrinho também estava lá.

– Isso a descarta. A empregada parece normal... um pouco histérica e perturbada, mas o que seria de se esperar? Claro, estou de olho no mordomo... Com essa história de ele pedir demissão e tudo o mais. Mas não creio que ele saiba de algo a respeito.

– Suas sindicâncias parecem ter alcançado resultados negativos, inspetor.

– Sim e não, sir. Uma coisa estranha veio à tona... de modo bastante inesperado, eu diria.

– É mesmo?

– Lembra-se do escândalo que a sra. Price Ridley, sua vizinha, deu ontem de manhã na delegacia? Sobre o telefonema que ela recebeu?

– Sim?

– Bem, rastreamos a ligação apenas para tranquilizá-la... e de qual lugar do mundo o senhor acha que veio a tal ligação?

– De um posto telefônico? – arrisquei.

– Não, sr. Clement. Do chalé do sr. Lawrence Redding.

– O quê? – exclamei surpreso.

– Sim. Estranho, não é mesmo? O sr. Redding não teve nada a ver com isso. Naquela hora, às seis e meia, ele estava a caminho do Blue Boar em companhia do dr. Stone, à vista de toda a aldeia. Mas então é isso. Sugestivo, não? Alguém entrou naquele chalé vazio e usou o telefone. Quem terá sido? Dois telefonemas estranhos num dia. O que nos leva a pensar numa ligação entre eles. Macacos me mordam se não foram feitos pela mesma pessoa.

– Mas com que intenção?

– É isso que precisamos descobrir. Não parece existir um objetivo especial para o segundo, mas deve existir algum. Não percebe o significado? Ligar da casa do sr. Redding. A pistola do sr. Redding. Tudo para lançar suspeitas contra o sr. Redding.

– Estaria mais de acordo com essa tese se a *primeira* ligação tivesse sido feita da casa dele – contestei.

– Ah, mas andei estudando esse assunto. Aonde o sr. Redding ia na maioria das tardes? Até Old Hall pintar a srta. Protheroe. Saía de moto do chalé dele e passava pelo portão norte. Percebe agora o objetivo de a ligação ter sido feita de lá? *O assassino é alguém que não sabia da briga nem do fato de que o sr. Redding estava proibido de pôr os pés em Old Hall.*

Por um instante deixei as ponderações do inspetor decantando em meu cérebro. Elas soavam coerentes e inevitáveis.

– Alguma impressão digital no telefone do chalé do sr. Redding? – indaguei.

– Não – disse o inspetor em tom amargo. – Aquela velha maldita que limpa a casa passou um pano no telefone ontem de manhã. – Com expressão colérica, meditou por um instante. – É uma velha idiota mesmo. Não se lembra quando viu a pistola pela última vez. Pode ser que estivesse lá na manhã do crime, pode ser que não. "Não posso dizer com certeza." São todas iguais!

Continuou:

– Por questão de formalidade, fiz uma visitinha ao dr. Stone. Devo reconhecer que ele foi tão agradável quanto possível. Ele e a srta. Cram foram até a escavação (ou túmulo, ou sei lá como se chama) por volta das duas e meia e ficaram por lá a tarde toda. O dr. Stone foi para casa sozinho, e ela foi mais tarde. Ele afirma não ter escutado tiro nenhum, mas admite ser uma pessoa distraída. Mas tudo corrobora o que pensamos.

– Com o detalhe – disse eu – de que o senhor ainda não pegou o assassino.

– Hum... – disse o inspetor. – Foi uma voz feminina que o senhor escutou no telefone. Tudo indica que foi voz de mulher que a sra. Price Ridley escutou. Se ao menos aquele tiro não tivesse sido disparado logo depois que ela desligou o telefone... Bem, eu saberia onde procurar.

– Onde?

– Ah! Pois é justamente isso que é melhor não dizer, sir.

Sem pudor nenhum, ofereci-lhe uma taça de vinho do Porto. Tenho excelentes safras antigas desse vinho. Onze da manhã não é bem o horário habitual para se consumir vinho do Porto, mas achei que Slack não daria importância a esse detalhe. Seria, é claro, um cruel desperdício de vinho do Porto, mas era por uma boa causa.

Quando o inspetor Slack terminou a segunda taça, começou a ficar maleável e alegre. Esse é o efeito desse Porto especial.

– Acho que não há problema em contar para o senhor – afirmou ele. – Guardaria um segredo? Ninguém na paróquia pode ficar sabendo.

Garanti que ele podia ficar tranquilo.

– Visto que a coisa toda aconteceu em sua casa, quase parece um direito seu saber.

– É isso que penso – disse.

– Bem, sir, o que me diz da senhora que visitou o coronel Protheroe na véspera do crime?

– A sra. Lestrange! – exclamei surpreso, elevando o tom de voz.

O inspetor lançou-me um olhar reprovador.

– Não tão alto, sir. A sra. Lestrange está na minha mira. Lembre-se do que eu lhe disse... chantagem.

– Improvável motivo para assassinato. Por que matar a galinha dos ovos de ouro? Isso considerando verídica a sua tese, da qual duvido muito.

O inspetor piscou para mim de modo familiar.

– Ah! Ela é o tipo de mulher que os homens sempre defendem. Preste atenção, sir. Digamos que ela chantageou com sucesso o velhote no passado. Tempos depois, fica sabendo o paradeiro dele, vem morar aqui e tenta repetir a dose. *Mas*, nesse meio-tempo, as coisas mudaram. A lei agora está em outro patamar. Hoje ficou fácil a vida de quem processa um chantagista... A imprensa não tem permissão de publicar os nomes. Vamos supor o seguinte. O coronel Protheroe vira a mesa e acena com um processo judicial contra ela. Ela fica de saia justa. A condenação por chantagem é bastante rigorosa. O feitiço vira contra o feiticeiro. A única coisa a fazer para salvar a pele é apagá-lo de uma vez por todas.

Fiquei calado. Tive que admitir: a hipótese construída pelo inspetor era razoável. A meu ver, só uma coisa a tornava inadmissível – o caráter da sra. Lestrange.

– Não concordo com isso, inspetor – declarei. – A sra. Lestrange não me parece uma chantagista em potencial. Ela é... bem, a palavra é antiquada, mas ela é uma... dama.

Ele me fitou com olhos cheios de pena.

– Ah! Bem – ponderou com indulgência –, sei que o senhor é membro do clero, mas não sabe da missa a metade. Dama, pois sim! Ficaria surpreso se soubesse das coisas que eu sei.

– Não estou me referindo à simples condição social. De qualquer modo, não imagino que a sra. Lestrange pertença à elite. Refiro-me à questão de... requinte pessoal.

– Não a vê com os mesmos olhos que eu, sir... Posso ser homem, mas também sou policial. Requinte pessoal não me atinge. Aquela mulher é do tipo que dá uma facada nas costas de alguém sem pestanejar.

Por estranho que pareça, era mais fácil visualizar a sra. Lestrange culpada de homicídio do que de chantagem.

– Mas, é claro, ela não pode ter telefonado para a sua vizinha e atirado no coronel Protheroe ao mesmo tempo – prosseguiu o inspetor.

Assim que pronunciou as palavras, deu uma violenta palmada na perna.

– Já sei! – exclamou. – Esse é objetivo do telefonema. Uma espécie de *álibi.* Sabia que o vincularíamos ao primeiro. Vou examinar isso com atenção. Pode ter subornado algum garoto da aldeia para dar o telefonema por ela. O garoto *jamais* pensaria em relacionar isso com o assassinato.

O inspetor partiu célere.

– Miss Marple quer falar com você – disse Griselda, enfiando a cabeça no recinto. – Enviou um bilhete meio sem nexo... Todo cheio de partes sublinhadas e letras com pernas de aranha. Não consegui decifrar quase nada. Pelo que pude notar, ela não pode sair de casa. Apresse-se e vá até lá para descobrir o que está acontecendo. Vou receber umas velhas paroquianas daqui a dois minutos, senão eu mesma ia lá investigar. Odeio essa velharada... Reclamam das pernas cheias de varizes e às vezes insistem em mostrá-las. Que sorte a sua que o inquérito é hoje à tarde! Não vai ter que assistir à partida de críquete no clube dos meninos.

Eu me apressei, a cabeça fervilhando para inferir a razão daquele chamado.

Encontrei Miss Marple em um estado que, creio eu, poderia ser descrito como confusão de espírito: muito rosada e um pouco balbuciante.

– Meu sobrinho – explicou ela. – Meu sobrinho, Raymond West. O escritor. Está vindo para cá hoje. Estou assoberbada. Tenho que resolver tudo sozinha. Não é possível confiar nas empregadas. Não sabem nem arejar uma cama direito. E precisamos, é claro, ter carne na janta. Cavalheiros consomem muita carne, não é mesmo?

E bebida. Com certeza, é preciso ter bebida em casa... E um sifão de soda!

– Se eu puder fazer algo para ajudar... – comecei.

– Ah! Bondade sua. Mas não o chamei por causa disso. Tenho bastante tempo mesmo. O bom é que ele traz o próprio cachimbo e fumo. Daí me poupa ter que saber a marca certa de cigarros para comprar. Mas também é ruim, porque demora muito tempo para sair o cheiro das cortinas. É claro, abro a janela e as sacudo com força toda manhã bem cedo. Raymond levanta da cama muito tarde... Acho que é mania de escritor. Escreve livros até bem engenhosos, mas as pessoas nem de longe são tão desagradáveis como ele as pinta. Jovens talentosos sabem tão pouco da vida, não acha?

– Gostaria de trazê-lo para jantar em minha casa? – perguntei, ainda incapaz de compreender o motivo do chamado.

– Ah, não! Que esperança – disse Miss Marple. – É muita gentileza sua – acrescentou ela.

– Tem... ahn... um motivo pelo qual a senhora quer me ver, acho – sugeri já em desespero.

– Ah, é claro! No meio de toda essa empolgação esqueci completamente. – Ela interrompeu a conversa e chamou a empregada. – Emily... Emily. Estes lençóis não. Os franjadinhos com monograma. E não os coloque perto do fogo!

Fechou a porta e voltou na ponta dos pés.

– Ontem à noite sucedeu um fato muito curioso – explicou. – Achei que o senhor gostaria de saber, se bem que não faz muito sentido. Eu não conseguia dormir ontem à noite... Ruminando toda essa triste história. Então me levantei e olhei pela janela. E o que pensa que enxerguei?

Fitei-a com expressão interrogadora.

– Gladys Cram – disse Miss Marple com grande ênfase. – Quero cair morta se não era ela entrando no bosque com uma valise na mão.

– Uma valise?

– Não é fantástico? O que ela ia fazer com uma valise no bosque à meia-noite? Sabe – emendou Miss Marple –, tenho a impressão de que isso não tem nada a ver com o crime. Mas é uma coisa esquisita. E, na atual conjuntura, é nosso dever registrar toda e qualquer coisa esquisita.

– Muito espantoso – concordei. – Será que ela não estava indo... hum... dormir na escavação?

– Não, em absoluto – disse Miss Marple. – Porque logo depois ela voltou. Sem a valise.

Capítulo 18

O inquérito foi realizado naquela tarde (sábado), às duas horas, no Blue Boar. Foi estupenda a agitação local, é desnecessário dizer. Pelo menos quinze anos sem assassinato em St. Mary Mead. E alguém como o coronel Protheroe assassinado em pleno gabinete da casa do pastor! Um raro banquete de emoções para o povo da aldeia.

Escutei sem querer vários comentários provavelmente não direcionados aos meus ouvidos.

– Olhe ali o pastor chegando. Pálido, não? Será que tem culpa no cartório? Afinal de contas, o crime foi na casa dele.

– Onde já se viu, Mary Adams? Ele estava na casa de Henry Abbott naquela hora.

– Ah! Mas ouvi falar que ele e o coronel bateram boca. Lá está Mary Hill. Toda de nariz empinado, só porque trabalha lá. Shh... chegou o juiz.

O juiz investigador, o dr. Roberts, da cidade vizinha de Much Benham, pigarreou, ajeitou os óculos e adotou uma postura distinta.

Recapitular todas as provas seria cansativo. Lawrence Redding testemunhou ter encontrado o corpo e confirmou que a pistola era sua. Até onde se lembrava, ele a vira pela última vez na terça-feira, dois dias antes do crime. Ficava guardada numa prateleira da estante de livros em seu chalé. Não, ele não tinha o costume de chavear a porta do chalé.

A sra. Protheroe depôs que vira o marido pela última vez por volta das quinze para as seis, quando se despediram na rua central da aldeia. Combinaram de se encontrar na casa do pastor mais tarde. Dirigira-se à casa do pastor às seis e quinze, usando a alameda e atravessando o jardim. Não escutara vozes no gabinete e imaginara que não havia ninguém ali, mas o marido talvez estivesse à escrivaninha, fora do ângulo de visão. Até onde sabia, ele estivera com saúde e humor costumeiros. Desconhecia quaisquer inimigos que pudessem ter rixas contra ele.

O próximo a depor fui eu, contando sobre a reunião marcada com Protheroe e o chamado à casa dos Abbott. Relatei como eu encontrara o corpo e mandara buscar o dr. Haydock.

– Sr. Clement, quantas pessoas sabiam que o coronel Protheore ia visitá-lo naquele fim de tarde?

– Uma porção de gente, creio eu. Minha esposa e meu sobrinho sabiam, e o próprio coronel Protheroe aludiu ao fato naquela manhã quando nos encontramos no centro. Várias pessoas podem tê-lo escutado, pois, sendo um pouco surdo, ele falava em voz bem alta.

– Era, então, um assunto de conhecimento geral? Qualquer pessoa poderia saber?

Concordei.

A seguir foi a vez de Haydock. Seu testemunho foi importante. Descreveu com minúcia e perícia o aspecto do cadáver e os exatos ferimentos. Na opinião dele, o coronel havia sido baleado entre 18h20 e 18h30 – com certeza não depois das 18h35. Esse era o limite máximo. Foi categórico e enfático nesse detalhe. Suicídio estava fora de cogitação: era impossível alguém se infligir um ferimento daqueles.

O depoimento do inspetor Slack foi judicioso e sucinto. Relatou o momento em que fora chamado a comparecer no local e as circunstâncias nas quais encontrara o corpo. A carta inacabada foi exibida e o horário dela (18h20), anotado. Também mostrou o relógio. Ficou implícito e tomado como certo que o horário da morte havia sido 18h22. A polícia escondia o jogo. Anne Protheroe me contou depois que a polícia lhe pedira para sugerir um horário um pouco antes das 18h20 para a visita dela.

Nossa empregada, Mary, foi a próxima testemunha. Um tanto truculenta, diga-se de passagem. Não escutara nada nem queria escutar nada. Afinal, nem todo cavalheiro que vinha visitar o pastor acabava baleado. Em geral, isso não acontecia. Além disso, seus afazeres não eram poucos. O coronel Protheroe chegara às seis e quinze em ponto. Não, ela não olhou no relógio. Escutara o relógio da igreja batendo logo depois de acompanhar o coronel até o gabinete. Não escutou tiro nenhum. Se houvesse um tiro, teria ouvido. Claro, ela sabia do tiro, afinal o cavalheiro morreu baleado – mas era a pura verdade. Ela não escutara o tiro.

O juiz não insistiu nesse ponto. Percebi que ele e o coronel Melchett estavam trabalhando em uníssono.

A sra. Lestrange havia sido convocada para prestar depoimento, mas um atestado médico, assinado pelo dr. Haydock, foi apresentado. Conforme o atestado, ela estava impossibilitada de comparecer por motivo de doença.

Sobrava só uma testemunha: uma velha meio cambaleante. A pessoa que, nas palavras de Slack, "organizava a bagunça" na casa de Lawrence Redding.

A pistola foi mostrada à sra. Archer, que a reconheceu como a pistola vista na sala de estar do sr. Redding, "rolando por cima da estante de livros". Ela a vira no dia do crime. "Sim"... afirmou ela em resposta à pergunta seguinte... tinha certeza absoluta de que na quinta-feira a pistola estava lá na hora do almoço... às quinze para uma, quando ela foi embora.

Lembrei-me do que o inspetor me dissera e fiquei um pouco surpreso. Por mais vaga que ela tivesse sido quando o inspetor a interrogara, perante o juiz demonstrou confiança.

O juiz investigador fez o resumo das provas e dos argumentos apresentados de modo negativo, mas firme. O veredito foi quase imediato. Assassinato por pessoa(s) desconhecida(s).

Enquanto eu me retirava do tribunal, percebi a presença de um batalhão de jovens com rostos espertos e vivazes e uma espécie de semelhança superficial na aparência. Vários deles, reconheci, estiveram rondando a minha casa nos últimos dias. Tentando fugir, saí pela tangente e enveredei Blue Boar adentro. Tive a sorte de topar com o arqueólogo, o dr. Stone. Colei nele sem qualquer cerimônia.

– Jornalistas – comentei sucinta e significativamente. – Pode me livrar das garras deles?

– Ora! É claro que sim, sr. Clement. Suba as escadas comigo.

Mostrou o caminho da estreita escadaria acima e me fez passar à salinha de estar do quarto, onde a srta. Cram datilografava à mesa, sem olhar as teclas da máquina de escrever. Ela me cumprimentou com um largo sorriso de boas-vindas e aproveitou a oportunidade para fazer um intervalo.

– Coisa horrível, não é? – indagou ela. – Não saber quem foi, quero dizer. Nem sonhava ficar tão decepcionada com um inquérito. Muito certinho para o meu gosto. Nada que pudesse ser chamado de picante do começo ao fim.

– Então esteve lá, srta. Cram?

– Sim, estive lá. E o senhor não me viu, imagine só. Não me viu mesmo? Fico um pouco magoada com isso. Sim, fico. Um cavalheiro, mesmo do clero, deve ter olhos na cabeça.

– Também foi? – perguntei ao dr. Stone, num esforço para me desvencilhar daqueles gracejos divertidos. Sempre fico sem jeito ao lidar com moças como a srta. Cram.

– Não fui. Tenho pouquíssimo interesse por essas coisas. Sou muito envolvido com meu próprio hobby.

– Deve ser um hobby interessante – comentei.

– Conhece algo de arqueologia, talvez?

Tive que confessar que não sabia praticamente nada.

O dr. Stone não era o tipo de homem que se intimida com uma confissão de ignorância. Foi como se eu tivesse dito que a escavação de túmulos era o meu passatempo preferido. Lançou-se num redemoinho retórico. Túmulos alongados, túmulos redondos, idade da pedra, idade do bronze, paleolítico, neolítico, *kistvaens* (câmaras sepulcrais célticas!), cromeleques e dólmens (vide Stonehenge!), tudo em fluxo torrencial. Tive pouco a fazer além de balançar a cabeça de modo afirmativo e simular uma expressão inteligente – bem, talvez inteligente seja excesso de otimismo. O dr. Stone não parava de matraquear. O homenzinho tinha a cabeça redonda e careca, o rosto redondo e rosado e olhos que brilhavam através de lentes grossas. Nunca vi tanto entusiasmo em resposta a um incentivo tão minguado. Explicou cada argumento a favor e contra sua própria teoria predileta – teoria sobre a qual, a propósito, não entendi absolutamente nada!

Explanou em detalhe suas diferenças com o coronel Protheroe.

– Grosseirão opiniático – disse com ardor. – Sim, sim, sei que ele está morto e é feio falar mal dos mortos. Mas a morte não modifica a realidade. Grosseirão opiniático é uma descrição exata. Só porque leu uma penca de livros sobre arqueologia, considera-se uma sumidade... capaz de desafiar um homem que passou a vida estudando o assunto. A minha vida toda, sr. Clement, dedico a esse trabalho. A minha vida toda...

De tanta empolgação, sua fala era precipitada e incoerente. Gladys Cram o trouxe de volta à Terra com uma frase curta.

– Se não tomar cuidado, vai perder o trem – observou ela.

– Ah! – O homenzinho parou no meio da conversa e pinçou um relógio de bolso. – Nossa! Quinze minutos? Impossível.

– Sempre que o senhor começa a falar, perde a noção do tempo. Se não fosse eu, não sei o que seria do senhor.

– Tem razão, minha cara, tem razão. – Ele bateu de leve no ombro dela com afeição. – Esta moça é um tesouro, sr. Clement. Nunca se esquece de nada. Considero-me um homem de sorte por tê-la encontrado.

– Ah! Pare com isso, dr. Stone – disse a moça. – O senhor me mima demais.

Senti-me na posição circunstancial de emprestar meu apoio à segunda linha de pensamento – aquela que previa futuros laços de matrimônio entre o dr. Stone e a srta. Cram. Imaginei que, à sua maneira, a srta. Cram era uma jovem bem esperta.

– É melhor o senhor se apressar – avisou a srta. Cram.

– Sim, sim, farei isso.

Desapareceu no quarto contíguo e voltou carregando uma mala.

– Vai embora? – indaguei um tanto surpreso.

– Só uma escapada de dois dias na capital – esclareceu ele. – Amanhã vou visitar minha idosa mãe e, na segunda-feira, tenho assuntos pendentes com os advogados. Na terça, estou de volta. A propósito, creio que a morte do coronel Protheroe não vai influenciar nossas atividades. No que tange ao túmulo, quero dizer. A sra. Protheroe não vai fazer objeção à continuidade do trabalho?

– Creio que não.

Enquanto ele falava, fiquei me perguntando quem teria assumido as rédeas em Old Hall. Era bem possível que Protheroe tivesse deixado o poder a cargo de Lettice. Fiquei com vontade de saber o conteúdo do testamento de Protheroe.

– Morte na família causa muito transtorno – comentou a srta. Cram, numa espécie de deleite melancólico. – Às vezes, o clima fica bem pesado.

– Bem, preciso ir mesmo. – O dr. Stone fez tentativas ineficazes de manusear a mala, um tapete imenso e um canhestro guarda-chuva. Acudi em seu socorro. Ele protestou.

– Não se incomode... não se incomode. Eu me viro sem problemas. Sem dúvida, lá embaixo vai ter alguém.

Mas no térreo não havia uma vivalma. Suspeito que estavam bebendo e comendo por conta da imprensa. O tempo urgia, então fomos juntos até a estação, o dr. Stone levando a mala, eu carregando o tapete e o guarda-chuva.

Dr. Stone enunciava comentários entre cada respiração arquejante enquanto acelerávamos o passo.

– Quanta bondade sua... não precisava... se incomodar... Tomara que... eu não perca... o trem... Gladys é uma boa menina... maravilhosa... gênio excelente... não muito feliz em casa, receio... em absoluto... coração generoso... coração de criança. Eu lhe garanto, apesar da... diferença de idade... temos muito em comum...

Vislumbramos o chalé de Lawrence Redding assim que desviamos rumo à estação. Ele fica num local ermo sem casas ao redor. Notei dois rapazes moderninhos na entrada e outros dois espiando pelas janelas. Dia agitado para a imprensa.

– Sujeito simpático, o jovem Redding – observei para ver o que meu acompanhante ia dizer.

Ele estava tão ofegante a esta altura que considerou

difícil dizer algo, mas resfolegou uma palavra que a princípio não compreendi.

– Perigoso – arfou ele, quando pedi que repetisse.

– Perigoso?

– Perigosíssimo. Moças inocentes... sem experiência... caem fácil nas garras de um rapaz desses... sempre rodeando as mulheres... não é flor que se cheire!

Do que deduzi que o único moço na aldeia não passara despercebido aos olhos da formosa Gladys.

– Minha nossa! – gritou o dr. Stone. – O trem!

Perto da estação disparamos num *sprint* final. Um trem rumo ao interior desembarcava passageiros, e o trem rumo à capital acabava de chegar.

Na porta de acesso ao guichê das passagens, trombamos com um rapaz com pinta de almofadinha, e me dei conta de que era o recém-chegado sobrinho de Miss Marple. Ele é, imagino, um moço que não gosta de dar trombadas. Orgulha-se de seu aprumo e de sua aparência geral de desinteresse, e não há dúvida de que o contato físico é pernicioso a qualquer tipo de aprumo. Cambaleou para trás. Pedi desculpas apressadas e entramos. O dr. Stone subiu no trem, e eu lhe alcancei a bagagem bem na hora em que o trem deu um solavanco e começou a andar.

Acenei para ele e dei meia-volta. Raymond West partira, mas o boticário local, que atende pelo curioso nome de Cherubim, estava saindo em direção à aldeia. Caminhei ao seu lado.

– Por um triz – observou. – Mas que tal foi o inquérito, sr. Clement?

Informei a ele o veredito.

– Ah! Então foi esse o veredito. Bem que eu imaginava. Para onde foi o dr. Stone?

Repeti o que ele me dissera.

– Sorte dele não ter perdido o trem. Não que a gente possa afirmar alguma coisa nesse transporte ferroviário.

Vou lhe contar, sr. Clement, é uma vergonha ultrajante. Ignomínia! Meu trem saiu de Londres dez minutos atrasado. E isso num sábado sem tráfego para atrapalhar. E na quarta... não, na quinta... sim, na quinta... lembro que foi no dia do crime, porque me deu vontade de escrever soltando os cachorros na companhia ferroviária... E o crime tirou isso da minha cabeça... sim, na última quinta. Reunião da Sociedade Farmacêutica. E quanto tempo o senhor acha que o trem das seis e cinquenta atrasou? *Meia hora.* Exatamente meia hora! O que acha disso? Dez minutos eu não me importo. Mas se o trem só chega às sete e vinte, bem, o cidadão só chega em casa depois das sete e meia. Só queria saber uma coisa: por que então o trem é chamado de seis e cinquenta?

– Sem dúvida – concordei e, desejando escapar do monólogo, despedi-me com a desculpa de que precisava falar com Lawrence Redding, que se aproximava do outro lado da estrada.

Capítulo 19

– É um prazer encontrá-lo – disse Lawrence. – Vamos até o meu chalé.

Enveredamos pelo portãozinho rústico e subimos o caminho. Tirou uma chave do bolso e girou na fechadura.

– Agora você deixa a porta chaveada – notei.

– Sim – disse ele, rindo-se com amargura. – Porta arrombada, tranca de ferro. Mais ou menos isso. Sabe, padre – ele segurou a porta aberta para eu entrar –, algo nessa história toda não me agrada. Parece serviço de gente... como vou dizer... infiltrada. Alguém sabia da minha pistola. Isso significa que o assassino, seja lá quem for, deve ter vindo aqui em casa... Talvez até mesmo tomado um drinque comigo.

– Não necessariamente – retorqui. – É bem provável que toda a aldeia de St. Mary Mead saiba o lugar certo em que você guarda a escova de dente e qual a pasta dental que você usa.

– Mas por que isso seria do interesse dessas pessoas?

– Não sei – disse eu –, mas é. Se você mudar a marca do creme de barbear, o assunto vai ser comentado.

– Todos devem ser ansiosos por novidades.

– São. Aqui nunca acontece nada de empolgante.

– Bem, agora aconteceu... Com juros e correção monetária.

Concordei.

– E quem conta a eles todas essas coisas, afinal? Creme de barbear e coisas do tipo?

– Com grande probabilidade, a sra. Archer.

– Aquela velha coroca? Tenho a impressão de que ela é uma estaferma.

– Essa é a apenas a camuflagem dos pobres – expliquei. – Eles se escondem atrás de uma máscara de imbecilidade. É provável que você descubra que a velha de burra não tem nada. A propósito, agora ela parece muito convicta de que a pistola estava no lugar ao meio-dia da quinta-feira. O que a deixou com tanta certeza de repente?

– Não tenho a mínima ideia.

– Pensa que ela está certa?

– De novo, não tenho a mínima ideia. Não fico conferindo as minhas coisas todos os dias.

Corri os olhos na salinha de estar. Todas as prateleiras e mesas apinhadas com uma miscelânea de itens. Lawrence vivia no meio de uma bagunça artística capaz de me levar à loucura.

– Às vezes dá trabalho encontrar as coisas – disse ele, seguindo meu olhar. – Por outro lado, fica tudo bem à mão... Nada guardado em gavetas.

– Nada está guardado, com certeza – concordei. – Me pergunto se não teria sido melhor se a pistola ficasse guardada.

– Eu esperava que o juiz dissesse algo nessa linha. Juízes são tão pedantes. Esperava ser censurado ou sei lá como eles chamam.

– A propósito – perguntei –, estava carregada?

Lawrence meneou a cabeça.

– Sou negligente, mas nem tanto. Estava descarregada, mas tinha uma caixa de balas ao lado dela.

– Consta que o carregador tinha seis cartuchos, e um deles foi deflagrado.

Lawrence assentiu com a cabeça.

– E de quem é o dedo que apertou o gatilho? Está tudo muito bom, sir, mas, a menos que o assassino verdadeiro seja descoberto, vão suspeitar de mim até o dia em que eu morrer.

– Não diga isso, rapaz.

– Mas é verdade.

Calou-se, pensando consigo mesmo. Enfim saiu do torpor e disse:

– Mas me deixe contar como fui bem-sucedido ontem à noite. Aquela Miss Marple sabe das coisas.

– Por esse motivo ela é bastante impopular.

Lawrence narrou com detalhes sua história.

Seguindo o conselho de Miss Marple, fora até Old Hall. Lá, com o auxílio de Anne, tivera uma conversa com a copeira. Anne dissera apenas:

– O sr. Redding quer fazer algumas perguntas, Rose.

Então saíra da sala.

Lawrence sentira-se um tanto nervoso. O olhar cristalino de Rose, moça linda de seus 25 anos, o desconcertara.

– É... é sobre a morte do coronel Protheroe.

– Sim, sir.

– Mal posso esperar para descobrir a verdade.

– Sim, sir.

– Tenho a sensação de que algo... que alguém... que... que pode ter algum incidente...

Nesse ponto, Lawrence perguntou-se o que diabos estava fazendo ali e do fundo do coração amaldiçoou Miss Marple e suas sugestões.

– Será que você não pode me ajudar?

– Sim, sir?

A atitude de Rose continuava a de uma empregada perfeita: cortês, discreta e solícita.

– Com mil diabos – exclamou Lawrence –, por acaso não comentou o assunto no refeitório dos empregados?

Esse método de ataque perturbou-a um pouco. Seu equilíbrio perfeito ficou abalado.

– No refeitório dos empregados, sir?

– Ou na sala da governanta, no cantinho do limpador de sapatos, ou sei lá onde vocês conversam? Deve haver um lugar.

Rose reprimiu uma risadinha, e Lawrence encorajou-se.

– Preste atenção, Rose, você é uma boa moça. Tenho certeza de que entende o que eu estou passando. Não quero ser enforcado. Não matei seu patrão, mas muita gente pensa que eu matei. Não lembra de algo que possa me ajudar?

É de se imaginar: nesse momento, Lawrence deve ter parecido tremendamente encantador. A cabeça bonita jogada para trás, os suplicantes olhos azuis irlandeses. Rose amoleceu e capitulou.

– Ah, sir! Tenho certeza... Se alguém de nós pudesse ajudá-lo de alguma maneira. Ninguém acredita que foi o senhor. Verdade.

– Sei, querida, mas isso não vai me ajudar com a polícia.

– A polícia! – Rose sacudiu a cabeça. – Posso lhe garantir, sir, não temos a polícia em alta conta. Não é à toa que ele se chama Slack. A polícia, pois sim.

– Mas a polícia tem lá seu poder. Pelo que entendi, Rose, está me dizendo que faria tudo a seu alcance para me ajudar. Pois algo me diz que ainda falta descobrir muita coisa. Por exemplo, sobre aquela senhora que veio visitar o coronel Protheroe na noite anterior ao crime.

– A sra. Lestrange?

– Sim, a sra. Lestrange. Não sai da minha cabeça que existe algo muito estranho naquela visita.

– Sim, sir, é verdade, nós comentamos isso.

– Comentaram?

– O jeito como ela chegou, pedindo para falar com o coronel. É claro que o pessoal comenta bastante...

Ninguém sabe nada sobre ela por aqui. A sra. Simmons, a governanta, acha que ela não é boa coisa. Mas depois de ouvir o que a Gladdie falou... bem, fico sem saber o que pensar.

– O que Gladdie falou?

– Ah, nada, sir! A gente só... estava conversando.

Lawrence mirou-a. Teve a sensação de que ela escondia algo.

– Pergunto-me que assunto ela veio tratar com o coronel Protheroe.

– Sim, sir.

– Você sabe, não é, Rose?

– Eu? Ah, não, sir! Que esperança. Como é que eu ia saber?

– Olhe aqui, Rose. Falou que ia me ajudar. Se você escutou um fragmento de conversa sem querer, uma frase apenas... Algo que pareça sem importância, mas algo... Eu ficaria eternamente grato. Afinal de contas, qualquer pessoa pode... por mero *acaso*... ouvir algo atrás da porta.

– Mas eu não ouvi, sir, não ouvi mesmo.

– Então outra pessoa ouviu – disse Lawrence com argúcia.

– Bem, sir...

– Conte-me, Rose.

– Não sei o que Gladdie vai achar...

– Ela ia gostar que você me contasse. *Quem* é Gladdie, a propósito?

– A ajudante da cozinha, sir. Ela tinha acabado de sair para conversar com um amigo e passou na frente da porta de vidro... a porta de vidro do gabinete... e viu o patrão lá com a tal senhora. E, é claro, ele fala muito alto, o patrão; sempre falou. É natural que, com a curiosidade atiçada...

– Muito natural – incentivou Lawrence. – A atitude natural seria mesmo ficar escutando.

– Mas é claro que ela não contou a ninguém... só para mim. E nós duas achamos tudo muito esquisito. Mas Gladdie não podia contar nada, porque se a sra. Pratt, a cozinheira, soubesse que ela saiu para se encontrar com... um... um amigo... bem, a coisa ia ficar ruça para o lado dela. Mas tenho certeza que ela lhe contaria tudo, sir, de boa vontade.

– Bem, posso ir até a cozinha e falar com ela?

A sugestão deixou Rose apavorada.

– Ah, não, sir, nem pensar! Gladdie é muito nervosa.

Enfim, após muita argumentação sobre pormenores difíceis, um encontro secreto foi marcado nos arbustos do jardim.

No local e no horário combinados, Lawrence ficou cara a cara com a nervosa Gladdie. Na descrição dele, mais uma lebre assustada do que um ser humano. Gastou dez minutos para deixá-la à vontade, com a trêmula Gladys explicando que jamais poderia... que não deveria... que não imaginava que Rose ia dedurá-la. De qualquer modo, ela não tinha feito por mal, realmente não, mas estaria em maus lençóis se por acaso a sra. Pratt viesse a descobrir.

Lawrence tranquilizou-a, fez falsas promessas, persuadiu-a – e enfim Gladys concordou em falar.

– Garante que não vai contar para mais ninguém?

– É claro que não vou contar.

– E não vão usar contra mim num tribunal?

– Jamais.

– E não vai contar para a patroa?

– Em hipótese alguma.

– Se a sra. Pratt ficar sabendo...

– Não vai ficar sabendo. Agora me conte, Gladys.

– Jura que não tem problema?

– É claro que não tem problema. Um dia, você vai ficar orgulhosa por ter me livrado da forca.

Gladys soltou um pequeno guincho.

– Ah! É mesmo, sir, eu não gostaria disso. Bem, escutei muito pouco... e não foi por querer, como se diz...

– Entendo perfeitamente.

– Mas deu para notar que o patrão estava zangado. "Depois de tantos anos" (ele falou bem assim) "você tem a petulância de vir até aqui..." "É ultrajante!" Não consegui escutar o que ela disse... Mas pouco depois ele disse: "Eu me recuso terminantemente... terminantemente". Não consigo me lembrar de tudo... Dava a impressão de que estavam brigando como cão e gato, ela querendo que ele fizesse uma coisa, e ele negando. "É uma vergonha você ter vindo até aqui", lembro que ele disse. E continuou dizendo: "Você não vai vê-la... eu a proíbo..." Isso me fez aguçar os ouvidos. Parecia que ela queria conversar com a sra. Protheroe, mas ele estava com medo. Pensei com meus botões: "Ora, ora, quem diria, o patrão. Justo ele, tão escrupuloso. E no frigir dos ovos não é flor que se cheire. Quem diria!" Mais tarde, disse para o meu amigo: "Os homens são todos iguais". Não que ele tenha concordado. Discutiu comigo, ele. Mas também ficou surpreso com o coronel Protheroe... Um benfeitor da igreja que passa a coleta de mão em mão e lê o evangelho aos domingos. "Mas esses", disse eu, "é que são os piores". Pelo menos é isso que minha mãe sempre diz.

Gladdie calou-se esbaforida, e Lawrence tentou diplomaticamente retornar ao motivo da conversa.

– Escutou mais alguma coisa?

– Difícil lembrar bem ao certo, sir. Não variava muito. Ele disse umas duas vezes: "Não acredito". Bem assim. "Seja lá o que for que Haydock disse, não acredito".

– Disse isso mesmo? "Seja lá o que for que Haydock disse"?

– Sim. E falou que era tudo uma armação.

– Não escutou nenhuma frase dela?

– Só perto do fim. Acho que ela se levantou e se aproximou da porta de vidro. Daí eu escutei o que ela falou. Meu sangue congelou nas veias! Nunca vou me esquecer. Ela falou: "*A esta hora amanhã à noite você pode estar morto*". E falou de um jeito malvado. Assim que fiquei sabendo das notícias, eu disse pra Rose: "Viu? Eu não disse?"

Lawrence perguntava-se muitas coisas. Principalmente, quanto da história de Gladys merecia crédito. Por mais que fosse verdadeira em linhas gerais, ele desconfiava ter sido enfeitada e embelezada desde o crime. Em especial, duvidava da exatidão do último comentário. Considerou altamente possível ser influência do assassinato.

Agradeceu a Gladys, recompensou-a de modo adequado, tranquilizou-a quanto a seus deslizes caírem nos ouvidos da sra. Pratt e deixou Old Hall com bastante assunto para meditar.

Uma coisa ficou clara: o encontro da sra. Lestrange com o coronel Protheroe com certeza não havia sido harmonioso, e ele fazia questão de que sua mulher não tomasse conhecimento.

Pensei na história de Miss Marple, sobre o curador de igreja com duas famílias. Seria um caso semelhante?

O que mais me intrigava era onde Haydock entrava na jogada. Ele poupara a sra. Lestrange de prestar depoimento no inquérito. Fizera o melhor a seu alcance para protegê-la da polícia.

Até onde levaria aquela proteção?

Supondo que suspeitasse dela como a autora do crime... continuaria tentando protegê-la?

Ela era especial... emanava um charme hipnótico. Eu mesmo odiava a ideia de vinculá-la ao assassinato de alguma forma.

Algo em mim dizia: "Não pode ser ela!" Por quê?

E um diabinho em meu cérebro respondia: “Porque ela é linda e atraente. É por isso”.

Existe, como diz Miss Marple, muito da natureza humana em todos nós.

Capítulo 20

Cheguei em casa no meio de uma crise doméstica.

Griselda veio me encontrar no hall com os olhos rasos d'água e arrastou-me até a sala de visitas.

– Ela vai embora.

– Quem vai embora?

– Mary. Ela deu o aviso prévio.

Não consegui receber o comunicado num espírito trágico.

– Bem – redargui –, vamos ter que contratar outra empregada.

Pareceu-me uma coisa bastante pertinente a dizer. Quando um empregado se demite, contrata-se outro. Perplexo, não entendi o olhar de reprimenda de Griselda.

– Len... você não tem um pingo de sentimento. Não se *importa*.

Não me importava. Na realidade, fiquei quase contente com a perspectiva de não mais conviver com pudins queimados e verduras malcozidas.

– Vou ter que encontrar outra moça e treiná-la – prosseguiu Griselda com acentuada autocomiseração.

– Mary é treinada? – perguntei.

– Claro que é.

– Imagino – ponderei – que alguém a escutou nos chamando de "sir" ou "madame" e na mesma hora a aliciou como a quintessência da perfeição. Só tenho a dizer uma coisa: vão ficar decepcionados.

– Não é isso – explicou Griselda. – Não tem ninguém querendo contratá-la. Nem teria como. São os sentimentos dela. Está magoada porque Lettice Protheroe disse que ela não sabe limpar direito.

Não raro, Griselda me vem com afirmações surpreendentes, mas essa foi tão surpreendente que eu até duvidei. A coisa mais improvável do mundo seria Lettice Protheroe não poupar esforços para se intrometer em nossos assuntos e censurar nossa empregada por desmazelo no serviço doméstico. Aquilo não parecia coisa de Lettice, e eu disse isso.

– Não vejo – falei – o que a poeira de nossa casa tem a ver com Lettice Protheroe.

– Absolutamente nada – disse minha mulher. – Por isso que é tão irracional. Queria que você conversasse com Mary. Ela está na cozinha.

Eu não tinha a mínima vontade de conversar com Mary, mas Griselda, sempre enérgica e ligeira, empurrou-me gentilmente porta adentro e, antes que eu tivesse tempo de protestar, vi-me na cozinha.

Mary descascava batatas na pia.

– Err... boa tarde – disse eu nervoso.

Mary levantou os olhos e bufou, mas não emitiu outra resposta.

– A sra. Clement me contou que você quer se demitir – falei.

Mary achou por bem responder dessa vez.

– Tem coisa – asseverou soturna – que uma moça não pode aturar.

– Quer me contar melhor o que a deixou chateada?

– Posso contar para o senhor em duas palavras. (Nessa estimativa, posso afirmar, ela errou longe.) As pessoas vêm aqui xeretar, bisbilhotar. E o que ela tem a ver com isso, com quantas vezes eu limpo ou deixo de limpar o gabinete? Se o senhor e a patroa não reclamam, isso não é da conta de mais ninguém. Se os dois estão satisfeitos comigo, nada mais importa, é o que penso.

Mary nunca me deixava satisfeito. Confesso que tenho quase um fetiche por uma sala minuciosamente limpa e organizada todas as manhãs. O método de Mary de espanar a sujeira mais óbvia da superfície das mesinhas é flagrantemente inadequado para o meu gosto. Porém, me dei conta de que a ocasião não era oportuna para tocar em assuntos paralelos.

– Tive que ir ao inquérito, não tive? Ficar na frente de doze homens, uma moça honrada como eu! E sabe-se lá que tipo de pergunta eles podem fazer. Sabe de uma coisa? É a primeira e última vez que trabalho numa casa em que aconteceu um assassinato.

– Espero que sim – disse eu. – Pelas leis da estatística, eu diria que não é nada provável que isso se repita.

– Não estou nem aí com as leis. *Ele* era magistrado. Quanta gente inocente vai para a cadeia só por capturar um coelho... E ele lá todo preocupado com os faisões e toda aquela passarinhada dele. E então, antes do infeliz receber sete palmos de terra em cima do caixão, aquela filha dele vem aqui dizer na minha cara que eu não sei fazer meu serviço direito.

– Quer dizer que a srta. Protheroe esteve aqui?

– Encontrei-a aqui quando voltei do Blue Boar. Lá no gabinete. Ela falou: "Ah! Estou procurando meu chapéu... minha boina amarela. Esqueci aqui esses dias". Respondi: "Não vi nenhuma boina. Não estava aqui quando limpei o gabinete quinta-feira de manhã". Sabe então o que ela disse? "Ah! Mas aposto que você nem notou. Não gasta muito tempo limpando uma peça, não é mesmo?" E ao dizer isso passou o dedo no consolo da lareira e olhou para o dedo. Como se eu tivesse tido tempo para tirar todos os enfeites e colocá-los de volta, com a polícia destrancando o gabinete só na véspera. "Se o pastor e a patroa estão satisfeitos, nada mais importa, senhorita." Ela riu e saiu pela porta de vidro, não sem antes dizer: "Ah! Mas tem certeza de que eles estão?"

– Entendo.

– E é isso! Uma garota tem seus sentimentos! Trabalho como uma condenada e dou duro pelo senhor e pela patroa. E sempre que ela inventa fazer um prato da última moda estou pronta para tentar.

– Tenho certeza que sim – reconfortei-a.

– Mas ela deve ter escutado algo para ter dito o que disse. E se eu não estou agradando é melhor sair. Não que eu dê importância para o que a srta. Protheroe diz. Ninguém gosta dela em Old Hall, eu lhe garanto. Nunca diz "por favor" nem "obrigada" e deixa tudo atirado. Não sei o que o sr. Dennis enxerga nela. É o tipo de moça que faz gato e sapato dos homens.

Durante todo esse tempo, Mary estivera extraindo olhos das batatas com tanta força que eles voavam pela cozinha como pedras de granizo. Nesse instante, fui atingido no olho, e a conversa sofreu uma breve pausa.

– Não acha – disse eu, dando palmadinhas no olho com meu lenço – que está se ofendendo à toa? Sabe, Mary, sua patroa vai ficar muito magoada se você sair.

– Não tenho nada contra a patroa... e nem contra o senhor, aliás.

– Reconhece, então, que está se precipitando?

Mary fungou.

– Fiquei um pouco confusa... Depois do inquérito e tudo mais. Uma garota tem seus sentimentos. Mas não quero causar transtorno à patroa.

– Então está tudo certo – eu disse.

Saí da cozinha e topei com Griselda e Dennis me esperando no hall.

– E então? – indagou Griselda.

– Ela vai ficar – suspirei.

– Len – disse minha esposa –, você *foi* esperto.

Estava bastante inclinado a discordar dela. Eu não pensava que havia sido esperto. Sou da firme opinião de que não pode existir empregada pior do que Mary. Qualquer mudança, a meu ver, teria sido para melhor.

Mas eu gosto de agradar Griselda. Detalhei a fonte da mágoa de Mary.

– Isso é típico da Lettice – comentou Dennis. – E ela nem pode ter deixado a boina amarela aqui na quarta-feira. Ela a estava usando no jogo de tênis na quinta.

– Isso é bem provável – disse eu.

– Ela nunca sabe onde larga as coisas – falou Dennis, num misto carinhoso de orgulho e encanto que eu considerei plenamente inadequado. – Perde uma dúzia de coisas por dia.

– Jeitinho cativante – observei.

Dennis era imune a qualquer sarcasmo.

– Ela *é* cativante – suspirou ele. – Vive recebendo cantadas... ela me disse.

– Cantadas proibidas se forem locais – ressaltei. – Não temos nenhum solteiro na aldeia.

– Temos o dr. Stone – falou Griselda com olhos saltitantes.

– Ele a convidou para visitar o túmulo esses dias – admiti.

– Claro que sim – disse Griselda. – Ela *é* cativante, Len. Até mesmo arqueólogos carecas notam.

– Ela transpira *sex appeal* – explicou Dennis tecnicamente.

Porém, o encanto de Lettice não afeta Lawrence Redding nem um pouco. Griselda, entretanto, explicou isso com ar de quem sabia que estava com a razão.

– Lawrence também exala *sex appeal*. Esse tipo sempre prefere a... como direi... a mulher tipo *quaker*. Sóbria e comedida. O tipo de mulher que todo mundo rotula de insensível. Anne é a única mulher capaz de segurar

Lawrence. É o tipo de casal que um nunca se cansa do outro. Por outro lado, às vezes ele é meio inocente. Usou Lettice, sabe. Sequer sonhou que ela pudesse se interessar... Ele é incrivelmente modesto às vezes... Mas tenho a sensação de que ela se interessou por ele.

– Ela não o suporta – afirmou Dennis categórico. – Ela me garantiu.

Griselda recebeu esse comentário com um silêncio de comiseração inigualável.

Enfurnei-me no gabinete. Na minha imaginação, ainda havia uma atmosfera lúgubre no local. Eu sabia que precisava superar aquela sensação. Se me rendesse àquele sentimento, talvez nunca mais conseguisse utilizar o gabinete. Caminhei pensativo até a escrivaninha. Ali Protheroe sentou-se, corado, robusto, virtuoso a seus próprios olhos, e ali, num átimo, fora abatido. Aqui, onde eu estava, um inimigo estivera...

E, assim, num piscar de olhos... o fim de Protheroe...

Ali, a caneta que ele havia segurado.

No piso, uma tênue mancha escura – o tapete fora enviado à lavanderia, mas o sangue ensopara e atravessara o tapete.

Estremeci.

– Não consigo usar o gabinete – gritei. – Não consigo!

Então algo chamou a minha atenção – uma simples partícula azul brilhante. Eu a apanhei.

Estava com os olhos fixos na palma da mão quando Griselda entrou.

– Esqueci de lhe contar, Len. Miss Marple nos convidou para visitá-la hoje à noite após o jantar. Para entreter o sobrinho. Ela está com medo de que ele se sinta entediado. Eu confirmei.

– Fez muito bem, querida.

– O que está olhando?

– Nada.

Fechei a mão. Encarando minha esposa, comentei:

– Se você não entreter o mestre Raymond West, querida, ninguém mais o entretém.

Minha mulher respondeu:

– Não seja patético, Len – e enrubesceu.

Ela saiu, e eu abri a mão.

Na palma da mão, um brinco de lápis-lazúli rodeado de pérolas miúdas.

Uma joia rara. E eu sabia muito bem onde a avistara pela última vez.

CAPÍTULO 21

Se eu dissesse que tive ou tenho uma grande admiração pelo sr. Raymond West, eu estaria mentindo. Sei que ele é, supostamente, um romancista magnífico e um poeta de renome. Seus poemas não têm letras maiúsculas e, por conta disso, representam o suprassumo da modernidade. Seus livros tratam de pessoas desagradáveis e suas vidas de insuperável enfado.

Ele sente um carinho tolerante pela "Tia Jane", a quem alude na presença dela como "sobrevivente".

Ela presta atenção na conversa dele com interesse lisonjeiro; porém, quando às vezes tremeluz uma alegria no olhar dela, tenho certeza que ele nem percebe.

De imediato, ele grudou em Griselda com brusquidão aduladora. Discutiram modernas peças teatrais e migraram para modernos projetos de decoração. Griselda costuma rir meio forçado para Raymond West, mas, penso, é vulnerável à conversa dele.

Durante minha (tediosa) conversa com Miss Marple, escutei Raymond repetindo várias vezes a expressão "enfurnada aqui nesse fim de mundo".

Por fim, aquilo começou a me irritar. Falei de chofre:

– Então pensa que quem mora aqui está alienado de tudo?

Raymond West balançou o cigarro.

– Considero St. Mary Mead – afirmou peremptório – uma poça estagnada.

Ele nos fitou, preparado para enfrentar mágoa por sua afirmação, mas, penso eu, ficou um pouco decepcionado, pois ninguém se mostrou ofendido.

– Infeliz comparação, querido Raymond – redarguiu Miss Marple vivamente. – Nada, acredito, é tão cheio de vida ao microscópio como uma gota de poça estagnada.

– Vida... de um certo tipo – retrucou o romancista sem dar o braço a torcer.

– Mas no fim das contas é tudo o mesmo tipo, não é mesmo? – indagou Miss Marple.

– Compara-se aos habitantes de poças estagnadas, tia Jane?

– Meu caro, você disse algo parecido em seu último romance, eu me lembro.

Nenhum jovem inteligente gosta de ter sua obra citada contra si. Raymond West não era exceção à regra.

– Num contexto totalmente distinto – rebateu ele.

– A vida, afinal, é muito parecida em todos os lugares – filosofou Miss Marple em voz plácida. – Nascer, crescer, entrar em contato com outras pessoas, ser acotovelada na multidão... E então se casar e gerar mais bebês...

– E por fim morrer – concluiu Raymond West. – E nem sempre a morte com atestado de óbito. A morte na vida.

– Falando em morte – aproveitou a deixa Griselda –, soube do assassinato que ocorreu aqui?

Raymond West abanou o crime para longe com seu cigarro.

– Assassinatos são brutos demais – resumiu. – Não me interessam.

Aquela frase não me convenceu nem um pouco. Dizem que o mundo todo ama o amor – transporte esse ditado aos assassinatos e terá uma verdade ainda mais infalível. Ninguém deixa de se interessar por um assassinato. Gente simples como Griselda e eu reconhece isso, mas gente como Raymond West simula tédio – ao menos nos primeiros cinco minutos.

Miss Marple, entretanto, dedurou o sobrinho ao comentar:

– Foi só disso que conversamos durante a janta.

– Eu me interesso bastante pelas notícias locais – apressou-se em explicar Raymond, abrindo um sorriso afável e indulgente em direção a Miss Marple.

– Alguma teoria, sr. West? – quis saber Griselda.

– É lógico – respondeu Raymond West, outra vez floreando o cigarro. – Só uma pessoa pode ter matado Protheroe.

– Mesmo? – incitou Griselda.

Esperamos suas palavras com atenção bajuladora.

– O sr. Clement – afirmou Raymond, apontando-me um dedo acusador.

Engoli em seco.

– É claro – tranquilizou-me ele –, sei que não foi o senhor. A vida nunca é como deve ser. Mas pense no drama... na conveniência... o curador da igreja assassinado pelo pastor no gabinete do pastor. Irresistível!

– E o motivo? – questionei.

– Ah! Isso é interessante. – Ele se ajeitou na cadeira; deixou o cigarro se apagar. – Complexo de inferioridade, eu diria. Talvez inibições excessivas. Gostaria de contar essa história num romance. Espantosamente intricada. Semana após semana, anos após ano, ele viu o homem... Nos encontros do conselho paroquial, nos passeios do coro, na igreja coletando ofertas e trazendo-as para o altar. Sempre o detestou... Sempre sufocou o ódio. Não é um sentimento cristão, ele não o encoraja. Mas o mal supura por dentro, envenenando o seu espírito, até que lá pelas tantas...

Fez um gesto vívido.

Griselda voltou-se em minha direção.

– Já se sentiu assim, Len?

– Nunca – respondi com sinceridade.

– Mas ouvi falar que o senhor desejou a morte dele há não muito tempo – observou Miss Marple.

(Dennis, aquele infeliz! Culpa minha, é claro, ter feito o comentário.)

– Receio que sim – admiti. – Foi uma asneira aquele comentário, mas realmente naquela manhã o coronel estava insuportável.

– Que decepcionante – falou Raymond West. – Porque, é claro, se o seu subconsciente estivesse mesmo planejando eliminá-lo, jamais o teria permitido exteriorizar essa observação.

Suspirou.

– Isso põe por terra a minha tese. Parece que estamos diante de um assassinato muito reles... perpetrado por um caçador vingativo ou algo do tipo.

– A srta. Cram veio me ver hoje à tarde – disse Miss Marple. – Eu a encontrei na aldeia e a convidei para conhecer o meu jardim.

– Ela gosta de jardins? – indagou Griselda.

– Acho que não – falou Miss Marple, piscando os olhos travessos. – Mas não deixa de ser uma boa desculpa para puxar conversa, não acha?

– O que a senhora achou dela? – quis saber Griselda. – Eu não acredito que ela seja assim tão má.

– Ela deu muitas informações... muitas informações mesmo – disse Miss Marple. – Sobre ela e a família dela. Parte está morta e outra parte na Índia. Muito triste. A propósito, ela foi passar o fim de semana em Old Hall.

– Como?

– Sim, a convite da sra. Protheroe, parece... ou ela que sugeriu à sra. Protheroe... não sei bem ao certo. Para fazer algum trabalho de escritório para ela... muitas cartas para enviar. Acabou sendo uma sorte. Com o dr. Stone em Londres, ela não tem nada para fazer. Quanta agitação tem causado esse túmulo.

– Stone? – perguntou Raymond. – O célebre arqueólogo?

– Sim, está escavando um túmulo. Na propriedade dos Protheroe.

– É um bom sujeito – disse Raymond. – Prodigiosamente dedicado a seu trabalho. Encontrei-o num jantar há pouco tempo e entabulamos uma conversa interessantíssima. Preciso falar com ele.

– Pena – disse eu – que ele acaba de ir passar o fim de semana em Londres. Aliás, você literalmente esbarrou nele na estação hoje à tarde.

– Eu esbarrei no senhor. E o senhor estava na companhia de um gorduchinho... de óculos.

– Sim... o dr. Stone.

– Mas, pastor... aquele não era Stone.

– Não era Stone?

– Não o arqueólogo. Conheço-o muito bem. Aquele homem não era Stone... Não há a mais remota semelhança.

Entreolhamo-nos. Em especial, fitei Miss Marple.

– Incrível – disse eu.

– A valise – falou Miss Marple.

– Mas por quê? – indagou Griselda.

– Isso me faz lembrar daquela vez em que um homem apareceu na aldeia fingindo ser o fiscal do gás – murmurou Miss Marple. – Arrecadou uma bolada e tanto.

– Um impostor – concluiu Raymond West. – Isso é mesmo interessante.

– A questão é: isso tem algo a ver com o crime? – perguntou Griselda.

– Não necessariamente – disse eu. – Mas...

Olhei para Miss Marple.

– É outra coisa esquisita – disse ela.

– Sim – concordei, levantando-me. – Acho que o inspetor deve ser informado disso logo.

Capítulo 22

As instruções do inspetor Slack, assim que eu consegui falar com ele pelo telefone, foram concisas e enérgicas. Não era para "ventilar" nada. Em especial, não era para alertar a srta. Cram. Nesse meio-tempo, diligências seriam feitas para localizar a valise nos arredores da escavação.

Griselda e eu voltamos para casa muito empolgados com esse novo desdobramento. Não podíamos tocar no assunto na presença de Dennis, já que havíamos jurado de pés juntos ao inspetor Slack ficar de bico calado.

Em todo caso, Dennis já tinha problema suficiente. Entrou em meu gabinete e começou a apalpar objetos e arrastar os pés, todo sem jeito.

– O que se passa, Dennis? – perguntei enfim.

– Tio Len, não quero mais ser marinheiro.

Fiquei atônito. Até aquele instante, o menino sempre demonstrara muita determinação sobre a futura carreira.

– Mas você era tão apaixonado pela ideia.

– É verdade, mas desisti.

– O que pretende fazer?

– Trabalhar no mercado financeiro.

Fiquei ainda mais perplexo.

– Como assim... mercado financeiro?

– Isso mesmo. No centro financeiro de Londres.

– Mas, meu querido rapaz, eu tenho a certeza de que você não vai gostar dessa vida. Mesmo que eu lhe consiga um cargo em algum banco...

Dennis declarou que não era isso que ele queria dizer. Não queria ser bancário. Perguntei o que mais exatamente ele queria dizer. Como eu suspeitava: ele de fato não sabia.

Por "mercado financeiro" entendia apenas a intenção de enriquecer de uma hora para outra, o que, em seu otimismo próprio da juventude, imaginava certo a quem trabalhasse "no centro financeiro de Londres". Eu tentei desiludi-lo do modo mais amável que pude.

– Quem enfiou isso em sua cabeça? – perguntei. – Você estava tão satisfeito com a perspectiva de desbravar os mares.

– Sei, tio Len, mas andei pensando. Vai chegar o dia em que eu vou querer me casar... E para se casar com uma garota é preciso estar rico.

– Os fatos não corroboram essa tese – afirmei.

– Quero dizer... uma garota de verdade. Acostumada a ter tudo.

Não era lá muito específico, mas acho que sabia a quem ele se referia.

– Sabe – disse eu em tom suave –, nem todas as garotas são como Lettice Protheroe.

Foi o que bastou para deixá-lo todo inflamado.

– Está sendo tremendamente injusto com ela. O senhor não gosta dela. Nem Griselda. Ela diz que Lettice é cansativa.

Do ponto de vista feminino, Griselda está certíssima. Lettice *é* cansativa. Eu entendia, porém, que o rapaz pudesse levar a mal o adjetivo.

– Se ao menos as pessoas dessem um desconto. Por que até mesmo os Hartley Napier ficam se queixando dela justo numa hora dessas? Só porque ela saiu um pouco mais cedo daquele joguinho de tênis sem graça. Por que ficar lá entediada? Acho que já foi delicadeza ela ter ido.

– Muita fineza da parte dela – falei, mas Dennis não suspeitou de maldade. Já tinha motivo suficiente para tomar as dores de Lettice.

– Na verdade, ela é bastante generosa. Só para dar um exemplo: ela me fez ficar. É claro que eu queria ir embora junto com ela. Mas ela não quis nem ouvir falar disso. Disse que seria uma desfeita para os Napier. Então, para agradá-la, fiquei mais quinze minutos.

Jovens têm pontos de vista muito curiosos sobre generosidade.

– E agora cai em meus ouvidos que Susan Hartley Napier está dizendo por aí que Lettice tem maus modos.

– Se eu fosse você – disse eu –, não me preocuparia com isso.

– Está tudo muito bem, mas...

Ele se calou.

– Eu... eu faria qualquer coisa por Lettice.

– Pouca gente consegue fazer algo por alguém – ponderei. – Por mais que se queira, somos impotentes.

– Eu queria estar morto – falou Dennis.

Pobre menino. O primeiro amor é um cancro virulento. Abstive-me de externar as obviedades que tão facilmente brotam dos lábios nessas horas com consequências irritantes. Em vez disso, dei boa-noite e fui dormir.

Na manhã seguinte, ministrei a missa das oito e ao retornar me deparei com Griselda sentada à mesa do café da manhã segurando um bilhete aberto na mão. De Anne Protheroe.

"Querida Griselda,

Se você e o pastor discretamente pudessem vir almoçar aqui hoje, eu ficaria muito agradecida. Algo muito estranho aconteceu, e eu gostaria de me aconselhar com o sr. Clement.

Por favor, não toquem nesse assunto quando vierem, pois não o comentei com mais ninguém.

Com carinho,
Afetuosamente sua,
Anne Protheroe."

– Temos que ir, é claro – disse Griselda.

Concordei.

– Fico me perguntando... o que será que aconteceu?

Também fiquei imaginando o que teria acontecido.

– Sabe – comentei com Griselda –, tenho a sensação de que esse caso está longe de ser resolvido.

– Quer dizer que só vai ser resolvido quando alguém for preso?

– Não – retorqui. – Quero dizer que existem ramificações e subcorrentes das quais nada sabemos. Existe uma porção de coisas a serem esclarecidas antes de chegarmos à verdade.

– Coisas que não importam de verdade, mas que atravancam o caminho?

– Sim, acho que isso expressa bem o que eu quis dizer.

– Estamos fazendo muito estardalhaço – falou Dennis, passando geleia de amora no pão. – A morte do velho Protheroe foi excelente. Ninguém gostava dele. Ah! Deu trabalho para a polícia, mas é para isso que ela existe! De minha parte, torço para que nunca descubram. Odiaria ver Slack promovido, circulando por aí com ego inflado e ares de inteligente.

Sou humano o suficiente para admitir: concordo quanto à promoção de Slack. Um homem que sistematicamente irrita as pessoas não pode ambicionar a popularidade.

– O dr. Haydock pensa como eu – continuou Dennis. – Ele nunca entregaria um assassino à justiça. Ele me disse isso.

Esse era o perigo das ideias de Haydock. Podem parecer razoáveis quando analisadas de modo isolado (não me cabe julgar), mas impressionam a imaginação incauta dos jovens de um modo que nem mesmo o próprio Haydock pretenderia.

Griselda espiou pela janela e comentou que havia repórteres no jardim.

– De novo tirando fotos da porta de vidro do gabinete, só pode – suspirou ela.

Sofrêramos bastante com aquilo. Primeiro, a curiosidade ociosa da aldeia – todos vieram olhar com expressão embasbacada. Depois, os repórteres munidos de câmeras – e o vilarejo todo para conferir o movimento dos repórteres. Acabou necessário um guarda de Much Benham sempre de sentinela à frente da porta de vidro.

– Bem – disse eu –, o funeral é amanhã de manhã. Depois disso, com certeza, a agitação vai arrefecer.

Ao chegarmos a Old Hall, notei um grupo de repórteres nas imediações. Eles me abordaram e fizeram várias perguntas, às quais retruquei de modo invariável (a melhor solução a nosso ver): "Nada a declarar".

O mordomo nos fez passar à sala de visitas, cuja única ocupante era a srta. Cram – ao que tudo indicava em estado de puro deleite.

– Que surpresa, hein? – disse enquanto trocava conosco um aperto de mão. – Eu nunca ia pensar numa coisa dessas, mas a sra. Protheroe é bondosa, não é mesmo? E, claro, não é nada recomendável uma garota ficar sozinha num lugar como o Blue Boar, infestado de repórteres. Além disso, não estou aqui só para bonito... Numa circunstância dessas, as pessoas precisam mesmo de uma secretária, e a srta. Protheroe não mexe uma palha para ajudar, não é?

Diverti-me ao perceber que a antiga hostilidade contra Lettice persistia, mas a moça pelo jeito se tornara uma fervorosa seguidora de Anne. Ao mesmo tempo, fiquei me perguntando se a história da presença dela ali era rigorosamente exata. Segundo ela, a iniciativa partira de Anne, mas eu tinha lá minhas dúvidas. Ela mesma poderia ter mencionado antes o fato de não gostar de ficar sozinha no Blue Boar. Continuei atento quanto a essa questão; não considerava a srta. Cram uma pessoa estritamente sincera.

Naquele instante, Anne Protheroe entrou na sala.

Estava discretamente vestida de preto. Trazia na mão um jornal dominical, que me alcançou com olhar pesaroso.

– Não tenho experiência com esse tipo de coisa. Que horror, não? Falei com um repórter no inquérito. Apenas comentei que eu estava terrivelmente perturbada e não tinha nada a declarar. Então ele me perguntou se eu estava ansiosa para descobrir o assassino de meu marido. Respondi: "Sim". E se eu suspeitava de alguém. Respondi: "Não". E se eu não pensava que o crime revelava conhecimento sobre a rotina local. Respondi que com certeza era o que parecia. E não disse mais nada. Agora leia isto!

No meio da página, uma foto claramente tirada há pelo menos uma década – só Deus sabe de onde a desencavaram. A manchete em letras garrafais dizia:

> *"VIÚVA DECLARA QUE NÃO VAI DESCANSAR ENQUANTO NÃO DESCOBRIR O ASSASSINO DO MARIDO"*
>
> *"A sra. Protheroe, a viúva da vítima, tem certeza de que o assassino deve ser procurado localmente. Ela tem suspeitas, mas não certezas. Declarou-se consternada, mas reiterou a resolução de perseguir o assassino até o fim."*

– Não é bem meu estilo, ou é? – indagou Anne.

– Poderia ser pior – falei, devolvendo o jornal.

– Descarados, não? – comentou a srta. Cram. – Queria ver um desses sujeitos tentando arrancar algo de mim.

Pelo cintilar dos olhos de Griselda, eu me convenci de que ela considerou o enunciado mais literalmente verdadeiro do que a srta. Cram almejara.

Fomos avisados de que o almoço seria servido e passamos à sala de jantar. Lettice só apareceu com a refeição em andamento, flutuando ao lugar dela com um sorriso para Griselda e um aceno de cabeça para mim. Observei-a com certa atenção, pelas minhas razões, mas ela parecia a vaga criatura de sempre. Extremamente bonita – isso eu tinha que admitir. Continuava sem luto; o vestido verde-claro realçava o delicado brancor de sua cútis.

Depois do café, Anne disse em voz baixa:

– Quero falar um momento com o pastor. A sós. Vou convidá-lo a me acompanhar até a minha sala de estar.

Enfim, eu ficaria sabendo o motivo do convite. Ergui-me e a segui escadaria acima. Parou na porta da sala. Quando eu ia abrir a boca para falar, ela estendeu a mão para me impedir. Permaneceu à escuta, cuidando o movimento no hall.

– Bom. Foram ver o jardim. Não... não entre aí. Vamos subir direto.

Para a minha imensa surpresa, ela me mostrou o caminho pelo corredor até a extremidade da ala. Uma escada estreita conduzia ao andar superior. Galgou os degraus, seguida por mim. Vimo-nos num poeirento corredor com assoalho de tábuas. Anne abriu uma porta e me introduziu num sótão amplo e sombrio, obviamente usado como depósito. Baús, móveis antigos quebrados, quadros empilhados e as inúmeras bugigangas que acabam indo parar nos sótãos.

Não pude esconder meu espanto. Ela abriu um tênue sorriso.

– Primeiro me deixe explicar. Meu sono anda bem leve de uns dias para cá. Ontem à noite... ou, melhor dizendo, às três horas desta madrugada, tive a impressão de que alguém andava pela casa. Fiquei um tempo escutando e por fim me levantei para verificar. Quando estava na plataforma, entre os lances da escadaria, eu me dei conta de que o barulho não vinha de baixo, mas aqui de cima. Na ponta dos pés, cheguei à base dessa escada. De novo pensei ter escutado um ruído. Perguntei: "Tem alguém aí?". Mas ninguém respondeu, e não escutei mais nada, então tomei como certo que meus nervos estavam me pregando uma peça e voltei para a cama.

Fez uma pausa e continuou:

– No entanto, hoje cedo, subi aqui... por simples curiosidade. E encontrei *isto*!

Ela se inclinou na direção de um quadro escorado de costas na parede e, segurando a moldura com as duas mãos, mostrou-me a tela.

Prendi a respiração, surpreso. Sem dúvida, era um retrato em óleo sobre tela. O rosto, porém, havia sido dilacerado e mutilado de modo brutal a fim de deixá-lo irreconhecível. Além disso, os cortes eram recentes.

– Que coisa extraordinária – disse eu.

– Não é mesmo? Diga-me, consegue pensar em alguma explicação?

Balancei a cabeça.

– Há um toque de selvageria nesse ato – falei – que não me agrada nem um pouco. Passa a impressão de um louco acesso de fúria.

– Sim, foi isso mesmo que eu pensei.

– Quem é a pessoa no retrato?

– Não tenho a mínima ideia. Nunca o vi antes. Todas essas coisas já estavam no sótão quando eu me casei com Lucius e vim morar aqui. Nunca me importei com elas nem me dei ao trabalho de examiná-las.

– Incrível – comentei.

Abaixei-me e perscrutei os outros quadros. Havia tudo aquilo que se poderia esperar: aquarelas de paisagens medíocres, cópias de quadros a óleo e retratos em molduras baratas.

Nada mais que tivesse utilidade. Um enorme baú antiquado, do tipo que costumava se chamar de "arca", com as iniciais "E.P." na tampa. Levantei-a. O baú estava vazio. Nada mais no sótão despertava o interesse.

– É mesmo um fato espantoso – disse eu. – Tão... sem sentido.

– Sim – falou Anne. – Isso me assusta um pouco.

Não havia mais nada para ver. Acompanhei-a até a sala de estar e ela fechou a porta atrás de mim.

– Acha que eu devo fazer algo a respeito? Avisar a polícia?

Titubeei.

– É difícil dizer se...

– Se tem algo a ver com o crime ou não – completou Anne. – Sei. Por isso é tão complicado. A julgar pelas aparências, não tem vínculo nenhum.

– Não – disse eu –, só é mais uma coisa esquisita.

Ficamos os dois lá sentados com as testas franzidas. Então eu disse:

– Quais são os seus planos, se me permite perguntar?

Ela ergueu a cabeça.

– Vou morar aqui pelo menos por mais seis meses! – Ela disse isso em tom desafiador. – Não que eu queira. Detesto a ideia de morar aqui. Mas é a única coisa a fazer. Caso contrário, as pessoas vão dizer que eu fugi... que eu estava com a consciência pesada.

– Claro que não.

– Ah! Vão sim. Em especial porque... – Fez uma pausa e em seguida falou: – Daqui a seis meses... eu vou me casar com Lawrence. – Fitou os olhos nos meus. – Não vamos conseguir esperar mais do que isso.

– Eu imaginava – comentei – que isso ia acontecer.

De súbito, ela se descontrolou e enterrou a cabeça nas mãos.

– Não tem ideia do quanto lhe sou grata... não tem

ideia. Nós tínhamos nos despedido... ele ia embora. Eu me sinto... me sinto péssima com a morte de Lucius. Se tivéssemos planejado fugir juntos, e ele tivesse morrido depois... seria tão horrível agora. Mas o senhor abriu nossos olhos e nos mostrou como isso estava errado. Por isso a minha gratidão.

– Também estou agradecido – falei em tom solene.

– Mas, apesar de tudo – levantou-se ela –, a menos que o verdadeiro assassino seja descoberto, eles sempre vão pensar que foi Lawrence... Ah! Vão sim. Ainda mais depois que nos casarmos.

– Minha cara, o depoimento do dr. Haydock deixou claro como cristal que...

– E desde quando as pessoas dão importância para depoimentos? Elas nem mesmo entendem o que é isso. De qualquer modo, provas médicas nada significam para leigos. Esse é outro motivo por que vou permanecer aqui. Sr. Clement, *eu vou descobrir a verdade*.

Seus olhos faiscaram ao falar isso. Acrescentou:

– Por isso é que chamei aquela moça para vir aqui.

– A srta. Cram?

– Sim.

– Então foi a senhora que a convidou. Quero dizer, a ideia foi sua?

– Sem dúvida. Ah! De fato, ela se lamuriou um pouco. No inquérito... ela estava lá quando eu cheguei. Mas eu a convidei deliberadamente.

– Não pensa mesmo – exclamei – que aquela moça tola tem algo a ver com o crime?

– É muito fácil parecer tola, sr. Clement. É uma das coisas mais fáceis do mundo.

– Então pensa mesmo...?

– Não, não penso. Com honestidade. O que penso é que aquela moça sabe alguma coisa... ou pode saber. Queria estudá-la mais de perto.

– E, na mesma noite em que ela chega, aquele quadro é cortado – ponderei meditativo.

– Acha que foi ela? Mas por quê? Parece tão absurdo e impossível.

– Absurdo e impossível é o seu marido ser assassinado em meu gabinete – disse eu em tom cáustico. – Mas ele foi.

– Sei disso. – Ela pousou a mão em meu braço. – É terrível para o senhor. Eu tenho consciência disso, embora eu não tenha externado muito.

Peguei o brinco de lápis-lazúli do meu bolso e estendi na direção dela.

– É seu, não é?

– Ah, sim! – Estendeu a mão para apanhá-lo com um sorriso de satisfação. – Onde o encontrou?

Mas não coloquei o brinco na palma da mão estendida.

– Não se importa – disse eu – se eu ficar com ele por um tempo?

– Ora, é claro que não.

Ela pareceu perplexa e um pouco intrigada. Não satisfiz sua curiosidade.

Em vez disso, perguntei qual era sua situação financeira.

– Sei que é uma pergunta indiscreta – me desculpei. – Mas não é essa a minha intenção.

– Não a considero nem um pouco indiscreta. O senhor e Griselda são meus melhores amigos por aqui. E também gosto daquela velhinha engraçada, a Miss Marple. Lucius era abastado. Deixou as coisas bem divididas entre mim e Lettice. Old Hall fica comigo, mas Lettice pode escolher móveis para mobiliar uma casa menor e recebe uma quantia à parte para comprar uma casa, de modo a equilibrar as coisas.

– Sabe quais são os planos dela?

Anne fez uma careta meio cômica.

– Ela não conta os planos para mim. Imagino que vá embora daqui o quanto antes. Ela não gosta de mim... nunca gostou. Acho que é culpa minha, por mais que eu sempre tente agir com decência. Mas é normal ficar ressentida com uma madrasta jovem.

– Gosta dela? – perguntei à queima-roupa.

Ela não respondeu logo, o que me convenceu da suprema honestidade de Anne Protheroe.

– Primeiro eu gostava – respondeu. – Era uma garotinha tão bonita. Agora acho que não. Não sei bem por quê. Talvez porque ela não goste de mim. Gosto de me sentir amada.

– Todo mundo gosta – sentenciei, e Anne Protheroe sorriu.

Eu tinha outra missão a cumprir. Ou seja, ter uma palavrinha a sós com Lettice Protheroe. Consegui meu intento sem dificuldade ao vê-la na sala de visitas deserta. Griselda e Gladys Cram ainda estavam no jardim.

Entrei e fechei a porta.

– Lettice – comecei –, eu gostaria de falar com você.

Ela ergueu os olhos com indiferença.

– Pois não?

Eu pensara com antecedência no que dizer. Estendi o brinco de lápis-lazúli e falei com placidez:

– Por que largou isto em meu gabinete?

Notei suas feições se enrijecerem por um átimo – de modo quase instantâneo. A recuperação foi tão rápida que dificilmente eu poderia jurar ter notado qualquer nervosismo. Então ela disse em tom despreocupado:

– Nunca larguei nada em seu gabinete. Este brinco não é meu. É de Anne.

– Sei disso – falei.

– Bem, então por que me pergunta? Anne deve ter deixado cair.

– A sra. Protheroe só esteve em meu gabinete uma vez depois do crime e na ocasião estava de luto. Não seria nada provável que estivesse usando um brinco azul.

– Nesse caso – retorquiu Lettice –, ela deve ter deixado cair antes. – Ela acrescentou: – Isso é apenas lógico.

– Lógico até demais – afirmei. – Suponho que você não vá se lembrar quando foi a última vez em que sua madrasta usou estes brincos?

– Ah! – Mirou-me com um olhar perplexo e crédulo. – É mesmo importante?

– Pode ser – falei.

– Deixe-me ver... – Ficou lá sentada de sobrancelhas franzidas. Nunca achei Lettice Protheroe tão encantadora quanto naquele instante. – Ah, sim! – exclamou de repente. – Ela estava com eles na... na quinta. Agora me lembro.

– Quinta – eu disse devagar – foi o dia do crime. A sra. Protheroe foi até o gabinete pelo jardim naquele dia, mas, se você bem recorda, pelo depoimento dela, ela foi apenas até a porta de vidro e não chegou a entrar no gabinete.

– Onde achou isto?

– Caído embaixo da escrivaninha.

– Então pelo jeito – disse Lettice impassível – ela não falou a verdade, não acha?

– Quer dizer que ela entrou e se aproximou da escrivaninha?

– É o que parece, não?

O olhar dela encontrou o meu com serenidade.

– Quer saber? – falou tranquila. – Sempre achei que ela estava mentindo.

– E eu *tenho certeza de que você está*, Lettice.

– Como assim?

Olhou-me estupefata.

– Quero dizer – informei – que a última vez em que vi este brinco foi na sexta-feira de manhã quando vim aqui com o coronel Melchett. Estava junto com o outro em cima da penteadeira de sua madrasta. Para falar a verdade, eu cheguei a tocá-los.

– Ah...! – Balançou o corpo e apoiou-se lateralmente no braço da cadeira, irrompendo em lágrimas. O cabelo loiro, não muito comprido, pendeu quase raspando o chão. Uma pose singular – bela e desenfreada.

Deixei-a soluçar alguns instantes em silêncio e então falei com voz muito branda:

– Por que fez isso, Lettice?

– O quê?

Endireitou o corpo e jogou o cabelo para trás com um jeito indômito. Tinha um aspecto selvagem, quase aterrorizado.

– Como assim?

– O que a levou a fazer isso? Ciúme? Raiva de Anne?

– Ah!... Ah, sim! – Pôs o cabelo para trás das orelhas e de súbito restabeleceu a presença de espírito. – Sim, pode chamar de ciúme. Nunca gostei de Anne... Nunca, desde que ela chegou aqui como se fosse uma rainha. Coloquei o maldito brinco embaixo da escrivaninha. Queria que ela ficasse em apuros. Teria funcionado se o senhor não ficasse metendo o nariz onde não é chamado e mexericando objetos em penteadeiras. De qualquer modo, não é função de padre dar uma de detetive.

Foi uma pueril explosão de rancor. Não dei atenção a isso. Na verdade, naquele instante, ela parecia uma criança patética.

A infantil tentativa de vingança contra Anne dificilmente mereceria ser levada a sério. Disse-lhe isso e acrescentei que ia devolver o brinco à dona sem revelar nada sobre as circunstâncias em que eu o encontrara.

– É muita bondade sua – reconheceu.

Depois de um instante de silêncio, ela falou, sem me encarar nos olhos e claramente escolhendo as palavras com cuidado:

– Sabe, sr. Clement, se eu fosse o senhor... eu dava um jeito de afastar Dennis daqui logo... Acho que seria melhor.

– Dennis? – levantei as sobrancelhas um tanto surpreso, sem esconder certo divertimento.

– Acho que seria melhor. – E acrescentou do mesmo jeito embaraçado: – Sinto muito quanto a Dennis. Eu não pensei que ele fosse... De qualquer modo, sinto muito.

A conversa terminou ali.

Capítulo 23

No caminho de volta, propus a Griselda um desvio de rota para visitarmos as escavações. Eu queria saber se a polícia estava investigando e, nesse caso, o que havia descoberto. Griselda, porém, tinha afazeres em casa, então empreendi a expedição sozinho.

Encontrei o guarda Hurst no comando das operações.

– Nem sinal por enquanto, sir – relatou. – Mas é evidente que este é o único local para um *cache*.

Sua escolha lexical me desnorteou por um instante, pois ele pronunciou *cachê*, mas o significado real (esconderijo) me veio quase de imediato.

– O que eu quero dizer, sir, é aonde mais a moça poderia estar indo entrando na trilha do bosque? A trilha leva a Old Hall e até aqui, e a nenhum outro lugar.

– Imagino – disse eu – que o inspetor Slack ache pouco sofisticado o método de perguntar direto à moça.

– Não quer assustar a pombinha – explicou Hurst. – Qualquer coisa que ela escrever a Stone ou ele escrever para ela pode esclarecer o caso... Mas se ela desconfiar que estamos de olho nela, cala o bico *assim*

Assim *como* foi deixado no ar, mas pessoalmente eu duvidava de que a srta. Gladys Cram algum dia se calasse do modo descrito. Era impossível imaginá-la de outra maneira que não falando pelos cotovelos.

– Se o homem é impostor, a gente quer saber *por que diabos* ele é impostor – explicou didaticamente o guarda Hurst.

– Lógico – disse eu.

– E vamos encontrar a resposta aqui neste túmulo... Senão, por que diabos ele resolveu remexer nessa terra?

– Uma *raison d'être* para ficar nas redondezas – sugeri.

Essa pitada de francês foi demais para o guarda. Vingou-se por não entender comentando com indiferença:

– Só um amador pensaria assim.

– De qualquer forma, não acharam a valise – lembrei.

– Não perde por esperar, sir. Pode ficar certo.

– Não tenho lá tanta certeza – falei. – Estive pensando... Miss Marple disse que a moça reapareceu sem a valise pouco depois de entrar na mata. Nesse caso, ela não teria tido tempo de vir até aqui e voltar.

– Não pode dar atenção para o que as velhotas dizem. Quando enxergam algo curioso, ficam alvoroçadas, e o tempo simplesmente voa para elas. Em todo caso, mulher nenhuma tem noção de tempo.

Seguidas vezes me pergunto por que todo mundo tem tanta tendência a generalizar. Raras (se tanto) vezes as generalizações são verdadeiras; em geral, são completamente imprecisas. Eu mesmo tenho escassa noção de tempo (daí o motivo de manter o relógio adiantado), mas Miss Marple, eu diria, tem uma noção bastante aguçada. Seus relógios sempre marcam a hora exata, e ela é rigorosamente pontual em todos os compromissos.

Entretanto, eu não tinha intenção nenhuma de discutir o assunto com o guarda Hurst. Desejei-lhe sorte e boa tarde e tomei meu rumo.

Quando me aproximava de casa, tive uma ideia. Ela veio sem motivo aparente. Apenas lampejou em meu cérebro como uma solução plausível.

Como a leitora (ou o leitor) há de recordar, na minha primeira diligência à trilha, no dia seguinte ao crime, eu descobrira uma moita remexida em certo ponto. No fim das contas ficou provado, ao menos pensei na ocasião, que a moita havia sido revolvida por Lawrence, dedicado à mesma tarefa que eu.

Mas lembrei que, depois disso, ele e eu nos embrenhamos juntos em outro rastro tênue, que acabou sendo o mesmo do inspetor. Pensando melhor agora, lembrei-me com clareza que o primeiro rastro (o de Lawrence) era bem mais nítido que o segundo, como se mais de uma pessoa tivesse passado por aquele caminho. E meditei que fora aquilo que chamara a atenção de Lawrence em primeiro lugar. E se tivesse sido feito originalmente pelo dr. Stone ou pela srta. Cram?

Lembrei, ou pelo menos imaginei lembrar, de várias folhas secas em ramos quebrados. Assim, o rastro não poderia ter sido feito na tarde de nossa busca.

Eu estava quase chegando ao local em questão. Reconheci-o com facilidade e de novo abri caminho através dos arbustos. Desta vez, notei ramos recém-quebrados. Alguém *havia passado* ali depois de mim e Lawrence.

Logo cheguei ao ponto onde eu me encontrara com Lawrence. O rastro sutil, porém, seguia em frente, e perseverei. De repente se alargou numa pequena clareira, com recentes sinais de movimentação. Digo clareira porque ali os arbustos ficavam mais ralos, embora os galhos das árvores se trançassem metros acima. A clareira toda não media mais que poucos metros de diâmetro.

Em toda a volta, os arbustos se adensavam outra vez. Parecia claro que recentemente ninguém forçara caminho no meio deles, à exceção de um trecho em especial.

Cheguei perto e me ajoelhei, afastando a folhagem com as duas mãos. A cintilação de uma superfície marrom me recompensou. Com o coração disparado, enfiei o braço no meio dos ramos e com certa dificuldade puxei uma valise marrom.

Soltei uma exclamação de triunfo. Eu havia sido bem-sucedido! Mesmo tratado com frieza pelo guarda

Hurst, provei que meu raciocínio estava certo. Sem dúvida, aquela era a valise carregada pela srta. Cram. Tentei abri-la, mas estava chaveada.

Ao me levantar, notei um cristalzinho marrom caído no chão. Foi quase automático: abaixei-me e o enfiei no bolso.

Então, agarrando pela alça a minha descoberta, retrocedi meus passos até a trilha.

Enquanto eu escalava os degraus sobre a cerca que dividia o mato e a alameda, uma voz nervosa e próxima exclamou:

– Ah! Sr. Clement. O senhor a achou! Que perspicaz!

Registrando mentalmente o fato de que na arte de ver sem ser vista Miss Marple era imbatível, apoiei meu troféu sobre a cerquinha que nos separava.

– É a própria – confirmou Miss Marple. – Eu a reconheceria em qualquer lugar.

Isso, pensei, era um pouco de exagero. Há milhares de valises baratas e brilhantes iguais àquela. Ninguém conseguiria reconhecer uma delas, em especial vista de longe ao luar, mas me dei conta de que todo o caso da valise era o triunfo particular de Miss Marple. Sendo assim, um pouco de exagero era perdoável.

– Chaveada, sr. Clement?

– Sim. Estou indo à delegacia.

– Não é melhor telefonar?

Claro que seria. Atravessar a aldeia com a valise na mão atrairia publicidade indesejada.

Então abri o portão do jardim de Miss Marple e entrei na casa dela pela porta de vidro. Na inviolabilidade da sua sala de visitas, a portas fechadas, liguei para a polícia contando a novidade.

Como resultado, o inspetor Slack comunicou sua vinda imediata.

Chegou com seu humor mais sangrento.

– Então a achamos, não é mesmo? – indagou. – Sabe, sir, não deveria guardar segredo. Se o senhor tinha alguma razão para acreditar que sabia onde o item em questão estava escondido, era obrigação sua informar às autoridades competentes.

– Foi pura coincidência – expliquei. – De repente, a ideia me ocorreu.

– E eu sou o rei da Inglaterra. O mato tem mais de um quilômetro de largura, o senhor vem, cruza bem no lugar certo e sai com a valise na mão.

Eu ia explicar ao inspetor Slack as etapas de raciocínio que me levaram àquele local específico, mas ele conseguiu o resultado costumeiro: fiquei sem vontade de cooperar. Emudeci.

– Muito bem – falou o inspetor Slack, olhando a valise de soslaio, com suposta indiferença –, é melhor darmos uma olhada no conteúdo.

Trouxera um sortimento de chaves e arames com ele. A fechadura era comum. Num piscar de olhos, a valise estava aberta.

Não sei o que esperávamos encontrar – algo simplesmente incrível, imagino. Mas a primeira coisa que avistamos foi um cachecol escocês meio sujo. O inspetor o ergueu. Embaixo, um casaco azul-marinho desbotado e áspero. Depois, um chapéu xadrez.

– Quanto traste – comentou o inspetor.

Um par de botas gasto e maltrapilho veio a seguir. No fundo da valise, um embrulho feito com papel de jornal.

– Camisa chique – disse o inspetor acidamente enquanto rasgava o papel.

Um instante depois trancou a respiração, boquiaberto.

Dentro do embrulho havia pequenos objetos de prata de estilo discreto e uma travessa redonda também de prata.

Miss Marple soltou uma estridente exclamação de reconhecimento.

– Os saleiros de prata! – exclamou ela. – Os saleiros de prata do coronel Protheroe e a *tazza* Carlos II. Quem ia imaginar uma coisa dessas?

O inspetor ficou vermelho até a raiz dos cabelos.

– Então era esse o joguinho – murmurou ele. – Furto. Mas não consigo entender. Ninguém notou a falta desses objetos.

– Talvez não tenham notado ainda – sugeri. – Esses itens valiosos deviam estar fora do uso rotineiro. É provável que o coronel Protheroe guardasse a prata trancada no cofre.

– Preciso investigar isso – disse o inspetor. – Vou agora mesmo até Old Hall. Então está explicado por que o nosso dr. Stone saiu de fininho. Com o assassinato e tudo o mais, ficou com medo de ser descoberto. Mais cedo ou mais tarde, seus pertences poderiam ser revistados. Mandou a moça esconder a prata no bosque junto com uma muda de roupa adequada. Pretendia numa noite voltar por uma rota alternativa e debandar com o fruto do roubo, enquanto ela ficava aqui para não levantar suspeita. Bem, há males que vêm para bem. Isso o elimina como suspeito do assassinato. Não teve nada a ver com isso. É um jogo bem diferente.

Ele reacondicionou as coisas na valise, fechou-a e retirou-se, agradecendo o cálice de xerez oferecido por Miss Marple.

– Um mistério a menos – suspirei. – O que Slack disse é bem verdade: não há base para suspeitar dele como o autor do assassinato. Tudo se esclareceu a contento.

– Assim parece – disse Miss Marple. – Mas não dá para ter certeza absoluta, não é?

– Não há nem resquício de motivo – salientei. – Conseguiu o que queria e estava pronto para fugir.

– S... sim.

Era óbvio que ela não estava plenamente convencida, e fitei-a com certa curiosidade. Apressou-se em responder meu olhar perscrutador com uma espécie de ânsia por se desculpar.

– Não tenho dúvida de que estou *totalmente* errada. Sou tão burra para essas coisas. Mas apenas fiquei me perguntando... Quero dizer, essa prata é bem valiosa, não é?

– Esses dias num leilão uma *tazza* alcançou preço superior a mil libras, se não me engano.

– Quero dizer... Não é o valor do metal.

– Sim. É o que a gente poderia chamar de valor de *connoisseur*.

– Isso é o que eu quero dizer. A venda dessas coisas demoraria um tempo para ser agenciada e, mesmo depois disso, não poderia ser conduzida sem sigilo. Quero dizer... Se o roubo fosse comunicado e houvesse clamor por justiça, bem, os objetos não poderiam mais ser comercializados.

– Não entendi o raciocínio – reconheci.

– Sei que me expressei mal. – Ficou mais agitada e com sentimento de culpa. – Mas me parece que... que as coisas não poderiam ter sido apenas furtadas, por assim dizer. O ideal seria substituir os utensílios de prata por imitações. Então, talvez, o furto permanecesse despercebido por algum tempo.

– É uma ideia bastante engenhosa – elogiei.

– Seria a única maneira a fazer, não é verdade? E, é claro, como o senhor diz, assim que a troca tivesse sido concretizada, não haveria motivo nenhum para matar o coronel Protheroe... muito pelo contrário.

– Exato – falei. – Foi isso que eu disse.

– Sim, mas fiquei me perguntando... Não sei, é claro... E o coronel Protheroe sempre falava bastante em fazer as coisas antes de fazê-las de verdade, e às vezes, no fim, acabava nem fazendo, mas ele disse...

– Sim?

– Que ele ia mandar avaliar todos os bens... por um especialista de Londres. Para fins de legitimação... ou melhor, para fins de seguro. Legitimação é quando você está morto. Alguém o havia aconselhado que era o melhor a fazer. Falou bastante nisso e na importância de fazê-lo. Não sei se ele chegou a tomar as providências, mas, se tomou...

– Entendo – falei devagar.

– No momento em que o perito examinasse a prataria, ele descobriria, e então o coronel Protheroe se lembraria de ter mostrado a coleção ao dr. Stone... Fico pensando se não aproveitou a ocasião para fazer o furto... Prestidigitação, não é assim que chamam? Pura esperteza... E então... Bem, aí é que a porca torce o rabo, para usar uma expressão antiquada.

– Compreendo seu ponto de vista – falei. – Acho que devemos tirar isso a limpo.

Fui outra vez ao telefone. Em poucos minutos, estava conectado com Old Hall e falando com Anne Protheroe.

– Não, não é nada muito importante. O inspetor já chegou? Ah! Ele deve estar chegando. Sra. Protheroe, pode me dizer se os objetos de Old Hall já foram avaliados? Sabe algo sobre isso?

A resposta foi clara e imediata. Agradeci-lhe, repousei o fone no gancho e dirigi-me a Miss Marple.

– Ela não deixou dúvida. O coronel Protheroe tinha combinado com o perito de Londres uma visita na segunda-feira (amanhã) para realizar uma avaliação minuciosa. Com a morte do coronel, a visita foi cancelada.

– Então *existia* um motivo – concluiu Miss Marple meigamente.

– Um motivo, sim. Mas isso é tudo. Não lembra? Quando houve o disparo, o dr. Stone acabara de se encontrar com os demais, ou estava subindo os degraus por cima da cerca para se unir a eles.

– Sim – disse Miss Marple pensativa. – Isso descarta o dr. Stone.

Capítulo 24

Ao retornar à minha casa, encontrei Hawes esperando por mim no gabinete. Ele caminhava nervoso de um lado para o outro e, quando eu entrei no recinto, pulou de susto, como se tivesse sido alvejado por um tiro.

– O senhor vai me desculpar – disse ele, enxugando a testa. – Estou com os nervos em frangalhos ultimamente.

– Meu caro amigo – disse eu –, você precisa tirar uns dias de folga para variar. Mudar de ares. Senão vai acabar tendo um colapso nervoso, e isso não será bom para ninguém.

– Não posso abandonar meu cargo. Não, isso é uma coisa que jamais vou fazer.

– Não se trata de abandono. A saúde em primeiro lugar. Tenho certeza de que Haydock vai concordar comigo.

– Haydock... Haydock. Que raio de médico ele é? Um ignorante clínico geral de um vilarejo do interior.

– Está sendo injusto com ele. Todo mundo o considera um profissional de extrema competência.

– Ah! Talvez. Sim, eu diria que sim. Só não gosto dele. Mas não foi para falar dele que eu vim aqui. Vim aqui para pedir se o senhor não pode fazer a gentileza de pregar o sermão hoje à noite por mim. Eu... eu realmente não me sinto à altura.

– Ora, sem problemas. Ministro a missa em seu lugar.

– Não, o senhor não entendeu. Eu quero rezar a missa. Estou em condições perfeitas de fazê-lo. É só a ideia de subir ao púlpito, com todos aqueles olhos me encarando...

Fechou os olhos e engoliu em seco de modo convulsivo.

Na minha concepção, era evidente que havia algo de muito errado com Hawes. Pareceu ler meus pensamentos, pois abriu os olhos e disse com rapidez:

– Não tem nada de errado comigo. São apenas essas enxaquecas... essas horríveis e torturantes enxaquecas. Pode me dar um copo d'água?

– Pois não – falei.

Fui à cozinha e servi eu mesmo um copo com água da torneira. Tocar sinetas em nossa casa é perda de tempo.

Trouxe a água, e ele me agradeceu. Pinçou do bolso uma caixinha de papelão, abriu-a e pegou uma cápsula envolvida em papel de arroz, a qual engoliu com o auxílio de um gole d'água.

– Para a enxaqueca – explicou ele.

De súbito me perguntei se Hawes não se tornara viciado em drogas. Explicaria boa parte de suas esquisitices.

– Não toma muitas vezes, espero – comentei.

– Não... ah, não. O dr. Haydock me alertou para não exagerar. Mas é mesmo fabuloso. Traz alívio imediato.

De fato, logo ficou mais calmo e recomposto.

Ele se levantou.

– Então o senhor faz o sermão hoje à noite? É muita bondade sua, sir.

– Não precisa agradecer. E insisto em ministrar a missa também. Vá para casa e descanse. Não vou discutir. Nem mais uma palavra.

Agradeceu-me outra vez. Então disse, dirigindo o olhar para a janela:

– O senhor... esteve em Old Hall hoje, não, sir?

– Sim.

– Vai me desculpar... mas o senhor foi chamado?

Encarei-o surpreso, e ele corou.

– Sinto muito, sir. Eu... eu só pensei que podia ter surgido alguma novidade e que por isso a sra. Protheroe o havia chamado.

Eu não tinha a mínima intenção de satisfazer a curiosidade de Hawes.

– Ela queria trocar ideias sobre os preparativos para o funeral e tratar de outros assuntos comigo – falei.

– Ah! Era só isso. Entendo.

Não respondi. Hawes não parava quieto. Por fim, ele disse:

– O sr. Redding veio me ver ontem à noite. Eu... eu não consigo imaginar por quê.

– Ele não lhe contou?

– Não... só disse que queria me fazer uma visita. Suas noites andavam meio solitárias. Ele nunca tinha feito isso antes.

– Bem, as pessoas consideram Lawrence uma companhia agradável – eu disse sorrindo.

– Por que motivo ele quis me visitar? Não gosto disso. – A voz dele se ergueu estridente. – Ele falou que ia aparecer por lá de novo. O que tudo isso significa? Que ideia o senhor acha que ele enfiou na cabeça?

– Por que acha que a visita teve algum motivo oculto? – indaguei.

– Não gosto disso – repetiu Hawes obstinado. – Nunca fiz nada contra *ele*, em absoluto. Nunca sugeri que *ele* era culpado... Mesmo quando ele se acusou eu disse que aquilo não fazia sentido. Se fosse para eu suspeitar de alguém, seria de Archer... nunca dele. Archer é um caso à parte... Um valentão sem Deus. Um bêbado salafrário.

– Não está sendo um pouco severo? – indaguei. – Afinal de contas, pouco ou nada sabemos sobre ele.

– Um caçador sempre entrando e saindo da cadeia, capaz de tudo.

– Pensa mesmo que ele atirou no coronel Protheroe? – perguntei curioso.

Hawes tem aversão inveterada em responder sim ou não. Notei isso várias vezes nos últimos dias.

– Não acha mesmo, sir, que é a única solução possível?

– Até onde sabemos – disse eu –, não existe nenhum indício contra ele.

– E as ameaças? – lembrou Hawes ansioso. – Esqueceu das ameaças.

Estou farto de escutar sobre as ameaças de Archer. Até onde eu entendo, não havia prova nenhuma de que ele tivesse feito quaisquer ameaças.

– Ele estava determinado a se vingar do coronel Protheroe. Embebedou-se e atirou nele.

– Isso é pura suposição.

– Mas admite ser provável?

– Não, não admito.

– Possível, então?

– Possível, sim.

Hawes olhou-me de esguelha.

– Por que não considera provável?

– Porque – disse eu – alguém como Archer não pensaria em atirar num homem de pistola. É a arma errada.

Hawes espantou-se com minha argumentação. Claramente não era a objeção que ele esperava.

– Pensa mesmo que essa objeção é possível? – perguntou ele de modo cético.

– No meu ponto de vista, é um tremendo obstáculo para considerar Archer suspeito do crime – falei.

Diante da minha segura asserção, Hawes não disse mais nada. Ele me agradeceu e saiu.

Eu o acompanhei até a porta da frente e vi quatro cartas na mesa do hall. Elas apresentavam certas características em comum. A caligrafia era inequivocamente feminina e todas traziam as palavras: "Em mãos, urgente". A única diferença que eu pude notar era que uma estava bem mais suja que as outras.

A semelhança entre elas me deu uma impressão esquisita – a de estar não com visão dupla, mas quádrupla.

Mary saiu da cozinha e me viu examinando as mensagens.

– Entregues em mãos na hora do almoço – explicou ela sem que eu perguntasse. – Todas menos uma. Encontrei aquela na caixa postal.

Assenti com a cabeça, juntei-as e levei-as comigo ao gabinete.

A primeira dizia o seguinte:

"Prezado sr. Clement,
Fiquei sabendo de uma coisa e algo me diz que preciso contar ao senhor. Tem a ver com a morte do coronel Protheroe. Eu apreciaria muito o seu conselho sobre o assunto... se devo ou não contar à polícia. Desde que meu marido morreu, tenho aversão a qualquer tipo de publicidade. Talvez o senhor pudesse me visitar hoje à tarde para conversarmos.
Atenciosamente,
Martha Price Ridley."

Abri a segunda:

"Dileto sr. Clement,
Estou tão preocupada... com o espírito tão agitado... não sei o que devo fazer. Escutei um boato e tenho a sensação de que pode ser importante. Tenho pavor de qualquer envolvimento com a polícia. Estou tão perturbada e angustiada. Seria demais lhe pedir, querido pastor, que passasse em minha casa para dirimir minhas incertezas e dificuldades do modo prodigioso

com o qual o senhor sempre consegue?
Desculpe incomodá-lo,
Sinceramente,
Caroline Wetherby."

A terceira, pressenti, eu quase podia adivinhar o conteúdo.

"Caro sr. Clement,
Algo muito importante chegou ao meu conhecimento. Sinto que o senhor deveria ser o primeiro a ficar sabendo. Pode vir à minha casa hoje à tarde? Ficarei esperando."

Essa combativa epístola estava assinada: "*Amanda Hartnell*".

Abri a quarta missiva. Por sorte, recebi poucas cartas anônimas. Uma carta anônima é, a meu ver, a arma mais vil e cruel que existe. Essa não era exceção. Parecia escrita por uma pessoa sem estudo, mas vários detalhes levaram-me a não acreditar nessa suposição.

"Caro pastor,
Achava melhor o senhor saber o que está acontecendo. A sua mulher foi vista saindo do chalé do sr. Redding em atitude suspeita. O senhor sabe o que eu quero dizer. Os dois estão tendo um caso. Achei que o senhor tinha que saber.
Uma amiga."

Abafei uma exclamação de nojo e, amassando o papel, joguei-o na grelha da lareira bem na hora em que Griselda entrou.

– O que você está jogando fora com tanto desprezo? – quis saber ela.

– Lama – falei.

Pegando um fósforo do bolso, risquei-o e me agachei. Griselda, porém, foi mais rápida que eu. Ela se abaixou, apanhou a bola de papel amassado e a abriu antes que eu pudesse impedi-la.

Leu, soltou um grito de asco e jogou o papel de volta, dando-me as costas ao fazê-lo. Eu o acendi e fiquei vendo-o queimar.

Griselda se afastara. Estava parada em frente à porta de vidro, admirando o jardim.

– Len – falou ela sem se virar.

– Sim, querida.

– Eu preciso lhe contar uma coisa. Não, nem tente me parar. Por favor, eu tenho que falar. Quando... quando Lawrence Redding veio aqui, eu deixei você acreditar que eu o conhecia apenas superficialmente. Isso não era verdade. Eu... o conhecia muito bem. Na verdade, antes de conhecer você, estive apaixonada por ele. Como acontece com a maioria das mulheres em se tratando de Lawrence. Para ser sincera, fui perdidamente apaixonada por ele uma época. Não cheguei a escrever cartas comprometedoras ou essas idiotices dos livros. Mas não vou negar: já estive bem interessada nele.

– Por que não me contou? – perguntei.

– Ah! Por quê! Não sei bem ao certo, só sei que... Bem, você é tão bobo em certas coisas. Só porque é bem mais velho do que eu, imagina que eu... Bem, que corre o risco de eu gostar de outro homem. Achei que você não ia gostar de saber da minha amizade com Lawrence.

– Você é muito esperta ao dissimular as coisas – disse eu, lembrando do que ela me contara naquele mesmo gabinete há menos de uma semana e da forma sincera como me contara.

– Pois é, eu sempre fui boa nisso. De certo modo, eu gosto de fazê-lo.

Declarou isso com prazer infantil na voz.

– Mas o que eu contei é a pura verdade. Não sabia de nada sobre Anne e ficava imaginando por que Lawrence andava tão diferente, sem... bem, sem prestar atenção em mim. Não estou acostumada com isso.

Ela se calou por um instante.

– Entende, Len? – perguntou Griselda ansiosa.

– Sim – respondi –, eu entendo.

Será mesmo?

Capítulo 25

Não foi nada fácil afastar a impressão deixada pela carta anônima. A lama suja.

Porém, peguei as outras três cartas, olhei o relógio e saí de casa.

Fiquei muito intrigado com o que teria "chegado ao conhecimento" das três senhoras ao mesmo tempo. Deduzi que só podia ser a mesma notícia. Nisso, eu estava prestes a descobrir que minha psicologia falhara.

Confesso que não foram minhas visitas que me levaram a passar na delegacia. Meus pés gravitaram até lá por livre e espontânea vontade. Eu estava ansioso para saber se o inspetor Slack retornara de Old Hall.

Descobri que ele voltara e, além disso, que a srta. Cram viera junto com ele. Sentada na delegacia, a bela Gladys tirava de letra a situação, não sem certa arrogância. Negou de pés juntos ter levado a valise até o bosque.

– Só porque uma dessas velhinhas fofoqueiras não tem nada melhor a fazer do que ficar espiando pela janela a noite toda, a polícia me escolhe como bode expiatório. Miss Marple já se enganou uma vez, não se esqueçam, quando disse que me viu no fim da alameda na tarde do assassinato. E se ela se enganou daquela vez, em plena luz do dia, como conseguiria me reconhecer ao luar? É uma maldade o que essas velhotas fazem aqui nesta aldeia. São capazes de inventar qualquer coisa. E eu na cama, dormindo como um anjo. Vocês deviam se envergonhar, todos vocês.

– E se a estalajadeira do Blue Boar identificar a valise como sua, srta. Cram?

– Se ela disser algo desse tipo, está enganada. Não há nome nenhum na valise. Quase todo mundo tem uma valise igual. Coitado do dr. Stone, acusado de ladrão vulgar! E não lhe faltam títulos acadêmicos.

– Então se recusa a dar quaisquer explicações, srta. Cram?

– Não tem nada de recusa nisso. A polícia cometeu um engano e nada mais. A polícia e aquela intrometida da Miss Marple. Não digo mais nem uma palavra... só na presença de meu advogado. Vou-me embora agora mesmo... a menos que o senhor queira me prender.

Como resposta, o inspetor levantou-se e abriu a porta a ela. Com um aceno de cabeça, a srta. Cram se retirou.

– Essa é a estratégia que ela adota – falou Slack, retornando à escrivaninha. – Negar até o fim. E, é claro, a velhinha *pode* ter se confundido. Júri nenhum acharia verossímil reconhecer alguém naquela distância ao luar. E a velhinha pode ter se enganado mesmo.

– Pode – falei –, mas não acredito. Em geral, Miss Marple sempre acerta. É isso que a torna tão impopular.

O inspetor deu um sorrisinho irônico.

– É isso que Hurst diz. Deus, essas aldeias!

– E quanto à prataria, inspetor?

– Em perfeita ordem. É lógico, isso significa que uma das duas coleções deve ser falsa. Em Much Benham, há um ótimo especialista em prataria antiga. Liguei para ele e mandei um carro buscá-lo. Daqui a pouco vamos saber qual conjunto é falso. Ou o roubo foi consumado ou apenas planejado. Isso não faz lá muita diferença... Quero dizer, para o nosso ponto de vista. Furto é café pequeno perto de assassinato. Cram e Stone não têm relação com o assassinato. Talvez consigamos pegar o doutor com um deslize da moça... Por isso a deixei ir embora sem mais estardalhaço.

– Foi o que imaginei – eu disse.

– Uma pena, o sr. Redding. Não é sempre que um homem se esforça tanto em prol de alguém.

– Pois é – sorri tenuamente.

– Mulheres causam problemas demais – exortou o inspetor num suspiro.

E, para minha relativa surpresa, continuou:

– Claro, não podemos nos esquecer de Archer.

– Ah! – exclamei. – Pensou nele?

– Lógico. A primeira coisa em que pensei. Não precisei de carta anônima para desconfiar dele.

– Carta anônima – murmurei com severidade. – Recebeu uma?

– Isso não é novidade. Recebemos ao menos uma dúzia por dia. Ah, sim, houve várias denúncias contra Archer. Como se a polícia já não soubesse! Archer está sob suspeita desde o princípio. O problema de tudo: ele tem álibi. Não que isso faça muita diferença, mas é complicado superar.

– Como assim não faz diferença? – indaguei.

– Bem, consta que ele passou a tarde toda junto com dois amigos. Mas, como eu disse, isso não conta. Homens como Archer e companhia mentem pelos cotovelos. Não acreditamos numa só palavra do que eles dizem. *Sabemos* disso. Mas o público geral não sabe e, o que é pior, o júri é sorteado do público. E o povo não sabe de nada. A grande maioria acredita em tudo o que é dito no reservado da testemunha, seja ela quem for. E, é claro, o próprio Archer vai jurar até embaixo d'água que não foi ele.

– Não seria tão solícito quanto o sr. Redding – disse eu com um sorriso.

– Ele não – falou o inspetor, tornando o comentário a simples declaração da verdade.

– É natural agarrar-se à vida – ponderei.

– O senhor ficaria surpreso se conhecesse o tipo de assassino que já escapou devido ao coração mole do júri – falou o inspetor melancólico.

– Mas pensa mesmo que foi Archer? – indaguei.

Desde o início me intrigou que o inspetor Slack nunca tivesse explicitado qualquer opinião sobre o assassinato. A facilidade ou a dificuldade de obter uma condenação é a única coisa que parecia lhe interessar.

– Queria ter mais certeza – admitiu. – Impressão digital, pegada ou avistamento nas redondezas perto da hora do crime. Não posso me arriscar a prendê-lo sem provas desse tipo. Foi visto nas imediações da casa do sr. Redding algumas vezes, mas alegou ter ido falar com a mãe dele. Uma senhora de bem, ela. Não, no fim das contas, prefiro a dama. Se ao menos eu conseguisse uma prova definitiva da chantagem... Mas neste caso não se consegue prova definitiva de nada! Só hipóteses e mais hipóteses. É mesmo uma pena que na estrada em frente à sua casa não more nenhuma solteirona, sr. Clement. Aposto que daí alguém teria visto algo.

Essas palavras me lembraram de minhas visitas, e me despedi dele. Acho que foi a única vez em que o vi de bom humor.

A primeira pessoa que visitei foi a srta. Hartnell. Ela deve ter me visto chegando pela janela, porque antes que eu tivesse tempo de apertar a campainha ela já abrira a porta da frente. Agarrando minha mão com firmeza, puxou-me para dentro.

– Que bom que o senhor veio. Por aqui. É mais discreto.

Entramos numa sala microscópica, mais ou menos do tamanho de um galinheiro. A srta. Hartnell fechou a porta e com ar de extremo sigilo acenou para que eu me sentasse (havia apenas três cadeiras). Notei que estava se divertindo.

– Não sou de fazer rodeios – afirmou com sua voz jovial, em tom ligeiramente baixo para satisfazer as exigências da ocasião. – Sabe como as notícias se espalham numa cidadezinha como esta.

– Infelizmente sei.

– Concordo com o senhor. Ninguém odeia tanto fofoca quanto eu. Mas fazer o quê. Achei que era meu dever contar ao inspetor de polícia que eu tinha ido à casa da sra. Lestrange na tarde do assassinato e ela não estava em casa. Não espero que me agradeçam por cumprir meu dever, apenas cumpro. Nessa vida, temos que nos acostumar com a ingratidão. E dizer que ontem mesmo a sem-vergonha da sra. Baker...

– Sim, sim – atalhei, querendo driblar a costumeira ladainha. – Que tristeza. Mas a senhora dizia...

– A classe baixa não tem noção de quem está ao seu lado – asseverou a srta. Hartnell. – Eu sempre tenho uma palavra de conforto em minhas visitas. Não que alguém lembre de me agradecer.

– A senhora dizia que contou ao inspetor sobre a visita à casa da sra. Lestrange – incitei.

– Exato... A propósito, ele não me agradeceu. Disse que solicitaria informações quando quisesse... Não foram as palavras exatas, mas foi esse o espírito. Não se fazem mais policiais como antigamente.

– É bem provável – disse eu. – Mas ia me contar alguma coisa?

– Decidi que dessa vez não ia nem chegar perto de nenhum inspetor miserável. Afinal de contas, clérigos são cavalheiros... Pelo menos alguns são – acrescentou ela.

Inferi que a qualificação pretendia me incluir.

– Se eu puder ajudá-la de alguma forma – incentivei.

– É uma questão de dever – falou a srta. Hartnell, calando-se de súbito. – Não quero dizer essas coisas. Ninguém abomina tanto isso quanto eu. Mas dever é dever.

Aguardei.

– Deram-me a entender – continuou a srta. Hartnell, vermelha como maçã –, que a sra. Lestrange informou que estava em casa todo o tempo... que não atendeu a porta porque... bem, porque ela não quis. Quanto rei na barriga! Só fiz a visita por cortesia, e ser tratada desse jeito!

– Ela está doente – disse eu tibiamente.

– Doente? Bobagem. O senhor é muito crédulo, sr. Clement. Não há nada de errado com a saúde dela. Muito doente para comparecer ao inquérito, pois sim! Atestado médico do dr. Haydock! Ela faz gato e sapato dele, todo mundo sabe. Onde eu estava mesmo?

Não tinha a mínima ideia. Em se tratando da srta. Hartnell, é complicado saber onde a narrativa termina e a injúria começa.

– Ah, sim, a visita naquela tarde. Bem, é bobagem ela dizer que estava em casa. Não estava. Eu sei.

– Como é que a senhorita sabe?

O rosto da srta. Hartnell ficou mais vermelho ainda. Em uma pessoa menos cruel, sua reação poderia ser confundida com embaraço.

– Bati na porta e toquei a campainha – explicou ela. – Duas vezes. Se não foram três vezes. E então me ocorreu de repente que a campainha pudesse estar estragada.

Ela não foi, percebi com alegria, capaz de me encarar ao dizer isso. O mesmo empreiteiro constrói todas as casas da aldeia, e as campainhas que ele instala são nitidamente audíveis às pessoas que as tocam na porta da frente. A srta. Hartnell e eu sabíamos disso muito bem, mas achei melhor preservar a dignidade.

– Sim? – murmurei.

– Eu não queria deixar meu cartão na caixa postal. Isso seria muita falta de educação. Posso ter lá meus defeitos, mas nunca sou mal-educada.

Enunciou essa espantosa declaração sem um tremor sequer.

– Então pensei em dar a volta na casa e... e bater na vidraça – continuou ela com desenvoltura. – Dei a volta na casa e espiei em todas as janelas, mas não havia ninguém em casa.

Para um bom entendedor, meia palavra basta. Aproveitando que ninguém atendera à porta, a srta. Hartnell soltara as rédeas de sua curiosidade e dera a volta pela casa, examinando o jardim e espiando o interior da casa por todas as janelas para ver o máximo possível. Ela escolhera me contar a história, acreditando que eu seria mais compreensivo e menos rigoroso do que a polícia. Espera-se que os clérigos concedam o benefício da dúvida aos paroquianos.

Não comentei a situação. Limitei-me a fazer uma pergunta.

– Que horas eram isso, srta. Hartnell?

– Até onde me recordo – disse a srta. Hartnell – perto das seis horas. Fui para casa logo depois e entrei por volta das seis e dez, e a sra. Protheroe apareceu por volta das seis e meia, deixando o dr. Stone e o sr. Redding esperando lá fora, e conversamos sobre tulipas. E todo o tempo o pobre coronel lá morto. Mundo triste este.

– Às vezes é um mundo bem desagradável – falei.

Levantei-me.

– E isso é tudo o que a senhorita tem a me dizer?

– Só pensei que poderia ser importante.

– Pode ser – concordei.

E abdicando de ouvir mais, para a decepção da srta. Hartnell, eu me despedi.

A srta. Wetherby, a quem fiz a visita seguinte, recebeu-me toda agitada.

– Querido pastor, quanta bondade a sua. Já tomou chá? Não quer mesmo? E uma almofada para as costas? É muita bondade sua aparecer com tanta rapidez. Sempre disposto a ajudar.

Houve uma boa dose disso antes de entrar no assunto, e mesmo então ele foi abordado com boa dose de circunlóquios.

– Tem que entender que ouvi isso de alguém com o melhor conhecimento de causa.

Em St. Mary Mead, as pessoas com melhor conhecimento de causa eram as empregadas alheias.

– Não pode revelar quem lhe contou?

– Prometi não contar, querido pastor. Acredito que promessas são coisas sagradas.

Assumiu um ar cerimonioso.

– Digamos que um passarinho me contou. Assim é seguro, não é mesmo?

Tive vontade de dizer: “Pura estupidez”. Antes tivesse dito. Seria interessante observar a reação da srta. Wetherby.

– Bem, esse passarinho me contou que viu uma senhora, que vai ficar anônima.

– Outra espécie de pássaro? – indaguei.

Para minha extrema surpresa, a srta. Wetherby caiu na risada e bateu divertidamente em meu braço, dizendo:

– Ah, pastor, não seja maroto!

Quando se recuperou, prosseguiu.

– Essa senhora, onde pensa que estava indo? Dobrou na esquina de sua casa, pastor, mas, antes de fazer isso, espiou para os dois lados de um jeito muito estranho... Para ver se ninguém estava olhando, imagino eu.

– E o passarinho... – indaguei.

– Visitando o peixeiro... na sobreloja.

Sei bem o destino das empregadas nas tardes de folga. E sei de um lugar aonde elas nunca vão se puderem evitar – qualquer lugar a céu aberto.

– E o horário – continuou a srta. Wetherby, inclinando-se à frente cheia de mistério – era pouco depois das seis da tarde.

– Em que dia?

A srta. Wetherby soltou um pequeno grito.

– No dia do assassinato, é claro, eu não disse isso antes?

– Imaginei – respondi eu. – E o nome da senhora?

– Começa com a letra "L" – falou Wetherby, meneando a cabeça sucessivas vezes em afirmação.

Sentindo ter chegado ao fim das informações que a srta. Wetherby tinha a transmitir, levantei-me.

– Não vai deixar a polícia vir aqui me interrogar de novo, não é? – indagou a srta. Wetherby pateticamente, apertando a minha mão no meio das suas. – Tenho pavor de publicidade. E de ficar em pé no tribunal!

– Em casos especiais – comentei –, eles permitem às testemunhas ficarem sentadas.

E fui embora.

Faltava ainda visitar a sra. Price Ridley. Essa senhora me colocou imediatamente em meu devido lugar.

– Não quero me envolver com nenhum caso de polícia nem de justiça – avisou severamente, depois de apertar minha mão com frieza. – Por outro lado, há de entender. Fiquei sabendo de uma circunstância que merece explicação e precisa ser levada ao conhecimento das autoridades.

– Tem a ver com a sra. Lestrange? – indaguei.

– Por que deveria? – interpelou a sra. Price Ridley indiferente.

Dessa vez, ela me deixou em desvantagem.

– É um caso muito simples – continuou ela. – Minha empregada, Clara, estava lá fora no portão. Ela desceu por alguns minutos... *diz* ela que para tomar um pouco de ar puro. Muito improvável, eu diria. Bem mais provável que estivesse tentando se encontrar com o menino da peixaria... Se é que se pode chamar aquilo de menino... Narcisista sem-vergonha, só porque tem dezessete anos pensa que pode namorar todas as moças. De qualquer modo, eu dizia, ela estava no portão e escutou um espirro.

– Sim – falei, esperando o resto.

– Isso é tudo. Estou lhe dizendo que ela escutou um espirro. E não comece a dizer que não sou tão jovem como outrora e posso ter me enganado, porque foi Clara quem escutou, e ela tem apenas dezenove anos.

– Mas – quis saber eu – que mal há em ouvir um espirro?

A sra. Price Ridley lançou-me um olhar de óbvia comiseração pela insuficiência de meu intelecto.

– Um espirro no dia do assassinato, bem na hora em que não havia ninguém em casa. Sem dúvida, o assassino estava escondido nos arbustos esperando sua oportunidade. O senhor deve procurar um homem com resfriado.

– Ou com rinite – sugeri. – Mas, na verdade, sra. Price Ridley, acho que o mistério tem solução bem fácil. De uns dias para cá, a nossa empregada, Mary, está com um forte resfriado. Para ser sincero, nos últimos dias está difícil de aturar os espirros dela. Sua empregada deve ter escutado um espirro de Mary.

– Era espirro de homem – afirmou a sra. Price Ridley. – E de nosso portão seria impossível ouvir sua empregada espirrando lá na sua cozinha.

– De seu portão seria impossível ouvir alguém espirrando no gabinete – ponderei. – Pelo menos eu duvido muito.

– Eu disse que o homem poderia estar escondido no meio dos arbustos – retrucou a sra. Price Ridley. – Sem dúvida, quando Clara entrou, o homem deu um jeito de entrar pela porta da frente.

– Bem, sem dúvida, isso é possível – concordei.

Tentei não imprimir à minha voz um tom intencionalmente reconfortante, mas devo ter fracassado, porque a sra. Price Ridley fitou-me de súbito.

– Estou acostumada a não prestarem atenção no que eu digo, mas também devo mencionar que deixar uma raquete de tênis atirada na grama com desleixo e sem proteção a estraga completamente. E hoje em dia raquetes de tênis não são nada baratas.

Esse ataque de flanco me pareceu sem pé nem cabeça. Desconcertou-me totalmente.

– Mas talvez o senhor discorde – disse a sra. Price Ridley.

– Ah! Eu concordo... com certeza.

– Fico contente. Bem, não tenho mais nada a dizer. Lavo minhas mãos em todo esse caso.

Inclinou-se para trás e fechou os olhos como quem está cansada deste mundo. Agradeci-lhe e me despedi.

No degrau da porta, arrisquei perguntar a Clara sobre a afirmação de sua patroa.

– É a pura verdade, sir, escutei um espirro. E não era um espirro comum... em absoluto.

Nada relativo a um assassinato é comum. O tiro não foi um tipo comum de tiro. O espirro não foi um tipo comum de espirro. Foi, imagino, um espirro especial de assassino. Perguntei à moça o horário do espirro, mas ela foi muito vaga, algo entre seis e quinze e seis e meia, ela pensava. De qualquer forma, "foi antes de a patroa receber a ligação e ficar chateada".

Perguntei se ela havia escutado algum tiro. Ela disse que os tiros haviam sido terríveis. Após isso, depositei pouco crédito em suas afirmações.

Estava entrando no meu portão quando decidi visitar um amigo.

Olhando o relógio de relance, vi que ainda havia um tempinho antes da missa vespertina. Desci a estrada até a casa de Haydock. Ele veio me receber na porta.

Outra vez achei suas feições preocupadas e alteradas, como se aquela história o tivesse envelhecido.

– Prazer em vê-lo – falou ele. – Quais são as novidades?

Contei-lhe o novo desdobramento no caso Stone.

– Ladrão de casaca – comentou. – Bem, isso explica uma série de coisas. Ele deve ter lido sobre seu objeto de estudo, mas de vez em quando dava alguns escorregões. Protheroe deve tê-lo apanhado alguma vez. Lembre-se da discussão que tiveram. E o que acha da moça? É cúmplice?

– As opiniões não são unânimes quanto a isso – falei. – De minha parte, acho que a moça é inocente.

E acrescentei:

– É uma idiota consumada.

– Ah! Não diria isso. É bem arguta, a srta. Gladys Cram. Espécime de saúde notável. Difícil que venha a incomodar meus colegas de profissão.

Contei-lhe minha preocupação com Hawes e minha ansiedade para que ele mudasse de ares e descansasse.

Ficou evasivo quando eu disse isso. A resposta dele não me pareceu muito convincente.

– Sim – disse ele devagar. – Imagino que essa é a melhor alternativa. Pobre sujeito. Pobre sujeito.

– Pensei que você não gostasse dele.

– Não gosto... não muito. Mas tenho pena de muitas pessoas das quais não gosto. – Depois de um tempo, emendou: – Tenho ainda mais pena de Protheroe. Coitado... ninguém gostava muito dele. Muito convencido da própria integridade e muito arrogante. Mistura repelente. Ele sempre foi assim... mesmo quando jovem.

– Não sabia que você o conhecia de outras épocas.

– Ah, sim! Quando morávamos em Westmorland, eu tinha consultório não muito longe. Isso já faz um bom tempo. Quase vinte anos.

Suspirei. Vinte anos atrás Griselda tinha cinco anos de idade. O tempo é uma coisa estranha...

– Tem mais algum assunto a tratar comigo, Clement?

Levantei o olhar com sobressalto. Haydock fitava-me com olhos argutos.

– Tem algo mais, não é mesmo? – disse ele.

Assenti com a cabeça.

Quando entrei, estava em dúvida se devia falar ou não. Mas agora resolvera falar. Nenhum outro homem me desperta tanta admiração quanto Haydock. É um sujeito excelente sob todos os aspectos. O que eu tinha a dizer lhe seria útil.

Contei minhas visitas à srta. Hartnell e à srta. Wetherby.

Ficou um bom tempo calado depois de eu terminar.

– É verdade, Clement – disse enfim. – Tenho feito tudo a meu alcance para proteger a sra. Lestrange de qualquer inconveniência. Para ser sincero, ela é uma amiga de longa data. Mas esse não é meu único motivo. Aquele atestado médico não era de mentira, como todo mundo pensou.

Fez um silêncio e logo completou com seriedade:

– Fica entre nós, Clement. A sra. Lestrange está com os dias contados.

– O quê?

– Ela é uma mulher condenada. Dou a ela no máximo um mês de vida. Por que acha que eu quero evitar que ela seja importunada e interrogada?

Ele continuou:

– Quando ela dobrou a esquina e entrou nessa rua naquela noite, foi aqui que ela veio... para esta casa.

– Você não tinha dito isso antes.

– Não quis dar margem a falatório. Não costumo dar consultas entre seis e sete horas, e todo mundo sabe disso. Mas pode acreditar na minha palavra que ela esteve aqui.

– Mas ela não estava aqui quando viemos buscá-lo. Quero dizer, quando descobrimos o corpo.

– Não – respondeu ele meio perturbado. – Ela disse que tinha um compromisso.

– Em que endereço era o compromisso? Na casa dela?

– Não sei, Clement. Dou minha palavra de honra que não sei.

Acreditei nele, mas...

– E se por acaso um homem inocente for enforcado? – perguntei.

– Não – disse ele. – Ninguém será enforcado pelo assassinato do coronel Protheroe. Pode apostar.

Eu certamente não apostaria. No entanto, a certeza em sua voz era muito grande.

– Ninguém será enforcado – repetiu ele.

– Esse sujeito, Archer...

Ele fez um gesto impaciente.

– Não tem cabeça suficiente para apagar as impressões digitais da pistola.

– Talvez não – falei cético.

Então me lembrei de algo e, enfiando a mão no bolso, entreguei a ele o cristalzinho marrom que eu encontrara no bosque e perguntei o que era.

– Hum... – hesitou ele. – Parece ácido pícrico. Onde encontrou?

– Isso – respondi – é segredo de Sherlock Holmes.

Ele sorriu.

– O que vem a ser ácido pícrico?

– Bem, é um explosivo.

– Sim, sei disso, mas tem outro uso, não é?

Balançou a cabeça afirmativamente.

– É usado em medicina... dissolvido para curar queimaduras. Funciona às mil maravilhas.

Estendi a mão e, com muita relutância, ele me devolveu o cristal.

– Provavelmente não tem importância nenhuma – falei. – Mas encontrei isso num local bem estranho.

– Não vai me dizer onde?

De modo um tanto infantil, eu não disse.

Ele guardou os segredos dele. Bem, agora era a minha vez.

Eu estava um pouco magoado porque ele não havia confiado em mim com mais firmeza.

Capítulo 26

Quando subi ao púlpito àquela noite, eu me sentia estranho.

A igreja estava inesperadamente cheia. Não creio que a perspectiva de ouvir a pregação de Hawes tivesse atraído tanta gente. Os sermões de Hawes são monótonos e dogmáticos. E, mesmo se o povo tivesse ficado sabendo que eu rezaria a missa no lugar dele, essa notícia não teria atraído ninguém. Afinal, meus sermões são eruditos, mas não menos monótonos. Tampouco seria, receio, razoável atribuir à devoção aquele comparecimento maciço.

Todo mundo viera, concluí, para ver quem mais estava lá e, quem sabe, trocar um dedo de prosa no pátio da igreja após a missa.

Haydock estava na igreja, fato inusitado, e também Lawrence Redding. E, para minha surpresa, ao lado de Lawrence enxerguei o rosto branco e fatigado de Hawes. Anne Protheroe dera o ar de sua graça; embora em geral ela viesse à missa vespertina aos domingos, não imaginava vê-la hoje. Mais surpreso ainda fiquei ao ver Lettice. A ida à missa aos domingos de manhã era obrigatória – o coronel Protheroe era irredutível quanto a esse detalhe, porém era a primeira vez que eu via Lettice na missa vespertina.

Gladys Cram estava lá, espalhafatosamente jovem e saudável, em contraste com as solteironas encarquilhadas a seu redor, e eu tive a impressão de que o vulto misterioso que se esgueirara na última hora e ficara lá no fundo da igreja pertencia à sra. Lestrange.

É desnecessário dizer que a sra. Price Ridley, a srta. Hartnell, a srta. Wetherby e Miss Marple estavam presentes com toda a corda. Todos os habitantes da aldeia estavam lá, com raras exceções. Não lembro de outra presença tão esmagadora da comunidade.

Multidões são coisas curiosas. Uma atmosfera magnética impregnava aquela noite, e a primeira pessoa a sentir sua influência fui eu.

De praxe, costumo preparar meus sermões de antemão. Sou cuidadoso e consciencioso com eles, mas ninguém conhece melhor suas deficiências do que eu.

Nessa noite, por necessidade, eu estava pregando *extempore*, e, ao baixar os olhos àquele oceano de rostos virados para cima, uma loucura repentina tomou conta de mim. Deixei de ser um sacerdote de Deus. Tornei-me um ator. À minha frente, a plateia. Eu queria comovê-la – e, mais do que isso, eu me sentia capaz de fazê-lo.

Não me orgulho do que fiz àquela noite. É total a minha descrença no espírito evangelizador exaltado. Contudo, naquela noite incorporei o papel de um evangelista frenético e bombástico.

Enunciei o sermão devagar.

Não vim chamar os justos, mas sim os pecadores ao arrependimento.

Repeti duas vezes a frase e escutei a minha própria voz, ecoante, retumbante, distinta da voz do rotineiro Leonard Clement.

Vi Griselda no banco frontal levantar os olhos com surpresa, e Dennis seguir o exemplo dela.

Prendi a respiração por uns instantes e então falei com violenta emoção.

Naquele instante, a congregação ficou em estado de comoção contida, pronta a ser manipulada. Eu a manipulei. Exortei os pecadores à contrição. Precipitei-me numa espécie de frenesi emocional. Reiteradas vezes estendi a mão denunciadora e repeti a frase:

– Estou falando com *você*...

E a cada ocasião, de pontos diferentes da igreja, elevavam-se suspiros entrecortados e arquejos palpitantes.

Emoção em massa é uma coisa estranha e terrível.

Arrematei com aquelas palavras belas e pungentes – talvez as palavras mais pungentes de toda a Bíblia:

– *Esta noite te pedirão tua alma!*

Foi uma possessão breve e inusitada. Quando voltei para casa, reassumi minha personalidade murcha e indefinida. Encontrei Griselda muito pálida. Ela enroscou o braço no meu.

– Len – disse ela –, hoje à noite você esteve terrível. Eu... eu não gostei. Nunca vi você pregar daquele jeito antes.

– Não creio que verá outra vez – murmurei, afundando extenuado no sofá. O cansaço tomou conta de mim.

– Que bicho mordeu você?

– Uma loucura repentina me dominou.

– Ah! Não foi algo... especial?

– Como assim... especial?

– Fiquei me perguntando... só isso. Você é muito imprevisível, Len. Sempre tenho a sensação de que não o conheço de verdade.

Sentamo-nos para a ceia fria; Mary não estava.

– Tem uma mensagem para você no hall – falou Griselda. – Pode buscar para nós, Dennis?

Dennis, que estivera muito calado, obedeceu.

Apanhei a mensagem e soltei um grunhido. No canto superior esquerdo lia-se: *Em mãos – Urgente.*

– Só pode ser de Miss Marple – falei. – Não falta mais ninguém.

Acertei em cheio na suposição.

"Caro sr. Clement,

Queria tanto conversar com o senhor sobre algumas coisas que me aconteceram. Sinto que todos nós devemos tentar ajudar na elucidação desse triste mistério. Eu vou visitá-lo às nove e meia, se não for incômodo, e bato na porta de vidro do gabinete. Talvez a doce Griselda fizesse a gentileza de vir aqui para animar meu sobrinho. E o sr. Dennis também, se ele quiser vir. Se não enviar resposta, vou esperar a vinda de Dennis e Griselda e apareço aí na hora estipulada.

Atenciosamente,

Jane Marple."

Mostrei a carta a Griselda.

– Ah, é claro que vamos! – exclamou ela alegremente. – Licor caseiro é do que precisamos numa noite de domingo. Esse manjar-branco de Mary chega a dar medo de tão deprimente. Parece saído de uma capela mortuária.

Dennis demonstrou menos empolgação com a perspectiva.

– Para vocês está tudo perfeito – resmungou. – Desfiam papos intelectuais sobre arte e literatura. Sempre me sinto um completo imbecil escutando vocês.

– Isso é didático – falou Griselda com serenidade. – Assim você se coloca no seu devido lugar. De qualquer modo, o sr. Raymond West não é tão incrivelmente esperto como finge ser.

– Pouca gente é – falei.

Fiquei um bom tempo me perguntando o que exatamente Miss Marple queria conversar. De todas as senhoras da paróquia, eu a considerava de longe a mais astuta. Não só via e ouvia quase tudo o que se passava, como também fazia deduções espantosamente simples e adequadas com base nos fatos que chegavam a seu conhecimento.

Se algum dia eu enveredasse numa carreira de trapaças, seria de Miss Marple que eu teria medo.

O que Griselda chamou de "comissão para entreter sobrinhos" partiu pouco depois das nove. Esperei a chegada de Miss Marple, listando a sequência dos fatos relacionados com o assassinato. Eu os organizei o máximo possível em ordem cronológica. Não sou muito pontual, mas gosto de anotar as coisas de maneira metódica.

Às nove e meia em ponto, escutei uma leve batida na vidraça. Ergui-me e fiz Miss Marple entrar.

Trazia um fino xale de Shetland sobre a cabeça e os ombros e estava com a aparência bem velha e frágil. Entrou fazendo comentários alvoroçados.

– Muita gentileza sua aceitar a minha vinda... E quanta bondade da doce Griselda... Raymond a admira tanto... Uma obra-prima de Greuze, ele sempre a chama... Obrigada, não preciso de um banquinho para os pés...

Repousei o xale numa cadeira e ao voltar me sentei na poltrona à frente de minha visitante. Entreolhamo-nos, e ela deu um sorrisinho de súplica.

– Sei que o senhor deve estar intrigado por que afinal esse assunto me interessa tanto. Pode pensar que não é feminino. Não... por favor, deixe-me explicar, com sua licença.

Fez uma pausa breve, e suas bochechas se coloriram de rosa.

– Sabe – começou ela enfim –, para quem mora sozinha, como eu, num lugarejo distante das capitais, é bom ter um hobby. É claro, tem o crochê, o serviço voluntário com as bandeirantes, a assistência social, o desenho... Mas o meu hobby é (e sempre foi) a natureza humana. Tão variada e fascinante! E numa aldeiazinha, sem nada para entreter a gente, são inúmeras as oportunidades para se tornar, digamos, proficiente nesse ramo de estudo. Começa-se classificando as pessoas, de modo bem definido, como se fossem pássaros ou flores: ordem tal, família tal, gênero x, espécie y. Às vezes, é lógico, cometemos enganos, mas com o tempo esses enganos são cada vez menores. E também vamos fazendo experimentos. Escolhemos um probleminha (por exemplo, o pote de camarões que tanto divertiu a querida Griselda), mistério insignificante, mas absolutamente indecifrável até que alguém o deslinde. E então houve aquele caso da troca das pastilhas para tosse e o caso do guarda-chuva da mulher do açougueiro... Este último, absolutamente sem sentido, a menos que se partisse do pressuposto de que o verdureiro não estava se comportando direito com a mulher do boticário (o que, é claro, veio a se comprovar). É tão fascinante aplicar nosso raciocínio e descobrir que estamos com a razão.

– A senhora em geral está – falei sorrindo.

– Pois é, isso me deixou um pouco convencida – confessou Miss Marple. – Mas sempre me perguntei: quando um mistério de verdade aparecer, será que vou ser capaz de fazer o mesmo? Digo... deslindar o caso? Lógico, deve ser quase a mesma coisa. Afinal de contas, um protótipo de torpedo funciona como um torpedo real.

– Quer dizer que é tudo uma questão de proporção – falei devagar. – Faz sentido, é lógico... mas não sei se na verdade é assim.

– Com certeza, deve ser a mesma coisa – disse Miss Marple. – Os (como chamávamos na escola) fatores envolvidos são os mesmos. Dinheiro, atração mútua entre pessoas de... mmm... sexos opostos... e esquisitice, é claro... Como há pessoas esquisitas, não é mesmo?... De fato, a maioria das pessoas é, quando as conhecemos melhor. Pessoas "normais" às vezes fazem coisas tão espantosas, e pessoas "anormais" às vezes são tão racionais e comuns. O jeito é comparar as pessoas com outras que já conhecemos. O senhor ia ficar surpreso se soubesse como são poucos os tipos de personalidade em geral.

– A senhora me dá medo – falei. – Tenho a impressão de estar sendo examinado ao microscópio.

– Claro, eu não sonharia em dizer nada disso para o coronel Melchett... Um homem tão arbitrário, não é? E o coitado do inspetor Slack... Ele é como a moça da loja de sapatos que nos quer empurrar botas de couro preto brilhante porque ela tem o seu número, sem se importar com o fato de que você quer botas marrons de couro de bezerro.

Excelente descrição de Slack.

– Mas, sr. Clement, estou certa de que o senhor sabe quase tanto sobre o assassinato quanto o inspetor Slack. Talvez se trabalhássemos juntos...

– Engraçado – disse eu –, acho que em nossas fantasias secretas torcemos pela chance de vivenciar as aventuras de Sherlock Holmes.

Então contei a ela os três chamados que recebera naquela tarde. Contei-lhe a descoberta de Anne acerca do quadro com o rosto lanhado. Também falei sobre o comportamento da srta. Cram na delegacia e descrevi a identificação feita por Haydock do cristal que eu pegara.

– Eu que o encontrei – concluí –, por isso torço para que seja importante. Mas talvez não tenha nada a ver com o caso.

– Tenho lido vários romances policiais norte-americanos disponíveis na biblioteca – informou Miss Marple –, torcendo para descobrir uma pista.

– Algum falava em ácido pícrico?

– Não. Mas num conto em que eu li a vítima esfrega na pele unguento de lanolina com ácido pícrico e morre envenenada.

– Mas neste caso ninguém foi envenenado... Então isso está fora de cogitação – falei.

Então peguei meu cronograma e mostrei a ela.

– Tentei recapitular os fatos do caso com a maior clareza possível.

MEU CRONOGRAMA

Quinta-feira, dia 21 do corrente.

12h30 – O coronel Protheroe muda o compromisso das seis para as seis e quinze. Boas chances de ter sido escutado por metade da aldeia.

12h45 – A pistola foi avistada no lugar de costume. (Mas isso é duvidoso, pois a sra. Archer dissera antes que não se lembrava.)

17h30 (aproximadamente) – O coronel e a sra. Protheroe saem de carro de Old Hall rumo à aldeia.

17h30 – Falsa ligação telefônica para minha casa, feita do chalé norte de Old Hall.

18h15 (ou alguns minutos antes) – O coronel Protheroe chega à minha casa. Mary o faz passar ao gabinete.

18h20 – A sra. Protheroe vem pela alameda e atravessa o jardim até a porta de vidro do gabinete. Ela não enxerga o coronel Protheroe.

18h29 – Ligação do chalé de Lawrence Redding para a casa da sra. Price Ridley (de acordo com a companhia telefônica).

18h30-18h35 – Disparo ouvido (tomando como certo o horário da chamada telefônica). Depoimentos de Lawrence Redding, Anne Protheroe e dr. Stone parecem indicar que o tiro aconteceu antes, mas provavelmente a sra. P.R. esteja certa.

18h45 – Lawrence Redding chega à minha casa e encontra o corpo.

18h48 – Eu me encontro com Lawrence Redding.

18h49 – Eu encontro o cadáver.

18h55 – Haydock examina o cadáver.

Observações: As únicas duas pessoas sem álibi para o período entre 18h30-18h35 são a srta. Cram e a sra.

Lestrange. A srta. Cram diz que estava na escavação, mas ninguém confirma. Parece razoável, porém, descartá-la do caso, já que nada parece ligá-la a ele. A sra. Lestrange deixou a casa do dr. Haydock pouco depois das 18h para comparecer a um compromisso. Onde era o compromisso e com quem? Difícil ter sido com o coronel Protheroe, já que ele tinha um encontro marcado comigo. É verdade que a sra. Lestrange estava perto da cena do crime quando o assassinato foi cometido, mas é duvidoso que pudesse ter um motivo para matá-lo. Ela não ganhou nada com a morte dele, e não consigo aceitar a teoria de chantagem idealizada pelo inspetor Slack. A sra. Lestrange não é esse tipo de mulher. Também não parece provável que ela tenha ficado de posse da pistola de Lawrence Redding.

– Muito claro – falou Miss Marple, meneando a cabeça com aprovação. – Muito claro mesmo. Cavalheiros têm facilidade para fazer resumos de alta qualidade.

– Concorda com o que eu escrevi? – indaguei.

– Ah, sim... Registrou tudo com concisão.

Então lhe fiz a pergunta que ansiava fazer desde o começo.

– Miss Marple – comecei –, de quem a senhora suspeita? Uma vez a senhora disse que existiam sete suspeitos.

– É isso mesmo – falou Miss Marple distraída. – Cada um suspeita de alguém diferente. É visível que isso acontece.

Não me perguntou de quem eu suspeitava.

– O xis da questão é – disse ela – que alguém precisa fornecer uma explicação para tudo. Cada detalhe tem que ser esclarecido a contento. Se você tem uma hipótese na qual tudo se encaixa... bem, então, deve ser a hipótese certa. Mas isso não é nada fácil. Não fosse por aquele bilhete...

– O bilhete? – indaguei surpreso.

– Sim, o senhor se lembra, eu lhe contei. Aquele bilhete me preocupou desde o princípio. Tem algo errado nele.

– Com certeza – redargui – isso agora está explicado. Foi escrito às seis e trinta e cinco, e outra mão (a mão do assassino) marcou 18h20 no cabeçalho só para confundir. Isso está claro.

– Mas mesmo assim – falou Miss Marple – está tudo errado.

– Por quê?

– Preste atenção – Miss Marple inclinou-se à frente ansiosa. – A sra. Protheroe passou pelo meu jardim, como lhe contei, caminhou até a porta de vidro, espiou para dentro e não viu o coronel Protheroe.

– Porque ele estava escrevendo na mesa – falei.

– E é isso que não fecha. Isso foi às seis e vinte. Concordamos que ele não ia se sentar para dizer que não esperaria mais até depois das seis e meia... Então, por que ele estava sentado à escrivaninha às seis e vinte?

– Não tinha pensado nisso – admiti devagar.

– Vamos, querido sr. Clement, recapitular. A sra. Protheroe chega à entrada do gabinete e pensa que não tem ninguém... Ela deve ter pensado isso, pois caso contrário não teria descido ao estúdio para se encontrar com o sr. Redding. Não teria sido seguro. O gabinete deveria estar num silêncio absoluto para ela pensar que não tinha ninguém ali. E isso nos deixa três alternativas, não é?

– A senhora quer dizer...

– Primeira alternativa: o coronel Protheroe já estava morto... Não acho essa a mais provável. Para começar, ele estaria ali há apenas cinco minutos, e ela ou eu teríamos escutado o tiro; além disso, permanece sem explicação o fato de ele estar sentado à escrivaninha. Segunda alternativa: ele estava sentado à escrivaninha, escrevendo um bilhete, é claro, mas nesse caso um bilhete de teor completamente distinto. Não poderia estar dizendo que não podia esperar. E a terceira...

– Sim? – indaguei.

– Bem, a terceira, é que a sra. Protheroe estava certa: não havia mesmo ninguém no gabinete.

– Quer dizer que ele entrou, saiu de novo e voltou mais tarde?

– Sim.

– Mas por que teria feito isso?

Miss Marple abriu as palmas das mãos num gesto delicado de perplexidade.

– Isso equivale a abordar o caso de um prisma bem diferente – falei.

– Com frequência é preciso fazer isso... em todas as situações da vida. Não pensa assim?

Não respondi. Meu cérebro repassava com cuidado as três opções sugeridas por Miss Marple.

Com um leve suspiro, a velhinha levantou-se.

– Preciso ir andando. Estou bem contente com a nossa conversa... mas não avançamos muito, não é mesmo?

– Para ser sincero – falei enquanto apanhava o xale para ela –, a coisa toda tem a feição de um desconcertante labirinto.

– Ah! Eu não diria isso. Acho que, em geral, uma teoria se encaixa com quase tudo. Quer dizer, se aceitarmos uma coincidência... E eu acho que uma coincidência é tolerável. Mais de uma seria implausível.

– Pensa isso mesmo? Sobre a hipótese, quero dizer? – indaguei com os olhos cravados nela.

– Reconheço que minha hipótese é falha... Tem uma coisa que eu não consigo entender. Ah! Se ao menos aquele bilhete tivesse um teor diferente...

Suspirou e meneou a cabeça. Caminhou em direção à porta de vidro e, distraída, estendeu a mão, tocando a folhagem de aparência meio murcha que ficava no vaso do suporte alto.

– Sabe, querido sr. Clement, essa planta deve ser regada com mais frequência. Coitadinha, está morrendo de sede. Sua empregada devia regá-la todos os dias. É ela quem se encarrega disso, imagino?

– Tanto – falei – quanto ela se encarrega de qualquer coisa.

– Ainda inexperiente – sugeriu Miss Marple.

– Sim – disse eu. – E Griselda recusa-se a substituí-la. Pensa que só uma empregada indesejável vai permanecer conosco. E até a própria Mary pediu demissão um dia desses.

– Verdade? Sempre achei que ela gostava muito de vocês.

– Eu nunca percebi – comentei. – Mas, na verdade, ela se incomodou com Lettice Protheroe. Mary retornou do inquérito com os nervos à flor da pele e encontrou Lettice aqui e... bem, elas tiveram uma rusga.

– Ah! – disse Miss Marple. Prestes a sair pela porta de vidro, estacou de repente, e uma inusitada sequência de mudanças permeou seu rosto.

– Ah, puxa vida! – murmurou ela consigo mesma. – *Como* tenho sido estúpida. Então foi isso. Durante o tempo todo, perfeitamente possível.

– O que foi que a senhora disse?

Voltou o rosto preocupado em minha direção.

– Não é nada. Uma ideia que acaba de me ocorrer. Tenho que ir para casa e estudar tudo com minúcia. Sabe, acho que tenho sido muito estúpida... de uma estupidez quase inacreditável.

– É difícil acreditar nisso – falei com galhardia.

Acompanhei-a gabinete afora pela relva do jardim.

– Pode me contar qual ideia a senhora teve tão de repente? – indaguei.

– Por enquanto não... Pode ser que eu esteja enganada. Mas acho que não. Bem, chegamos ao portão de meu jardim. Muito obrigada. Por favor, não precisa mais me acompanhar.

– O bilhete continua sendo um empecilho? – perguntei enquanto ela cruzava o portão e o trancava por dentro.

Ela me olhou distraída.

– O bilhete? Ah! É claro que aquele não era o bilhete verdadeiro. Eu nunca pensei que fosse. Boa noite, sr. Clement.

Ela subiu rapidamente o caminho até sua casa. Fiquei ali parado, seguindo-a com os olhos.

Eu não sabia o que pensar.

Capítulo 27

Griselda e Dennis ainda não tinham voltado. Dei-me conta de que teria sido mais natural subir junto até a casa de Miss Marple e os trazido comigo para casa. Estivéramos tão absortos com o mistério que esquecêramos que existiam outras pessoas no mundo além de nós dois.

Permaneci plantado no hall, decidindo se mesmo agora não deveria retornar e me unir a eles. Então a campainha tocou.

Fui atender. Vi que havia uma carta na caixa e, presumindo que essa era a causa do toque, peguei-a.

Ao fazer isso, porém, a campainha tocou outra vez. Enfiei a carta depressa no bolso e abri a porta da frente.

Era o coronel Melchett.

– Olá, Clement. Estou indo para casa de carro. Pensei em entrar um pouco e ver se você me oferecia um drinque.

– Será um prazer – disse. – Vamos até o gabinete.

Ele tirou o casaco de couro e me seguiu até o gabinete. Peguei uísque, soda e duas taças. Melchett ficou em pé defronte à lareira, de pernas afastadas, cofiando o bigode bem-aparado.

– Tenho uma novidade, Clement. Por sinal, de cair o queixo. Mas por enquanto deixemos isso de lado. Como vão as coisas por aqui? Mais alguma velhinha farejando a pista certa?

– O desempenho delas até que não está de todo mau – respondi. – Uma delas, por sinal, acredita ter chegado à solução.

– Nossa amiga, Miss Marple?

– Nossa amiga, Miss Marple.

– Mulheres assim sempre pensam que sabem tudo – sentenciou o coronel Melchett.

Sorveu um gole de uísque com soda de modo apreciativo.

– Talvez seja bobagem minha perguntar – arrisquei. – Mas imagino que alguém deve ter interrogado o garoto da peixaria. Quero dizer, se o assassino saiu pela porta da frente, talvez o garoto o tenha visto.

– Slack o interrogou devidamente – falou Melchett. – Mas o rapazola afirma que não passou por ninguém. Dificilmente passaria. O assassino não fazia lá muita questão de ser avistado. Perto do portão frontal não faltam esconderijos. Ele daria uma espiada para ver se a estrada estava livre. O rapazinho precisava passar aqui, na casa de Haydock e da sra. Price Ridley. Seria fácil despistá-lo.

– Sim – concordei –, imagino que seria.

– Por outro lado – continuou Melchett –, se por acaso o velhaco do Archer fez o serviço, e o jovem Fred Jackson o visse circulando por perto, duvido muito que o entregaria. Archer é primo dele.

– Suspeita de Archer seriamente?

– Bem, sabe como é... O velho Protheroe foi rigoroso com Archer. Havia muito ressentimento entre eles. A indulgência nunca foi o forte de Protheroe.

– Não – disse eu. – Era um homem implacável.

– Por isso é que eu sempre digo – comentou Melchett: – Viva e deixe viver. Claro, lei é lei, mas não custa nada conceder o benefício da dúvida. Isso Protheroe nunca foi capaz de fazer.

– Ele se orgulhava disso – comentei.

Houve um silêncio. Perguntei então:

– Que novidade "de cair o queixo" vem a ser essa?

– Bem, *é* de cair o queixo. Sabe aquela carta inacabada que Protheroe estava escrevendo quando foi morto?

– Sim.

– Um especialista realizou análise grafológica... para confirmar se o horário 18h20 foi escrito com a letra de outra pessoa. É lógico que enviamos amostras da caligrafia de Protheroe. E sabe qual o veredito? *Aquela carta jamais foi escrita por Protheroe.*

– Quer dizer então que foi forjada?

– Sim, é uma falsificação. Acham que o horário foi escrito por ainda outra pessoa... Mas não têm certeza quanto a isso. O cabeçalho está em tinta diferente, mas a letra em si é falsa. Protheroe nunca a escreveu.

– Eles têm certeza disso?

– A certeza que todos os peritos têm. Sabe como são esses peritos! Ah! Mas têm certeza suficiente.

– Incrível – disse eu.

Então lembrei de uma coisa.

– Agora – continuei – me recordo. A sra. Protheroe comentou que a letra não parecia com a do marido dela, e eu não prestei atenção.

– Mesmo?

– Pensei que era um desses comentários inúteis que as mulheres fazem. Se havia uma coisa certa no mundo era que Protheroe tinha escrito aquele bilhete.

Entreolhamo-nos.

– Que estranho – ponderei devagar. – Miss Marple disse hoje à noite que havia algo errado com aquele bilhete.

– Mulher infernal. Nem se ela mesma tivesse cometido o assassinato saberia tanto sobre ele.

Naquele instante, tocou o telefone. Existe uma singular psicologia no toque de um telefone. Agora ele tocava com insistência e com significado um tanto sinistro. Aproximei-me e tirei o telefone do gancho.

– Casa do pastor – atendi. – Quem está falando?

Uma voz esquisita, aguda e histérica soou:

– *Quero confessar* – disse a voz. – *Meu Deus, quero confessar!*

– Alô, alô. Telefonista, a linha caiu. De onde foi feita a ligação?

Uma voz lânguida disse que não sabia. Acrescentou que sentia muito pelo incômodo.

Repousei o fone no gancho e me virei para Melchett.

– Uma vez o senhor disse – observei – que ficaria louco se alguém mais se acusasse da autoria do crime.

– O que tem isso?

– Alguém queria confessar... E a telefonista cortou a ligação.

Melchett tomou o fone com ímpeto.

– Vou falar com eles.

– Isso – incentivei. – Pode ser que os convença a ajudar. Vou deixar isso com o senhor. Estou saindo. Tenho a impressão de que reconheci aquela voz.

Capítulo 28

Rumei apressado à rua principal da aldeia. Eram onze da noite; nesse horário, em pleno domingo, o vilarejo inteiro de St. Mary Mead parece morto. Vi, porém, luz numa janela no segundo piso de um sobrado. Imaginando que Hawes ainda estivesse acordado, parei e toquei a campainha.

Depois do que pareceu um longo tempo, a senhoria de Hawes, a sra. Sadler, removeu penosamente duas trancas, soltou uma corrente, virou a chave, entreabriu a porta e espiou desconfiada pela fresta.

– Minha nossa, é o pastor! – exclamou.

– Boa noite – saudei. – Quero falar com o sr. Hawes. Notei luz na janela, então ele deve estar acordado.

– Pode ser. Não o vi mais desde que levei a janta. A noite dele foi tranquila... Ninguém apareceu, e ele não saiu.

Assenti com a cabeça. Passando por ela, subi a escada de dois em dois degraus. Hawes aluga quarto e sala no segundo piso.

Entrei nesta última. Hawes dormia esticado numa espreguiçadeira. Minha entrada não o despertou. Na mesinha ao lado dele, uma caixa de cápsulas vazia e um copo com água pela metade.

No chão, perto do pé esquerdo de Hawes, jazia uma folha amassada com algo escrito. Apanhei e alisei a folha.

O texto começava assim: *Meu prezado Clement, (...)*

Li até o fim, abafei uma exclamação, dobrei a folha e a enfiei no bolso. Então me curvei sobre Hawes e o examinei com atenção.

Em seguida, apanhando o telefone perto do cotovelo dele, dei o número de minha casa. Melchett tentava rastrear a chamada, porque alegaram número ocupado. Pedi que ela ligasse de novo ao liberar a linha e descansei o fone no gancho.

Coloquei a mão no bolso para ver de novo a carta recém-apanhada. Nisso tirei junto o envelope ainda fechado, o que estava na caixa postal.

Aparência horrendamente conhecida. Caligrafia igual à da carta anônima recebida à tarde.

Rasguei o envelope.

Li uma... duas vezes... incapaz de compreender o conteúdo.

Comecei a ler pela terceira vez quando o telefone tocou. Como alguém que está no meio de um sonho, peguei o aparelho.

– Alô?

– Alô.

– É você, Melchett?

– Sim, onde está você? Rastreei a chamada. O número é...

– Sei o número.

– Ah, bem! É daí que você está falando?

– Sim.

– E a tal confissão?

– Recebi a confissão, sim.

– Quer dizer que descobriu o assassino?

Tive a tentação mais forte de minha vida. Mirei Hawes, a carta amassada e o bilhete anônimo. Mirei a caixa de cápsulas vazia com o nome Cherubim nela. Lembrei-me de uma conversa casual.

Fiz um esforço tremendo.

– Eu... não sei – disse. – É melhor o senhor vir até aqui.

Dei o endereço.

Sentei-me numa cadeira defronte a Hawes para pensar.

Tinha dois minutos para fazer isso.

Em dois minutos, Melchett estaria ali.

Peguei a carta anônima e a li pela terceira vez.

Então cerrei meus olhos e pensei...

Capítulo 29

Não tenho ideia de quanto tempo fiquei lá sentado – na realidade, apenas poucos minutos, imagino. No entanto, pareceu transcorrer uma eternidade até que escutei a porta se abrir. Virei a cabeça e levantei o olhar. Melchett entrou na sala.

Ele fitou Hawes adormecido na poltrona longa, então se dirigiu a mim.

– O que é isso, Clement? O que significa tudo isso?

Das duas cartas que eu tinha em mãos, escolhi uma e entreguei a ele. Com voz grave, leu de modo audível:

> *"Meu prezado Clement,*
> *Tenho uma coisa nada agradável para lhe contar. No fim das contas, acho que prefiro escrever. Podemos discutir o assunto em outra ocasião. Tem a ver com os recentes desvios de dinheiro. Sinto muito dizer isso, mas estou convencido, sem qualquer possibilidade de dúvida, quanto à identidade do culpado. Por mais dor que eu sinta em acusar um padre ordenado da igreja, meu dever é não menos dolorosamente claro. Um exemplo deve ser dado e..."*

Ele me fitou com olhos interrogativos. Naquele ponto, a escrita transformava-se num rabisco ilegível. A morte pegara de surpresa a mão do autor.

Melchett respirou fundo e então olhou para Hawes.

– Então é esta a solução! O único homem nunca considerado. E o remorso levou-o a confessar!

– Ultimamente ele andava bastante esquisito – testemunhei.

De repente, Melchett deu passos largos em direção ao homem adormecido e soltou uma exclamação vigorosa. Segurou-o pelos ombros e o sacudiu, primeiro com calma e depois com violência crescente.

– Ele não está dormindo! Está sedado! O que significa isso?

Seu olhar descansou na caixa de cápsulas vazia. Ele a apanhou.

– Será que ele...

– Acho que sim – afirmei. – Ele me mostrou essas cápsulas há poucos dias e me disse que tinha sido alertado quanto à possibilidade de overdose. É a escapatória dele, coitado. Talvez seja melhor assim. Não cabe a nós julgá-lo.

Mas Melchett era, antes de tudo, o comissário do condado. Os argumentos que a mim pareciam pertinentes não tinham importância para ele. Pegara um assassino e queria vê-lo enforcado.

Num átimo estava ao telefone, balançando o aparelho com impaciência até completar a ligação. Pediu o número de Haydock. Nova pausa. Ficou em pé, o fone grudado no ouvido e o olhar cravado no vulto amolecido na poltrona.

– Alô... alô... alô... é da casa do dr. Haydock? O doutor pode vir agora até a High Street? No apartamento do sr. Hawes. É urgente... Como é?... Bem, qual o número então?... Sinto muito.

Desligou, soltando fogo pelas ventas.

– Número errado, número errado... Sempre número errado! E a vida de um homem em jogo. ALÔ! Você me deu o número errado... Sim... não perca tempo... consiga uma ligação com 39... *nove*, não cinco.

Outro momento de impaciência – dessa vez mais curto.

– Alô... é você, Haydock? Aqui é Melchett. Pode vir até o número 19 da High Street imediatamente, por favor? Hawes tomou uma overdose. Rápido, homem! É uma questão de vida ou morte.

Desligou e ficou caminhando de um lado para o outro na sala.

– Por que diabos não chamou o médico logo, Clement? Não consigo entender. Onde você estava com a cabeça?

Felizmente nunca ocorre a Melchett que alguém possa pensar de um modo diferente do seu sobre como agir. Fiquei calado, e ele prosseguiu:

– Onde encontrou essa carta?

– Amassada no chão... escorregou da mão dele.

– É mesmo fora de série... Aquela velhinha estava certa: tínhamos encontrado o bilhete errado! Fico me perguntando como será que ela pescou essa. Mas que burrice o sujeito não ter destruído este bilhete. Imagine só... Guardar a prova mais perigosa!

– A natureza humana é repleta de inconsistências.

– Se não fosse, jamais pegaríamos um assassino! Mais cedo ou mais tarde, eles cometem um deslize. Está muito abatido, Clement. Deve ter sido um choque horrível para você, suponho?

– Sim. Como eu disse, de uns tempos para cá Hawes tem agido de modo estranho, mas nunca sonhei...

– Quem teria sonhado? Escute, parece o barulho de um carro. – Atravessou a sala e ergueu o vidro da janela, inclinando-se para fora. – Sim, é Haydock mesmo.

Pouco depois o médico entrou na sala.

Em palavras sucintas, Melchett explicou a situação.

Haydock não costuma demonstrar sentimentos. Apenas ergueu as sobrancelhas, anuiu com a cabeça e caminhou decidido até o paciente. Sentiu o pulso, levantou uma das pálpebras e examinou o olho com atenção.

Então se virou para Melchett.

– Quer salvá-lo para o patíbulo? – indagou. – Está mais para lá do que para cá. De qualquer forma, será difícil. Duvido que eu consiga reanimá-lo.

– Faça tudo o que estiver ao seu alcance.

– Certo.

Abriu o estojo que trouxera. Preparou uma injeção e aplicou-a no braço de Hawes. Então se levantou.

– A melhor coisa a fazer é transferi-lo para Much Benham... lá ao menos há um hospital. Ajudem-me a levá-lo até o carro.

Nós dois prestamos auxílio. Quando Haydock tomou o volante, disparou um comentário de despedida sobre o ombro.

– Sabe, Melchett, duvido que consiga enforcá-lo.

– Quer dizer que ele não vai se recuperar?

– Talvez sim, talvez não. Não foi isso o que eu quis dizer. Quis dizer que, mesmo se ele se recuperar... Bem, o infeliz não era responsável pelos seus atos. Vou depor afirmando isso.

– O que ele quis dizer com isso? – indagou Melchett enquanto subíamos as escadas outra vez.

Expliquei que Hawes havia sido vítima de encefalite letárgica.

– Doença do sono, não é? Hoje em dia, todo mundo sempre tem desculpa para tudo. Não concorda?

– A ciência está nos ensinando um bocado.

– Pro inferno com a ciência... Perdão, Clement, mas toda essa pieguice me causa profundo desgosto. Sou um homem racional. Melhor revistarmos a sala.

Nesse instante, porém, houve uma interrupção – e uma das mais assombrosas. A porta se abriu, e Miss Marple entrou na sala.

Enrubescida e meio atrapalhada, percebeu a nossa perplexidade.

– Sinto muito pela intromissão... muito mesmo... Boa noite, coronel Melchett. Como eu disse, sinto muito, mas fiquei sabendo que o sr. Hawes estava doente, então achei melhor passar aqui e ver se eu podia ajudar em alguma coisa.

Fez uma pausa. O coronel Melchett a encarava com certa repugnância.

– Muita gentileza sua, Miss Marple – falou secamente. – Mas não precisa se incomodar. Como ficou sabendo, a propósito?

Era a pergunta que eu estava ansioso para fazer!

– O telefone – esclareceu Miss Marple. – Esse pessoal da telefônica é tão atrapalhado... Vive fazendo confusão e trocando os números, não é mesmo? O senhor falou comigo primeiro, pensando que eu era o dr. Haydock. Meu número é trinta e cinco.

– Então foi isso! – exclamei.

Sempre há uma explicação perfeitamente boa e razoável para a onisciência de Miss Marple.

– Então – prosseguiu ela –, resolvi passar para ver se eu podia ser útil em alguma coisa.

– Muita gentileza sua – repetiu Melchett, dessa vez ainda mais secamente. – Mas não é possível fazer nada. Haydock levou-o para o hospital.

– Para o hospital mesmo? Ah, que alívio! Fico muito contente em ouvir isso. Lá ele vai ficar seguro. Quando disse "não é possível fazer nada", não quis dizer que ele não vai se recuperar?

– É muito duvidoso – alertei.

O olhar de Miss Marple repousou na caixa de cápsulas.

– Tomou uma overdose, imagino? – indagou ela.

Melchett, penso, preferiria ser discreto. Talvez eu também preferisse sob outras circunstâncias. Mas meu debate sobre o caso com Miss Marple estava muito fresco na memória para que eu tivesse o mesmo ponto de vista, embora eu deva admitir que seu rápido aparecimento no local e sua curiosidade ansiosa também me causaram certa repulsa.

– É melhor dar uma olhada nisso – falei, entregando a ela a carta inacabada de Protheroe.

Ela apanhou a carta e a leu sem quaisquer demonstrações de surpresa.

– Já havia deduzido algo nessa linha, não? – perguntei.

– Sim... sim, é verdade. Posso lhe perguntar, sr. Clement, por que veio até aqui hoje à noite? Esse é um detalhe que me confunde. O senhor e o coronel Melchett... Não é bem o que eu esperava.

Expliquei a ligação telefônica e que eu pensei ter reconhecido a voz de Hawes. Miss Marple assentiu pensativa.

– Muito interessante. Muito providencial... Se me permitem usar o termo. Sim, trouxe-o aqui na hora H.

– Na hora H para quê? – disse eu acidamente.

Miss Marple pareceu surpresa.

– Para salvar a vida do sr. Hawes, é claro.

– Não acha – disse eu – que seria melhor se Hawes não se recuperasse? Melhor para ele... Melhor para todo mundo. Sabemos a verdade agora e...

Eu parei – Miss Marple sacudia a cabeça com tanta veemência que me fez perder o fio da meada.

– Claro – disse ela. – Claro! É isso que ele quer que os senhores pensem! Que sabem a verdade... e que assim é melhor para todo mundo. Sim, tudo se encaixa... a carta, a overdose, a perturbação mental do sr. Hawes e sua confissão. Tudo se encaixa... *mas está errado...*

Nós a encaramos.

– Por isso estou tão contente que o sr. Hawes esteja são e salvo... no hospital... onde ninguém pode ter acesso a ele. Se ele se recuperar, vai lhe contar a verdade.

– A verdade?

– Sim... que ele jamais encostou num fio de cabelo do coronel Protheroe.

– Mas o telefonema? – perguntei. – A carta... a overdose? É tudo tão claro.

– É isso que ele quer que os senhores pensem. Ah, ele é muito esperto! Guardar a carta e usá-la dessa maneira foi muita esperteza mesmo.

– A quem a senhora se refere – perguntei – por "ele"?

– Ao assassino – falou Miss Marple.

Acrescentou com serenidade:

– O sr. Lawrence Redding...

CAPÍTULO 30

Nós a fitamos. Penso inclusive que por alguns instantes acreditamos piamente que ela estava fora de si. A acusação era um completo absurdo.

O coronel Melchett foi o primeiro a tomar a palavra. Falou em tom suave e complacente.

– Isso é ridículo, Miss Marple – vaticinou. – Redding já foi amplamente inocentado.

– Claro – falou Miss Marple. – Fez tudo para isso.

– Muito pelo contrário – rebateu mordaz o coronel Melchett. – Esforçou-se ao máximo para ser acusado do assassinato.

– Sim – concordou Miss Marple. – Fez todo mundo pensar isso... inclusive eu, diga-se de passagem. Vai se lembrar, querido sr. Clement, de como fiquei surpresa ao saber que o sr. Redding havia confessado o crime. Confundiu todo o meu raciocínio e me levou a crer em sua inocência... Mas até então eu estava convencida de que ele era culpado.

– Então era de Lawrence Redding que a senhora suspeitava?

– Sei que nos livros o assassino sempre é a pessoa mais improvável. Mas nunca vi essa regra aplicar-se à vida real. O mais comum é o óbvio ser verdadeiro. Mesmo que eu sempre tenha gostado da sra. Protheroe, era evidente que ela estava totalmente enfeitiçada pelo sr. Redding e faria qualquer coisa que ele a mandasse fazer. E, claro, ele é o tipo do jovem que nem sequer sonharia em fugir com uma mulher que não fosse rica. Sob esse prisma, era necessário eliminar o coronel Protheroe... Então ele o eliminou. Um daqueles jovens encantadores *sem um pingo* de senso moral.

O coronel Melchett estivera bufando impaciente por algum tempo. Então explodiu.

– Disparate absoluto!... Essa ideia toda! As atividades de Redding estão registradas minuciosamente até dez para as sete, e Haydock garante sem sombra de dúvida que Protheroe não pode ter sido morto nesse horário. A senhora deve achar que sabe mais do que o médico. Ou insinua que Haydock esteja mentindo de forma deliberada, sabe-se lá por quê?

– Creio que o depoimento do dr. Haydock foi verídico do começo ao fim. É uma pessoa muito íntegra. Além disso, quem apertou o gatilho foi a sra. Protheroe, não o sr. Redding.

Novamente a encaramos. Miss Marple ajeitou o lenço de pescoço, empurrou para trás o xale felpudo que cobria os ombros e começou um colóquio ameno, típico de uma solteirona, emitindo as declarações mais inusitadas com a maior naturalidade do mundo.

– Até agora estava em dúvida se devia ou não falar. A nossa convicção (mesmo tão intensa que se assemelha ao saber) não tem o valor de uma prova. E, a menos que a explicação se encaixe com todas as circunstâncias (como eu dizia ao querido sr. Clement hoje à noite), não podemos apresentá-la com qualquer certeza real. E a minha própria explicação não estava completa... Faltava só um detalhe... mas, de repente, bem na hora em que eu estava saindo do gabinete do sr. Clement, notei a folhagem no vaso ao lado da porta de vidro... e... bem, lá estava a chave do mistério! Claro como água!

– Louca... louca varrida – sussurrou Melchett para mim.

Mas Miss Marple mirou-nos com serenidade e prosseguiu em sua fala meiga e educada.

– Fiquei triste ao pensar aquilo... muito triste. Porque eu gostava dos dois. Mas sabem como é a natureza humana. Para começar, quando primeiro ele e depois ela confessaram o crime do modo mais precipitado... Bem, não consigo expressar o alívio que me deu. Eu havia me enganado. E comecei a pensar em outras pessoas com motivo possível para desejar o coronel Protheroe fora do caminho.

– Os sete suspeitos! – murmurei.

Ela sorriu para mim.

– Sim, é verdade. Temos aquele sujeito, o Archer... Improvável, mas de um bêbado (inebriado) a gente pode esperar tudo. E, é claro, temos a sua Mary. Ela namora Archer há um bom tempo e tem um temperamento estranho. Motivo *e* oportunidade... Afinal, estava sozinha em casa! A velha sra. Archer podia com facilidade ter apanhado a pistola da casa do sr. Redding para qualquer um dos dois. E então, é claro, temos Lettice... sequiosa de liberdade e dinheiro para fazer o que bem entende. Sei de inúmeros casos de moças lindas e etéreas sem um pingo de escrúpulos... Embora, é claro, os homens não queiram acreditar nisso.

Estremeci.

– E então temos a raquete de tênis – retomou Miss Marple.

– A raquete de tênis?

– Sim, a que Clara, a empregada da sra. Price Ridley, viu caída na grama perto do portão da casa do pastor. Isso dá a impressão de que o sr. Dennis chegou mais cedo do jogo de tênis do que ele disse. Garotos de dezesseis anos... Sempre tão impressionáveis e exagerados! Seja lá qual fosse a razão... por Lettice ou pelo pastor, é uma possibilidade. E então, é claro, temos o coitado do sr. Hawes e o pastor (não os dois juntos, é claro, mas de modo mutuamente excludente, como dizem os advogados).

– Eu?! – exclamei com espanto vívido.

– Bem, sim. O senhor me desculpe... Na verdade, nunca pensei mesmo... Mas havia o problema do desvio do dinheiro das coletas. O culpado devia ser o senhor ou o sr. Hawes, e a sra. Price Ridley anda insinuando por toda a aldeia que foi o senhor quem cometeu o deslize, principalmente porque se recusou com veemência a fazer quaisquer investigações. Logicamente, eu mesma sempre tive certeza de que era o sr. Hawes... Ele me lembra tanto daquele infeliz organista de quem já falei; por outro lado, ninguém pode ter certeza *absoluta*...

– Sendo a natureza humana como ela é – completei sombrio.

– Exato. E então, é claro, temos a adorável Griselda.

– Mas a sra. Clement está acima de qualquer suspeita – atalhou Melchett. – Ela chegou no trem das dez para as sete.

– Isso é o que ela *diz* – retrucou Miss Marple. – Nunca se deve acreditar no que as pessoas dizem. O trem das dez para as sete chegou meia hora atrasado aquela noite. Porém, às sete e quinze, eu mesma a enxerguei indo rumo a Old Hall. Daí se conclui que ela retornou no trem anterior. Na verdade, ela foi vista; talvez o senhor saiba disso?

Mirou-me com olhos indagadores.

Certo magnetismo em seu olhar me impeliu a lhe entregar a última carta anônima, aquela que eu havia aberto há pouco tempo. Dizia em detalhes que Griselda fora avistada saindo pela porta dos fundos do chalé de Lawrence Redding, às seis e vinte do dia fatídico.

Não disse nada na ocasião nem depois sobre a suspeita horrível que por um instante acometera a minha mente. Eu a visualizara como um pesadelo... Um romance secreto entre Lawrence e Griselda, a história caindo nos ouvidos de Protheroe, sua decisão de me deixar a par dos fatos... E Griselda, desesperada, roubando a pistola e calando Protheroe. Como eu digo... Nada mais que um pesadelo... mas revestido durante lentos minutos com roupagem de realidade.

Eu não sabia se Miss Marple tinha alguma noção disso. Era quase certo que sim. Era difícil esconder as coisas dela.

Devolveu-me a mensagem com um leve aceno de cabeça.

– Essa informação circulou por toda a aldeia – comentou ela. – E parece mesmo suspeito, não é? Ainda mais com a sra. Archer jurando no inquérito que a pistola ainda estava no chalé quando ela saiu ao meio-dia.

Fez uma pausa e então prosseguiu.

– Mas estou me afastando terrivelmente do assunto. O que eu quero (e acho que é meu dever fazê-lo) é apresentar minha explicação do mistério aos senhores. Se não acreditarem... bem, pelo menos fiz o que pude. Mas reconheço que a minha ânsia de ter certeza absoluta pode ter custado a vida do infeliz do sr. Hawes.

Outra vez se calou. Recomeçou com timbre distinto na voz: menos embaraçado e mais seguro.

– Esta é a minha explicação dos acontecimentos. Quinta-feira à tarde, o assassinato já estava planejado tintim por tintim. Lawrence Redding primeiro visitou a casa do pastor, sabendo que ele não estava em casa. Trazia a pistola que escondeu no vaso de suporte alto, que fica ao lado da porta de vidro. Quando o pastor entrou, Lawrence explicou a visita declarando que havia tomado a decisão de ir embora. Às cinco e meia, Lawrence Redding telefonou do chalé norte de Old Hall para a casa do pastor, imitando uma voz feminina (não esqueçam que ele era ótimo ator amador).

"A sra. Protheroe e o marido dela recém haviam partido em direção à aldeia. Detalhe curioso (embora ninguém tenha se dado conta disso): a sra. Protheroe não leva a bolsa! É mesmo uma ação feminina *muito* inusitada. Pouco antes das seis e vinte, ela passa em frente ao meu jardim, para e conversa comigo, de modo a me permitir toda e qualquer oportunidade de observar que não carrega arma nenhuma e também que seu comportamento é normal. Os dois notaram que sou uma pessoa observadora. Ela some de vista e dá a volta na casa em direção à porta de vidro do gabinete. O infeliz coronel está sentado à escrivaninha, redigindo a carta ao senhor. Ele é surdo, como todos sabemos. Ela escorrega a mão no vaso, apanha a pistola esperando por ela, aproxima-se por trás dele, dá um tiro na sua cabeça à queima-roupa, deixa cair a pistola no chão e sai do gabinete como um raio, descendo o jardim rumo ao estúdio. Ninguém ia acreditar que teria dado tempo!"

– Mas e o tiro? – objetou o coronel. – A senhora escutou o tiro?

– Existe, se não estou enganada, uma invenção chamada silenciador Maxim. Pelo menos aprendi isso nos romances policiais. Fico me perguntando, talvez... O espirro que a criada Clara escutou não terá sido o tiro real? Mas não importa. O sr. Redding vai ao estúdio para se encontrar com a sra. Protheroe. Entram juntos... E, sabendo da minha natureza humana, os dois apostaram que eu não ia abandonar o jardim até que eles saíssem!

Nunca gostei tanto de Miss Marple quanto nesse instante, mostrando percepção bem-humorada das próprias fraquezas.

– Ao saírem, o comportamento deles é alegre e natural. E nisso, na verdade, cometeram um erro. Se tivessem mesmo se despedido para sempre, como fingiam ter feito, sua atitude seria bem outra. Mas esse era o ponto fraco deles. Nem *ousaram* demonstrar perturbação. Nos próximos dez minutos, têm o cuidado de fornecer a si próprios o que se chama de álibi, se não me engano. Por fim, o sr.

Redding vai à casa do pastor e fica lá o máximo de tempo possível. É provável que ele tenha avistado o pastor se aproximando pelo caminho a certa distância e conseguido calcular o tempo com precisão. Pega a pistola e o silenciador, deixa a carta forjada com o horário marcado em tinta diferente e, à primeira vista, em caligrafia diferente. Quando a falsificação fosse descoberta, ia parecer uma tentativa grosseira de incriminar Anne Protheroe.

"Contudo, ao deixar a carta falsa, encontra a verdadeira, escrita mesmo pelo coronel Protheroe... algo bastante inesperado. Dono de inteligência aguçada e percebendo que essa carta poderia vir a calhar, ele a leva junto. Modifica os ponteiros do relógio para o mesmo horário da carta... Ele sabe que o relógio é mantido quinze minutos adiantado. A mesma ideia: tentativa de lançar suspeitas sobre a sra. Protheroe. Então ele sai e se encontra com o pastor no portão, incorporando o papel de alguém à beira da loucura. Como estou dizendo, inteligência não lhe falta. Como agiria um criminoso pouco depois de cometer um assassinato? Com naturalidade, é claro. Justamente o que o sr. Redding não faz. Ele se livra do silenciador, mas entra na delegacia com a pistola e faz uma autoacusação para lá de ridícula, na qual todos embarcam."

Havia algo fascinante no apanhado de Miss Marple sobre o caso. Ela falava com tanta segurança que nós dois sentimos que só desse modo, e de nenhum outro, o crime poderia ter sido cometido.

– Mas e o tiro escutado no bosque? – questionei. – Era essa a coincidência que a senhora mencionou hoje à noite?

– Ah, não mesmo! – Miss Marple meneou a cabeça com força. – *Aquilo* não foi coincidência... longe disso. Era mais do que necessário que um tiro fosse ouvido... Caso contrário, as suspeitas continuariam recaindo sobre a sra. Protheroe. De que modo o sr. Redding providenciou isso, não tenho bem certeza. Mas sei que o ácido pícrico explode se a gente deixa cair um peso em cima, e vai se lembrar, querido pastor, que o senhor encontrou o sr. Redding carregando uma enorme pedra bem no trecho do bosque onde o senhor depois achou aquele cristal. Os homens são hábeis para inventar engenhocas... Uma pedra suspensa acima dos cristais, um detonador... ou seria um estopim? Algo que demorasse uns vinte minutos para queimar... de modo que a explosão acontecesse por volta das seis e meia, quando ele e a sra. Protheroe já tivessem saído do estúdio e estivessem à vista de todos. Um dispositivo bem seguro. Afinal, o que sobraria para ser encontrado depois? Só uma enorme pedra! Mas até mesmo isso ele tentou remover... quando o senhor se encontrou com ele.

– Tem razão – exclamei, lembrando o sobressalto que Lawrence tivera ao topar comigo naquele dia no bosque. Na hora pareceu normal, mas agora...

Miss Marple pareceu ler meus pensamentos, pois balançou a cabeça com argúcia.

– Sim – continuou ela –, ele deve ter tomado um susto incrível ao se deparar com o senhor justamente naquela hora. Mas se saiu muito bem... fingiu que ia trazer a pedra para os meus jardins. Só que... – Miss Marple de repente tornou-se mais enfática – ...não era o tipo de pedra adequada a um jardim de pedra! E aquilo me colocou de novo na pista certa!

Durante todo esse tempo, o coronel Melchett permanecera sentado como se estivesse em transe. Agora mostrou sinais de animação. Bufou uma ou duas vezes, assoou o nariz meio atrapalhado e disse:

– Minha nossa!

Não se comprometeu mais do que isso. Acho que ele, assim como eu, estava impressionado com as conclusões lógicas de Miss Marple. Mas por enquanto não estava disposto a admitir.

Em vez disso, estendeu a mão, apanhou a carta amassada e vociferou:

– Muito bem. Mas como explica a situação desse sujeito Hawes?! Afinal, ele ligou e confessou.

– Sim, isso foi tão providencial. O sermão do pastor, com certeza. Sabe, querido sr. Clement, foi mesmo um belo sermão. Deve ter afetado o sr. Hawes profundamente. Não pôde aguentar mais e teve que confessar... o desvio das verbas da igreja.

– O quê?

– Sim... E isso, valha-me Deus, foi o que salvou a vida dele. (Pois desejo e confio que ele *vai* se salvar. O dr. Haydock é tão competente.) Na minha modesta opinião, o sr. Redding guardou essa carta (coisa bem arriscada, mas deve ter escondido em local seguro) e esperou para ver a quem se referia. Sem demora, teve certeza de que era ao sr. Hawes. Pelo que sei, ele esteve aqui e passou um bom tempo com o sr. Hawes. Suspeito então que aproveitou para substituir a cápsula do sr. Hawes por outra que trouxe consigo e para escorregar a carta no bolso do roupão. O coitado engoliria a cápsula fatal na maior inocência... Após sua morte, os seus pertences seriam revistados; e a carta, encontrada. Todo mundo chegaria à conclusão de que ele havia matado o coronel Protheroe e se suicidado de remorso. Acho mesmo que o sr. Hawes deve ter encontrado a carta hoje à noite pouco depois de tomar a cápsula fatal. Na sua perturbação, aquilo deve ter parecido quase sobrenatural e, com o sermão do pastor martelando na cabeça, sentiu-se impelido a confessar tudo.

– Por favor! – exclamou o coronel Melchett. – Palavra de honra, que coisa mais incrível! Eu... eu... não acredito numa só vírgula!

Jamais fizera uma afirmação tão pouco convincente. Deve ter soado assim para os seus próprios ouvidos, pois continuou:

– E consegue explicar a outra ligação telefônica... a ligação que partiu do chalé do sr. Redding para a casa da sra. Price Ridley?

– Ah! – exclamou Miss Marple. – Essa é a coincidência de que falei. A adorável Griselda fez essa ligação... Ela com a ajuda do sr. Dennis, imagino. Os dois escutaram os boatos que a sra. Price Ridley estava espalhando sobre o pastor e pensaram nesse modo (talvez um tanto infantil) de silenciá-la. A coincidência reside no fato de que o telefonema deve ter sido feito exatamente na mesma hora em que se escutou o tiro falso no bosque. Levou as pessoas a pensarem numa ligação entre as duas coisas.

De repente me lembrei de como todo mundo descrevera o tiro como "diferente" dos tiros comuns. Eles estavam certos. No entanto, era difícil explicar em que consistia a "diferença" do tiro.

O coronel Melchett pigarreou.

– A sua solução é bastante plausível, Miss Marple – afirmou. – Mas me permita ressaltar que não existe uma prova sequer.

– Sei – reconheceu Miss Marple. – Mas acreditam que é verdade, não acreditam?

Houve uma pausa. Em seguida, o coronel afirmou em tom relutante:

– Sim, acredito. Diabos, só pode ter sido assim que tudo aconteceu. Mas não temos prova nenhuma... nem um átomo sequer.

Miss Marple tossiu.

– Por isso pensei que, nessas circunstâncias...

– Sim?

– Uma pequena cilada pode ser tolerável.

Capítulo 31

O coronel Melchett e eu a fitamos.

– Uma cilada? Como assim?

Apesar de sua timidez, era evidente que Miss Marple havia planejado algo em detalhes.

– Vamos supor que o sr. Redding recebesse um telefonema de alerta.

O coronel Melchett sorriu.

– "A polícia descobriu tudo. Fuja!" Essa tática é batida, Miss Marple. Não que de vez em quando não dê resultado! Mas acho que o jovem Redding é um peixe muito liso para ser apanhado desse jeito.

– Teria que ser algo específico, sei disso muito bem – falou Miss Marple. – Sugiro (isto é apenas uma sugestão) que o alerta venha de alguém conhecido por defender pontos de vista característicos sobre esses assuntos. Por suas declarações, todo mundo pensa que o dr. Haydock encara assassinatos sob um prisma incomum. Se ele insinuasse que alguém... a sra. Sadler... ou um dos filhos dela... tivesse visto a troca das cápsulas... Claro, se o sr. Redding for inocente, essa afirmação não vai lhe afetar em nada, mas se não for...

– Ele bem que pode fazer alguma tolice.

– E acabar se entregando em nossas mãos. É possível. Muito engenhosa, Miss Marple. Mas será que Haydock vai se dispor a isso? Como a senhora diz, os pontos de vista dele...

Miss Marple cortou-o com animação.

– Ah, mas isso é teoria! Na prática, a situação é

outra, não é? De qualquer modo, ele está chegando, então podemos perguntar a ele.

Haydock ficou, penso eu, muito surpreso ao encontrar Miss Marple conosco. Estava cansado e abatido.

– Foi por pouco – contou ele. – Por um triz. Mas vai escapar dessa. É dever médico salvar o paciente, e eu o salvei, mas não ia ficar triste se não tivesse sido bem-sucedido.

– Talvez pense diferente – falou Melchett – depois de escutar o que temos a lhe contar.

De modo breve e conciso, apresentou a teoria de Miss Marple ao doutor, concluindo com a sugestão final.

Então pudemos corroborar exatamente o que Miss Marple disse sobre a diferença entre teoria e prática.

Os pontos de vista de Haydock sofreram uma completa metamorfose. Ele teria, creio eu, apreciado ver a cabeça de Redding numa bandeja. Não havia sido, imagino, o assassinato do coronel Protheroe que incitara tanto o seu rancor. Havia sido o ataque contra o azarado Hawes.

– Patife ordinário – disse Haydock. – Canalha ordinário! Fazer isso com o coitado do Hawes. Ele tem mãe e irmã. O estigma de ser parente de um assassino as acompanharia por toda a vida. Pensem na angústia mental delas. É a coisa mais vil e pusilânime que já vi!

Se alguém quiser presenciar uma ira primitiva e absoluta, é só provocar um radical humanitário.

– Se isso for verdade – vociferou ele –, podem contar comigo. Esse sujeito não merece viver. Um rapaz indefeso como Hawes!

Qualquer cachorro manco pode sempre contar com a simpatia de Haydock.

Ansioso, ele combinava os detalhes com Melchett quando Miss Marple se levantou. Insisti em acompanhá-la até sua casa.

– Bondade sua, sr. Clement – falou Miss Marple enquanto caminhávamos na rua deserta. – Minha nossa, já passa da meia-noite. Tomara que Raymond tenha ido dormir e não esteja me esperando acordado.

– Ele devia ter acompanhado a senhora – ponderei.

– Não avisei a ele que estava saindo – explicou Miss Marple.

Sorri de repente ao lembrar a sutil análise psicológica do crime feita por Raymond West.

– Se a sua teoria estiver certa (do que eu não duvido nem por um minuto) – disse eu –, a senhora vai abrir um bom saldo de pontos sobre seu sobrinho.

Miss Marple sorriu também – um sorriso tolerante.

– Lembro de um ditado de minha tia-avó Fanny. Eu tinha dezesseis anos na época e o considerava uma bobagem.

– Sim? – incitei.

– Ela sempre dizia: "Os jovens pensam que os velhos são bobos; os velhos *sabem* que os jovens o são!".

Capítulo 32

Resta pouco a contar. O plano de Miss Marple deu certo. Lawrence Redding não era inocente, e a insinuação de que uma testemunha vira a troca da cápsula realmente o induziu a "fazer uma tolice". Tal é a força de uma consciência pesada.

Ele se viu, é claro, numa situação delicada. Seu primeiro impulso, imagino eu, deve ter sido escapar o quanto antes. Mas precisava levar em conta a cúmplice. Não podia fugir sem falar com ela e nem sequer esperou até a manhã seguinte. Foi até Old Hall naquela mesma noite – e dois dos policiais mais eficientes do coronel Melchett o seguiram. Ele jogou pedrinhas na janela de Anne Protheroe, acordou-a e com um sussurro de urgência a trouxe até o piso inferior para falar com ele. Sem dúvida, o casalzinho se sentiu mais seguro fora do que dentro de casa – para evitar a possibilidade de acordar Lettice. Mas, por incrível que pareça, a dupla de policiais conseguiu ouvir a conversa na íntegra. Não restou dúvida nenhuma sobre o assunto. Miss Marple acertara em tudo.

O julgamento de Lawrence Redding e Anne Protheroe é assunto de conhecimento público. Não pretendo entrar nele. Só vou mencionar o imenso crédito dado ao inspetor Slack, que, com entusiasmo e inteligência, levou os criminosos às mãos da justiça. Como seria natural, nada foi mencionado sobre a participação de Miss Marple na elucidação do crime. Ela própria teria se horrorizado só de pensar numa coisa dessas.

Lettice veio falar comigo pouco antes do julgamento. Flutuou gabinete adentro, espectral como nunca. Contou que durante todo o tempo estivera convencida da cumplicidade da madrasta. A perda da boina amarela fora apenas uma desculpa para vasculhar o gabinete. Ela torcia contra a lógica para descobrir algo que a polícia tivesse deixado passar despercebido.

– Sabe – disse ela em sua voz sonhadora –, a polícia não a odiava como eu. E o ódio facilita as coisas.

Decepcionada com o resultado da busca, ela deixara cair de propósito o brinco de Anne perto da escrivaninha.

– Já que eu *sabia* que ela era culpada, que diferença fazia? Não importava! Foi *ela* quem matou meu pai.

Suspirei. Lettice nunca vai enxergar certas coisas. Sob certos aspectos, ela é moralmente daltônica.

– O que vai fazer agora, Lettice? – indaguei.

– Quando... quando tudo tiver acabado, vou para o exterior. – Hesitou antes de prosseguir. – Vou para o exterior com minha mãe.

Levantei o olhar, atônito.

Ela assentiu com a cabeça.

– Nunca adivinhou? A sra. Lestrange é minha mãe. Ela... está morrendo, sabe. Queria me ver e por isso veio até aqui com um nome falso. O dr. Haydock a ajudou. Não é de hoje que ele é amigo dela (esteve interessado por ela uma época, qualquer um percebe!). De certa forma, ele ainda está. Acho que os homens sempre ficam doidos por minha mãe. Mesmo agora, ela continua extremamente sedutora. De qualquer modo, o dr. Haydock fez tudo ao seu alcance para ajudá-la. Ela não veio até aqui com o nome verdadeiro por causa do modo nojento como o povo conversa e faz intrigas. Ela visitou meu pai naquela noite e lhe disse que estava morrendo e que ansiava muito por me ver. A reação de meu pai foi animalesca. Disse que ela não tinha mais direito nenhum de me ver e que eu pensava que ela estava morta... Como se eu tivesse engolido essa história um dia! Gente como o meu pai não enxerga um palmo na frente do nariz!

"Mas minha mãe não é o tipo de mulher que desiste fácil. Pensou que o certo seria falar primeiro com o pai; porém, quando ele se negou de modo tão violento, ela me enviou uma carta, e eu dei um jeito de sair do jogo de tênis mais cedo para encontrá-la no fim do caminho às seis e quinze. Tivemos um encontro apressado e combinamos de nos ver outra vez. Antes das seis e meia, nos separamos. Depois disso, fiquei com medo mortal de que desconfiassem dela como a assassina do pai. Afinal de contas, *motivo* não lhe faltava. Por isso peguei aquele antigo retrato dela no sótão e o desfigurei. Receava que a polícia pudesse xeretar por lá, colocasse as mãos no quadro e a reconhecesse. O dr. Haydock também ficou assustado. Às vezes, tenho a impressão de que ele acreditava mesmo que ela era culpada! Mamãe é um tipo de pessoa... arrebatada. Ela não mede as consequências."

Fez uma pausa.

– Estranho. Ela e eu temos muito em comum. Eu não tinha nada a ver com o pai. Mas com a minha mãe... Bem, de qualquer modo, vou para o exterior com ela. Vou ficar com ela até... até o fim...

Ergueu-se, e eu tomei a mão dela.

– Deus abençoe vocês duas – falei. – Um dia, espero, muita felicidade a aguarda, Lettice.

– Assim seja – falou com um riso fraco. – Até agora não tenho sido muito feliz, não é? Ah, mas isso não importa. Adeus, sr. Clement. Sempre foi muito correto comigo... o senhor e Griselda.

Griselda!

Tive que admitir para ela quão terrivelmente a carta anônima havia me perturbado. Primeiro ela riu, depois me deu um solene sermão.

– Mas – acrescentou ela – no futuro vou ser muito sensata e temente a Deus... mais ou menos como os puritanos.

Eu não enxergava Griselda na pele de uma puritana.

Ela continuou:

– Sabe, Len, sinto uma influência estabilizadora chegando em minha vida. Na sua vida também, mas no seu caso será uma influência meio rejuvenescedora... Pelo menos, assim espero! Não vai mais poder me chamar de minha filha no dia em que tivermos um filho nosso. E, Len, tomei uma resolução. Agora que vou me tornar "esposa e mãe" (como nos livros), preciso me tornar também uma dona de casa. Comprei dois livros sobre administração doméstica e um sobre amor maternal. Se isso não me transformar num modelo, então nada vai me transformar! Os três livros são bastante engraçados... não de modo intencional, sabe. Em especial, o livro sobre como criar os filhos.

– Por acaso não comprou o livro *Como cuidar bem de seu marido*, comprou? – indaguei com súbito receio, enlaçando a cintura dela em meu braço.

– Não preciso – disse Griselda. – Já sou uma excelente esposa. Eu o amo com ternura. O que mais deseja?

– Nada – garanti.

– Consegue dizer, nem que seja uma vez, que me ama loucamente?

Ao que respondi:

– Griselda, eu a adoro! Eu a idolatro! Meu amor por você não é apenas louco: é desenfreado, incorrigível e absolutamente anticlerical!

Minha esposa deu um suspiro profundo e feliz.

Então se afastou de repente.

– Tédio! Aí vem a Miss Marple. Vá lá, hein... Não a deixe suspeitar! Não quero ninguém me oferecendo almofadas e insistindo para que eu descanse com os pés para cima. Diga-lhe que eu fui ao campo de golfe. Isso vai tirá-la da pista certa... E é a pura verdade, porque esqueci meu blusão amarelo e quero buscá-lo.

Miss Marple entrou pela porta de vidro, estacou como quem se desculpa e perguntou por Griselda.

– Griselda – eu disse – foi ao campo de golfe.

Miss Marple ficou preocupada.

– Ah, mas sem dúvida – falou ela – isso é muito insensato... Justo agora.

E, então, de modo simpático, antiquado, elegante e próprio de uma solteirona, ela corou.

Para contrabalançar o embaraço momentâneo, conversamos um pouco sobre o caso Protheroe, e do "dr. Stone", que se revelou um golpista conhecido, dono de várias identidades diferentes. A srta. Cram, a propósito, fora plenamente inocentada. Acabou admitindo que levara a valise ao bosque, mas alegou que o fizera de boa-fé, tendo o dr. Stone lhe dito que receava a concorrência de outros arqueólogos, que não pensariam duas vezes em fazer um roubo com o objetivo de desacreditar suas teorias. A moça pelo visto engoliu essa história pouco verossímil. No momento ela está, de acordo com a aldeia, procurando um artigo mais autêntico na linha de solteirões maduros precisando de secretária.

Enquanto falávamos, fiquei muito curioso em saber como Miss Marple descobrira nosso mais recente segredo. Mas, então, de modo discreto, a própria Miss Marple me forneceu uma pista.

– Espero que a adorável Griselda não esteja cometendo excessos – murmurou ela. E, depois de um silêncio discreto, explicou: – Ontem eu estava na livraria em Much Benham...

Pobre Griselda... aquele livro sobre amor maternal a denunciara!

– Fico pensando, Miss Marple – falei de repente. – Se um dia a senhora cometesse um assassinato, será que alguém descobriria?

– Que ideia medonha – falou Miss Marple, chocada. – Tomara que eu nunca faça uma coisa tão perversa.

– Mas sendo a natureza humana como é... – murmurei.

Miss Marple reconheceu o golpe com um belo risinho maternal.

– Que maldade a sua, sr. Clement. – Ela se levantou. – Mas é natural que o senhor esteja bem-humorado.

Parou junto à porta de vidro.

– Transmita meu carinho à querida Griselda... e diga a ela que sei guardar bem um segredo.

Miss Marple é mesmo adorável...

Série Agatha Christie na Coleção **L&PM** POCKET

O homem do terno marrom
O segredo de Chimneys
O mistério dos sete relógios
O misterioso sr. Quin
O mistério Sittaford
O cão da morte
Por que não pediram a Evans?
O detetive Parker Pyne
É fácil matar
Hora Zero
E no final a morte
Um brinde de cianureto
Testemunha de acusação e outras histórias
A Casa Torta
Aventura em Bagdá
Um destino ignorado
A teia da aranha (com Charles Osborne)
Punição para a inocência
O Cavalo Amarelo
Noite sem fim
Passageiro para Frankfurt
A mina de ouro e outras histórias

Mistérios de Hercule Poirot

Os Quatro Grandes
O mistério do Trem Azul
A Casa do Penhasco
Treze à mesa
Assassinato no Expresso Oriente
Tragédia em três atos
Morte nas nuvens
Os crimes ABC
Morte na Mesopotâmia
Cartas na mesa
Assassinato no beco
Poirot perde uma cliente
Morte no Nilo
Encontro com a morte
O Natal de Poirot
Cipreste triste
Uma dose mortal
Morte na praia
A Mansão Hollow
Os trabalhos de Hércules
Seguindo a correnteza
A morte da sra. McGinty
Depois do funeral
Morte na rua Hickory
A extravagância do morto
Um gato entre os pombos
A aventura do pudim de Natal
A terceira moça
A noite das bruxas
Os elefantes não esquecem
Os primeiros casos de Poirot
Cai o pano: o último caso de Poirot
Poirot e o mistério da arca espanhola e outras histórias
Poirot sempre espera e outras histórias

Mistérios de Miss Marple

Assassinato na casa do pastor
Os treze problemas
Um corpo na biblioteca
A mão misteriosa

Convite para um homicídio
Um passe de mágica
Um punhado de centeio
Testemunha ocular do crime
A maldição do espelho
Mistério no Caribe
O caso do Hotel Bertram
Nêmesis
Um crime adormecido
Os últimos casos de Miss Marple

Mistérios de Tommy & Tuppence

Sócios no crime
M ou N?
Um pressentimento funesto
Portal do destino

Romances de Mary Westmacott

Entre dois amores
Retrato inacabado
Ausência na primavera
O conflito
Filha é filha
O fardo

Teatro

Akhenaton
Testemunha da acusação e outras peças
E não sobrou nenhum e outras peças

IMPRESSÃO:

GRÁFICA EDITORA Pallotti IMAGEM DE QUALIDADE

Santa Maria - RS - Fone/Fax: (55) 3220.4500

www.pallotti.com.br